W9-CYN-000

Comisión de las Lágrimas

Comisión de las Lágrimas

ANTÓNIO LOBO ANTUNES

Traducción de
Antonio Sáez Delgado

LITERATURA RANDOM HOUSE

Título original: *Comissão das Lágrimas*
Primera edición: septiembre de 2015

Obra apoyada por la Dirección General del Libro, los Archivos y las Bibliotecas de Portugal

Printed in Spain – Impreso en España

ISBN: 978-84-397-3017-0
Depósito legal: B-15830-2015

Compuesto en La Nueva Edimac, S. L.

Impreso en Limpergraf (Barberà del Vallès, Barcelona)

RH30170

Penguin
Random House
Grupo Editorial

Para Cristina,
este libro abandonado del lado de fuera de la puerta,
junto a la bolsa del pan

1

Nada a no ser de vez en cuando un escalofrío en los árboles y cada hoja una boca en un lenguaje sin relación con las demás, al principio ceremoniosas, dudaban, pedían permiso, y después palabras destinadas a ella y de las que se negaba a entender el sentido, cuántos años hace que me atormentan, no tengo que darles explicaciones, suéltenme, esto de niña, en África, y después en Lisboa, la madre se acercaba al mueble de la cocina donde guardaba las medicinas

–¿Son las voces Cristina?

aquí en la Clínica silencio, con las inyecciones las cosas dejan de interesarse por mí, una frase, a veces, pero sin amenazas ni enfados, solo el nombre

–Cristina

una amabilidad diligente

–¿Cómo estás Cristina?

o una queja

–No nos haces ni caso

la cama, la mesa y las sillas casi objetos de nuevo, aunque se sienta un resentimiento que espera, no se atrevía a tocarlos, se tumbaba pesando lo menos posible con la esperanza de que la almohada o las sábanas no la sintieran y puede ser que se distraigan y no la sientan, no deben de sentirla porque ningún

–¿Cómo estás Cristina?

desde hace semanas, exceptuando las hojas en un capricho del viento y las bocas de vuelta por un instante, lo que me molestan las bocas, el director de la Clínica

–Me estoy planteando darle unos días de permiso si me promete tomarse las pastillas

y en el interior del

–Me estoy planteando darle unos días de permiso si me promete tomarse las pastillas

no existía la sombra de una sugerencia, un consejo, la orden

–Tienes que matar a tu padre con el cuchillo

gracias a Dios ausente, casi paz si hubiese paz y no la hay, hay negros corriendo en Luanda, camionetas con soldados, tiros, gritos en una ambulancia que arde en la playa, bajo pájaros que se escapaban, y al dejar de arder ningún grito, el padre fue cura, ya no era cura y la madre enfadada

–¿Quién te ha contado eso niña?

el padre oscuro, la madre clara que antes de conocerlo había venido en barco para bailar en un teatro y no era teatro como lo llamaban, otro nombre, al no acordarse del otro nombre ella teatro y qué hay de malo en haber sido cura o bailar en el otro nombre, si las voces en las cosas o en su cabeza preguntasen

–¿Cómo estás Cristina?

los gritos se borrarían, la ambulancia se borraría, solo hierros retorcidos en la arena, lo que parecían cuerpos, lo que creyó cabezas, en la isla frente a la playa restos de barcos, si las voces

–¿Cómo estás Cristina?

respondería

–Fenomenal

en el apartamento de Lisboa se ve el Tajo desde la terraza siempre que se abra el pestillo porque los cristales opacos, cuando se marchó el hombre que los puso la madre al padre

–Después de todo este tiempo ¿sigues teniendo miedo?

y el padre sin responder, al menos los árboles del cementerio judío no eran capaces de verla y por tanto ni amenazas ni enfados, se quedaba mirando al padre, jugando al ajedrez en un rincón, asustándose en cuanto pasos en la escalera

–Madre ¿qué le pasa a padre?

y la madre, que nunca bailó para ella debido a la rodilla

–Esta rodilla

masajeando dolores con el bote

–Manías

apoyada en el pasamanos del fregadero dado que en su caso la tarima escalones vencidos con esfuerzo uno a uno y para nosotros liso, la rodilla se deshacía y se recomponía bajo la falda

–Manías

no dicho como por las hojas de los árboles, soplado, la madre a quien le faltaban dientes

–¿Por qué le faltan dientes madre?

con muchos incisivos mordiendo el

–Manías

cuyas arrugas se hacía necesario alisar para oírlo, una fotografía en la cómoda de cuando bailaba en la segunda de dos filas de bailarinas con plumas y lentejuelas, la uña casi sin esmalte aplastada contra el marco

–Soy yo

es decir solamente plumas, no cara, por detrás de plumas más grandes, las plumas de la madre, ofendidas

–Siempre nos escondían

y por suerte se callaron enseguida, no la mandaron coger el cuchillo ni romper lo que quiera que fuese, cada hoja una boca de manera que avisarlas, levantando y bajando el dedo que nunca tuvo esmalte, si tuviese esmalte no sería suyo

–Olvídenme

gente corriendo en Luanda y la uña de la madre dejando el retrato

–No era una corista importante

con el sol por fuera de los cristales opacos, si los rayase con un clavo, pero en qué cajón hay clavos y la caja de las herramientas guardada no sabía dónde, lo veía, como las ambulancias que ardían, con los mismos gritos y la misma agitación al fondo, una tarde cogió las cerillas de la despensa e intentó prenderle fuego a la cortina para callar los gritos que desordenaban el salón pero la rodilla de la madre bajó cojeando los peldaños que se formaban para ella y se las quitó, en lugar de pegarle le apretó la nariz contra la barriga, que es por donde lloran los adultos, la barriga dando botes

—¿Por qué le da botes la barriga madre?

y muy lejos de la nariz, ahogado en la barriga, una garganta que no formaba parte de ninguna de nosotras, a qué criatura pertenecía la garganta, también dando botes, al soltarla los ojos del padre, que de repente no se reconocían el uno al otro, casi la hicieron arrodillarse de angustia, respondió también con los ojos

—No voy a preocuparme por usted

y no solamente los ojos, la zona alrededor de los ojos, el director de la Clínica

—Me estoy planteando darle unos días de permiso si me promete tomarse las pastillas

la zona alrededor de los ojos parecida a las casas antiguas que nadie habita, ni siquiera la memoria de los muertos, y sin embargo se agarra a nosotros y persiste, caminando por las habitaciones en una renuncia de ecos, una bata en un sillón de terciopelo

—No soy de nadie estoy sola

la madre

—Cristina

y Cristina un huevo, señora, si quiere que responda llámeme como debe ser, con la boca de las hojas, las voces se expresaban en secreto detrás de las inyecciones, se inclinaba hacia ellas

—¿Perdón?

y una en su espalda, muy triste

—No podemos hablar Cristina

si por lo menos fuese capaz de rayar con un clavo el cristal que la apartaba de las voces y al apartarla de las voces la apartaba de todo, de la gente que corría en Luanda, de las camionetas con soldados, de los gritos, yo ni curiosa ni asustada, indiferente, de vez en cuando alguien se caía y se arrastraba unos metros, como la rodilla de la madre, antes de convertirse en suelo, una chica alcanzó su zapato, apoyó levemente la mejilla en la puntera, soltó la puntera, lo dejó, la madre limpió la sangre en casa con la esponja de las sartenes, no en el apartamento de Lisboa, claro, en Luanda, un poco más allá de Muxima, farolas apagadas a pedradas, balcones cegados por ametralladoras, si el teléfono empezaba a sollozar el padre con las mangas abiertas defendiendo el aparato

–No lo cojáis

sin acercarse a él, le preguntó

–¿Hay soldados al teléfono padre?

y la cara de su madre, no los labios

–Cállate

los labios inmóviles, gente que llamaba a la puerta, dejaban la puerta y seguían corriendo, pasados estos años no han dejado de correr, a veces pensaba que silencio y no silencio, todavía gente, todavía la ambulancia, todavía camionetas, quién les limpiaría la sangre de los zapatos con la esponja, cada mueble respirando por su cuenta, no juntos como de costumbre, al respirar juntos el salón era salón, separados no entendía dónde se encontraba, trozos de cómodas, de sentimientos, de armarios

–¿Dónde vivimos nosotros?

el padre escribiendo, el papel tapado con el codo, saliendo en un todoterreno de la policía, volviendo por la mañana con la corbata enrollada en el bolsillo y manchas no se sabía de qué en el traje arrugado

–No discutáis conmigo

los muebles no solo separados, transparentes, se veían los cubiertos en las baldas, servilletas, manojos de cuerdas, manteles de altar

–¿Ha robado la iglesia padre?

tiros no de escopeta, más fuertes, la fachada del colegio un destrozo del que salían ladrones con ficheros y mapas, hasta en las copias cometías errores, Cristina, qué vergüenza, dinos si hoy día sigues cometiendo errores, si hubieses estudiado entenderías a las hojas y la razón por la que los soldados disparan contra los árboles, el todoterreno de la policía se quedaba en la acera protegiendo al padre, por la noche, y aun así piedras que no se sabía de dónde venían contra las persianas bajadas, la madre

–¿En qué andas metido?

y el padre escribiendo, al levantarse de los papeles los ojos que no se reconocían el uno al otro sobre ella, quietos sin reconocerse, juegan al ajedrez contra un libro, la circunvalación de Luanda sin pájaros, los restaurantes cerrados, el padre

–No salgáis

como él tampoco salía de Lisboa, si una ambulancia en la calle obligaba a la madre a abrir un poquito la terraza

–¿Está ardiendo?

y bajo los hierros torcidos dos cabezas, muchos

–Me estoy planteando darle unos días de permiso si me promete tomarse las pastillas

cuerpos o mejor lo que parecían cabezas, lo que parecían cuerpos y entre las cabezas y los cuerpos un pie de verdad, intacto, siempre balanceándose

–Cristina

porque todo le hablaba

–Todo me habla

miles de voces distrayéndola de las copias del colegio y de la sopa de la cena

–A quien no se tome la sopa se lo comen los bichos en la oscuridad

saquen las voces de aquí, por qué razón no puede haber solo hambre de fruta, las voces se despedían cuando llovía pero entonces eran las goteras y las gotas pasando de fuera adentro de mí y ninguna camisa sofocaba el ruido, mi padre fue cura antes de que yo naciera, ya no es cura, lo aseguro, aunque capaz de bendecir y perdonar los pecados, se descalzaba examinándose los pies, indecisa,

–¿Están balanceándose como el de la ambulancia madre?

todo tan grande en aquella época incluyendo disgustos y asombros, queremos ser del tamaño de lo que sucede en nosotros y no lo conseguimos, cuando murió el periquito una desilusión con espinas, que iban del ombligo al cuello, de modo que se mantenía quieta con la esperanza de que no la picasen

–No me hagan daño

y tras el no me hagan daño

–¿Será esto tristeza?

la madre cogió el periquito por un ala y el animal se desplegó como un acordeón con garritas en el medio, el padre aliviado porque la ambulancia no ardía

–No han descubierto dónde me he escondido

dóblelo por los pliegues y métalo en la jaula, señora, hay difuntos, un día de estos, si hay ocasión, le explico cómo lo aprendí, que se despiertan, observan alrededor, deciden

–Voy a volver

y pasan el tiempo de acá para allá en el pasillo, intrigados con los cambios

–¿Estás segura de que no te has equivocado en la dirección Matilde?

cuando ninguna Matilde, acaban pidiendo disculpas desapareciendo con pasitos nerviosos, no se imagina la multitud de difuntos que andan por ahí buscando el edificio en el que vivieron, cómo se llamaba la calle que no me acuerdo bien, me suena el bazar de los chinos, me suena la carnicería pero debería haber pasado la Óptica y no doy con la Óptica, se sientan en un banco

–Si me siento me tranquilizo

la madre dale que te pego con la rodilla, traigo la bolsa de agua caliente, no traigo la bolsa de agua caliente

–Como si les importase dónde te escondes se ha acabado esa historia

las noches en que el padre no venía los difuntos la molestaban en la habitación tocando la sábana

–¿De verdad que no eres de mi familia niña?

la madre con una bata vieja abandonada, a lo mejor entra en ellas con disimulo, alejándose

–No hay nadie que no sueñe sigue durmiendo y no me toques el hombro

tras estos años la rodilla de la madre y mis sueños proseguían de forma diferente, qué nos pasó mientras tanto, en Luanda los soldados disparaban no solo a las personas, a los perros, en Lisboa el ciego en una sillita al lado de la mercería, abriendo las aletas de la nariz ante el chico que le compraba tabaco

–Ha pasado una mujer ¿verdad Carlos?

y el chico cogiéndole dinero de los bolsillos

–Es la hija del cura la loca que habla sola

sus faldas ajustadas, las de la madre

–Pruébate esa

demasiado anchas, cómo era usted con mi edad, cuéntemelo, el doctor que le trataba la rodilla, sin entenderlo

–¿Cómo que esta niña oye voces?

junto a un cartel imperativo, Lávese las manos antes de comer, y el dibujo de palmas, haciendo el gesto de refregarse, bajo un grifo en el que el agua era un cono de rayitas, el doctor se había afeitado mal la parte izquierda de la barbilla y masticaba, sin ofrecerles la cajita, caramelos que anulaban sílabas a las palabras y transformaban en vocales todas las consonantes, la lengua aparecía con el caramelo, ya minúsculo, en la punta, mordiéndolo con un ruido de cristales que se rompen, señalando

–Las amígdalas

como si los doctores enfermasen, qué lío, en la playa en Angola, además de la ambulancia, fulanos casi desnudos, amarrados con alambres en las muñecas, acurrucados y esperando, lo que mejor recordaba de la gente era la resignación, una noche sin garantías de un mañana, de momento no oía voces, no había bocas en las hojas, la madre, con el pelo teñido, no gorda, no anciana, colocando, con un pincel, párpados azules encima de los párpados rosas

–¿Qué hacía usted antes de bailar madre?

–Trabajaba en una fábrica

unas veces fábrica, otras modista, otras oficina, otras

–No me fastidies con preguntas

corrigiendo el pincel que no se volvía párpado, solo se ensuciaba y ella lo lavaba en el grifo, Lávese las manos antes de comer, la madre, inclinada sobre la consola, con un retrato en el que llevaba una cosa encima y otra debajo y se llamaba Simone, a pesar de llamarse Alice, al menos el padre Alice y en las cartas de una tía Alice con una letra que desanimaría a la maestra de la escuela

–Ay Cristina

la madre retocando el párpado en el espejo

–Por tu culpa casi lo estropeo

no con el pincel, un cepillito y un lápiz, muy de vez en cuando una compañera de los bailes que había trabajado en la fábrica, en la modista, en la oficina, con paneles a ambos lados de la puerta con fotografías como las de la madre, solo que, en lugar del nombre, Girls, venía a pedir dinero envuelta en un abrigo de pieles sin piel, despeluchado, tuvieron un gato así que enterramos en las traseras, incluso tapado siguió maullando durante meses y algunas tardes vuelve para molestarnos, la compañera

–Problemas con la renta ¿me echas una mano Simone?

en la caja de mimbre del sofá, muy delgada

–Simone

con una voz parecida a los árboles, qué ha sido de las plumas, amiga, del tobillo en alto en la segunda fila, con menos lentejuelas y el traje más usado, te acuerdas de la patosa que acabó en el guardarropa, con un plato en el mostrador para las propinas y la hija en una cuna en la cocina, al acabar el gerente se quedaba con la mitad de las monedas

–Y da gracias a Dios de que me des pena

y un empleado mestizo le mangaba la otra mitad avisándola

–Calladita

te acuerdas del cura esperándote en la calle, abotonado, respetuoso, con una azucena en el puño

–Madame

y nosotras a ti

–Solo te falta un velo blanco

porque para él no conocías hombre como él tampoco conocía mujer, el gato vino a maullar por un instante aquí arriba y se hundió de nuevo, quiso llamarlo

–Gato

y el animal se negó a oírla, mira la tierra en los ojos abiertos, mira cómo se mueve la cola, una pata, una segunda pata, el hocico que se levanta, tiembla un momento, cae, le pareció que él

–Cristina

y yo en silencio

–Perdona

la madre a la compañera, con una mirada de soslayo recordando el velo blanco

–Esta habla con las sombras

y no hablaba con las sombras, se limitaba a responder al que la perseguía sin descanso, el sol en los mangos afortunadamente mudo pero el resto una agitación de ecos, cómo estar con ustedes siguiendo sola, la madre Simone o Alice y el padre ni Alice ni Simone, yendo y viniendo con el todoterreno, la madre esperó durante días a que él azucena en ristre

–Madame

torpe por timidez y pasión, la compañera

–Tan gracioso

cuando graciosa era su miseria y las raíces oscuras del pelo rubio, intentaba sentarse, con los clientes de la fábrica, de la modista, de la oficina, en mesas entre risotadas de hombres

–¿Me permiten?

y palmas espantándola

–¿Qué querrá esta?

de modo que la renta del cuarto, entiendes, te ha sobrado alguna chuleta de la cena que me puedas meter en una bolsita, te prometo que no vuelvo más ni te molesto, los ojos de la compañera no uno al lado del otro, uno solo navegando por la cara bajo un único párpado, por qué no la enterramos como al gato rezando para que no vuelva, la compañera dispuesta a despeinarle el flequillo

–Tu hija tan guapa

al despedirse una sonrisa hecha de harapos de sonrisas antiguas que las personas conservan sin darse cuenta de que los tienen

–Debería buscarme un cura como tú Simone

la madre a su vez un solo ojo y una cosa mojada bajando por la nariz, el padre desde el fondo

–¿Quién era?

la cosa mojada que bajaba por la nariz

–Nadie

y es verdad, nadie, sentiste algún ruido, Cristina, salvo las voces y el gato que no deja de volver para acusarnos, cuántas veces le pedí a mi marido que me dejara irme a Lisboa, la señora de la embajada haciendo rayas con el lápiz en un cuaderno, docenas de rayas al final siempre la misma

–La situación se ha complicado ¿lo sabía?

o sea mi marido escribiendo por detrás del codo, las carreras, los tiros, algunas de las personas acurrucadas en la playa intentaban escaparse hacia el mar pero como las piernas atadas y esto también rayas en el cuaderno, más rayas, la misma raya sin fin

–La situación

las uñas me crecían contra las palmas primero y en la carne después y las entrañas vacías, hemos muerto nosotros o todos los demás, qué te cuentan los árboles, Cristina, qué te cuentan las cosas, qué hay entre vosotros que se me escapa, como entre tu padre y tú, yo despreciada, saco las plumas del baúl, me las pongo en la cabeza y vuelvo enseguida a guardarlas, yo despreciada, mi tío apretándome el brazo

–Ven aquí Alice

en un cercado de perdices si al menos me dijeran cómo se consigue llorar, las alas iban y venían mezcladas con los chillidos de las crías, le hago lo que le apetezca, no me raje, señor, y los militares matando no solo a las personas, a las olas, quien crea que el mar no muere se equivoca, se queda de bruces en la arena y deja de mirarnos, me quedo de bruces en el cercado y mi tío

–Levántate

si cojo la escopeta él una perdiz, el pobre, las plumas de la camisa, las plumas del chaleco, la cabeza colgada de un gancho en la cintura, la compañera

–Simone

y no me llames Simone, adelgaza más, desaparece, te encontrarán en un barrio de chabolas, arreglada como para bailar, comiendo polvo y tierra, remendábamos las medias antes de los espectáculos, remendábamos los corpiños con una línea de un color diferente que en la segunda fila no se notaba, lo notaba mi marido cogiendo fuerzas

–Madame

sin atreverse a seguirme, lo busqué yo en medio de las cajas y él escondiendo la azucena, avergonzado

–No pretendía ofenderla

cuando después de las perdices qué podría ofenderme, no me ofende, te clavo la cabeza en un gancho en la cintura, el dueño de la fábrica, de la modista, de la oficina, dando palmas molestas

–Más alegría cariñitos

hasta que la fábrica, la modista, la oficina vacías, ya ni siquiera orquesta, un gramófono en un banco, oculto en los pliegues de una cortina, y nosotros no veinte, catorce, no catorce, siete y en una fila única de modo que se ven los corpiños remendados con una línea diferente, por qué me prohíbes irme, no soy de aquí, no soy negra, nada a no ser un escalofrío en los árboles y cada hoja estremeciéndose en un lenguaje sin relación con las demás, palabras destinadas a mí y cuyo sentido ignoro, me dan miedo mi marido y mi hija juzgándome, te odié al descubrirte en mi barriga, tardes y tardes con el cercado de las perdices creciéndome en el ombligo y odiándoos, la sorpresa al nacer

–No es una perdiz

porque después de mi tío encontré sangre de perdiz, gotas de sangre, excrementos, insignificancias de pájaro, el viento curvando las ramas de los arbustos, los ojos de mi marido, que no se conocen el uno al otro, ni

–Simone

ni

–Alice

ocultos en el codo a medida que escribe, policías custodiando el jardín y una luz secreta en la mimosa en la que enterramos al gato, patas que suben buscándome con la esperanza de un cesto, si se lo diera a mi compañera se lo comería, remordimientos por no llamarla, cava en la mimosa y llévatelo, ella, con plumas y lentejuelas, arrodillada en el arriate, el dueño de la fábrica, de la modista, de la oficina

–Más alegría cariñitos

y mi compañera sonriendo con la rodilla en el aire, vivíamos en Prenda aguantando, en las escaleras, a que la otra acabara un servicio, y las perdices otra vez picoteando en los matorrales, el cura, bajo la lluvia, con el pelo y la angustia empapados

–Madame

pagó y ni siquiera se desnudó, a lo mejor entendía a las bocas de las hojas que muchos años después hablarían con mi hija

–¿Cómo estás Cristina?

y el cura de espaldas a mí, supongo que rezando, la segunda vez le busqué en vano las partes íntimas y él

–Tiene que tener paciencia conmigo madame

dos salamanquesas junto a la bombilla, no, una junto a la bombilla y otra en la sombra, yo, con pena de su angustia y de sus derrotas

–Siempre que pague me da igual

y tuve un espantapájaros acostado a mi lado, totalmente tieso, las mangas en forma de cruz, la mazorca de la cabeza con trazos de tiza, es decir, cejas, boca y media docena de incisivos que me comerían entera, el doctor de la rodilla estático ante mi ficha

–¿Cómo voces?

y en esto la sospecha de que la mesa y la balanza hablaban, no una conversación larga, una sílaba o dos

–Ay Alice

busqué a Cristina y ella distraída, la señora de la embajada se inclinó con un secreto entre nosotras

–¿Su marido no pertenece a la Comisión de las Lágrimas?

y enseguida todas las cosas discutiendo en tropel, usted así y asado, cómo estás Simone, una mujer con un tiro en cada miembro y el hijo soltándosele de los riñones liberándose del paño en que lo había envuelto, yo en el interior de mil sonidos

–¿La Comisión de las Lágrimas?

con la señora frunciéndose aumentando la oreja

–No entiendo

como no la entendía a ella, qué Comisión, qué Lágrimas, las de la mazorca de la cabeza del cura anulando los dientes como la lluvia en la huerta de mi abuelo, si tuviese un sombrero de paja se lo prestaría, mi abuelo en el porche oyendo el agua y enseguida difunto sobre la mesa del comedor, con corbata y botas, mientras el dueño de la fábrica, de la modista, de la oficina

–Más alegría cariñitos

dándome en los talones con una varita

–Esos tobillos arriba

la compañera debe de haber ardido en una ambulancia o quedado bajo placas de zinc cuando las camionetas de los soldados destruyeron las chabolas, me pregunto si me llamo Simone o Alice hoy día, en este pisito de Lisboa a caballo en el río, gaviotas, manchas de aceite, una barcaza que cojea, mi marido seguro que llamarán a la puerta, mañana o pasado, con nudillos de dedos enormes, mirará a mi hija, me mirará a mí, abrirá la cerradura aceptándolo y nosotras distinguiendo en el descansillo formas que la bombilla agita en el suelo, se marchará con ellos y su sitio vacío a la hora de comer, o sea, el mundo idéntico menos el sitio vacío a la hora de comer, y yo, pensando no ha existido, me he equivocado, cambio estos cristales por cristales normales y surgen, impacientes por existir, casas, la cancela del cementerio judío más su estrella grabada, la plazoleta donde daba descanso a la rodilla, con palomas con muletas fumando en los bancos y viejos en círculos sobre los tejados cambiando de color a cada vuelta, tengo que pasar por la calle de la fábrica, de la modista, de la oficina pero por la acera contraria y otro empleado de uniforme, otros clientes entrando, otras Simones, no, Alices en vías de transformarse en Simones, más Alices que Simones en los primeros tiempos, la camisa sencilla, el peinado provinciano, el tío

–Espérame en el cercado

y movimientos bruscos, perdices, no he vuelto a ver perdices, dónde sollozan y por quién lo hacen, cuéntenme, Alice poniéndose horquillas en el pelo y tampoco he vuelto a ver a Alice, querida Alice, el abuelo de la querida Alice

–¿Qué hora es chica?

porque un problema en la vista le impedía los relojes y el giro del sol, que además no se mueve, se dispersa, cuántas veces lo encontré espiándome desde los sauces o me asustaba, de repente, en el camino del colegio, mi abuelo ahuyentando al sol hasta que me daba en la cara

–No te veo ¿lo sabías?

cambiándome las facciones con los pulgares y yo

–Soy como usted me hizo señor

no me ve pero seguro que me parezco al recuerdo que tiene y si le apetece cambiarme con los dedos hágalo, me compró un collarcito en la feria, se escondió detrás del sombrero para que no me soñase que le gustaba y sin embargo los dedos más cuidadosos, más ligeros, tráteme como al resto de la familia que no me rompo, tranquilícese, la querida Alice resiste, nos hacía pajaritos fritos, goteando grasa en el pan, se quejaba

–El trabajo que me das muchacha

y contento si es que yo

—¿El trabajo que le doy señor?

insistía

—¿Tú para qué sirves?

pero si me alejase le preguntaría a las nieblas que lo rodeaban, con la esperanza de que allí parientes, un ahijado, un sobrino, el tío de las perdices

—¿Mi nieta?

y su nieta, la querida Alice subiendo el tobillo en la fábrica, en la modista, en la oficina, la querida Alice en Luanda, echando de menos los pajaritos incluso con el tobillo en el aire, equivocándose en el ritmo a medida que el abuelo se dirigía a su habitación atravesando las paredes, surgía al otro lado, sin que lo esperásemos, remando con el bastón, si le dijesen que atravesaba las paredes no lo creería

—¿Yo?

bajé del autobús de línea en el momento en el que bajaban el ataúd, me acuerdo de los hombres y las cuerdas, también de los árboles y cada hoja una boca sin relación con las demás, al principio ceremoniosas, dudan, piden permiso, y después palabras destinadas a mí y de las que no soy capaz de atisbar el sentido

—Y tú ¿eres capaz Cristina?

déjenme en paz, no me molesten, cuántos años hace

—¿Su marido pertenece a la Comisión de las Lágrimas?

me persiguen, esto del abuelo en primavera o en otoño y digo en primavera o en otoño porque empiezo a confundir las estaciones, abril o noviembre da igual, los meses no se alteran y las ambulancias arden en la playa, arderán para siempre igual que las carreras y los tiros, su nieta impedida por la rodilla, imagínese, cojeando, es evidente que nunca la llamó querida Alice, qué exageración, lo que descubrimos si nos sentimos, cómo expresarme, no me expreso, lo que descubrimos en las mañanas difíciles, la compañera a mi madre

—Problemas con la renta ¿no puedes echarme una mano Simone?

sin plumas ni tobillo en lo alto, muy delgada, una mañana difícil es cuando

–¿Qué hacía antes de bailar madre?

es cuando solo el gato emerge del suelo para buscarnos, no en Luanda, aquí, el mismo gato, lo juro, mi abuelo tierra o mejor cuerdas que lo bajaban y yo junto al autobús mirándolo, mi madre de repente Alice de nuevo, no Simone, no van a matarlo, padre, no tenga miedo, todos olvidaron a las personas amarradas por las muñecas en la playa menos nosotros, unos días de permiso si me promete tomarse las pastillas contra las mañanas difíciles, ruinas polvorientas, trozos pequeños, yo en brazos de una mujer pero cuál porque docenas de vecinas que se llevaron los militares, quedamos nosotros, en Lisboa, con mi padre jugando al ajedrez, yo, en brazos de una mujer, apretando un juguete roto que al dejarme en el suelo volví a romper con un hierro para no llorar al perderlo, al dejar de existir no existió nunca y yo serena, recuerdo a un sujeto sentado en un ladrillo entre destrozos y ceniza, junto a pájaros con el cuello pelado que vaciaban a los muertos con las garras, incluso por la noche sentía la cartulina de las alas no blancas, marrones, y las patas rojas, esas patas para arriba, cariñitos, un dos tres, un dos tres y mi madre acercándose al ataúd del abuelo, cogida a la cintura de la compañera de la izquierda y a la de la compañera de la derecha, al compás de la música, un dos tres, un dos tres, vamos, vamos, cuántas éramos, doce delante y doce detrás, después siete delante y siete detrás, después solamente cuatro, después nada, el dueño de la fábrica, de la modista, de la oficina

–Ya no nacen artistas

hasta desaparecer a su vez sin pagar los sueldos, el cartel Girls apoyado en el umbral, ninguna fotografía y los agujeros de los clavos enmarcando los rectángulos más claros de nuestras ausencias, mi abuelo no está muerto, me invita a la mesa tras el espectáculo

–Siéntate aquí chica

cambiándome las facciones con los pulgares y yo feliz, mi brazo en su nuca, mi pierna contra la suya, mi abuelo haciéndome cosquillas

–Prométeme que vas a ser mala conmigo

porque quiero que seas muy mala conmigo, ríñeme, pégame y yo pensando en las perdices, lo único que me venía a la cabeza eran las perdices en el cercado huyendo de la tropa gritando y mi padre escondido entre las cajas de las traseras

–Madame

protegiendo la azucena de la lluvia, no se preocupaba de sí mismo, se preocupaba de la flor, mi madre a la compañera que nos visitó

–¿Un cura?

volviendo a las cajas

–¿Eres cura?

y mi padre retrayéndose, mudo, muy mala conmigo, castígame con fuerza, no pares que no merezco perdón, sigue que no merezco perdón, llegaba la noche y mi padre

–No encendáis la luz

de modo que solamente el reflejo de las farolas de la calle en los cristales opacos, mi madre de vuelta al autobús, cuatro horas de la aldea a Lisboa y frutales, fuentes, un tren en un puente

–¿Cómo se llamará ese río?

palitos cruzados y sobre la lumbre los pajaritos en la brocheta, se les untaba manteca, se ponía una esponja debajo donde goteaba la grasa, a veces una pluma atravesada en la boca, a veces un huesecillo que la lengua tardaba en encontrar, la barbilla del abuelo brillante, los dedos limpios en los pantalones, el abuelo preguntando a las brumas

–¿Mi nieta?

y aquí estoy, señor, nunca he salido de aquí, déjeme guiarlo hasta casa para que no se tropiece con esa regadera, con ese cubo, la querida Alice nunca fue a Angola, la querida Alice le ayuda, un dos tres ese tobillo, un dos tres el otro, la querida Alice

–¿Tú para qué sirves?

que no sirve para nada, sin saber qué hacer junto a la palabra Girls, delante de una puerta que no abriría nunca, delante de una puerta final.

2

El todoterreno con el padre en Luanda que nunca tuvo tantas calles como aquellas noches ni tanto silencio en los árboles, igual al silencio del mundo al olvidarse de andar, todo quieto por instantes, gestos, odios, relojes, nosotros perplejos

–¿Dónde estamos ahora?

queda la imagen de la Virgen, sorprendida en el marco tallado

–Qué cosa

y el mundo, palmo a palmo, de vuelta, cesaban los tiros y más calles, más callejones, más chabolas, vallas caídas donde lloraban pollos, una cabra flotando al azar o solamente el badajo, suspendido de ninguna papada, andando por allí, gente oculta tras una esquina del edificio, no formando parte de la oscuridad, formando parte de las casas, cada vez menos pies, menos brazos, menos carne, ladrillos en que labios, convertidos en paredes, todavía respiraban siguiéndolo con ojos de cal que aunque ciegos lo veían

–El cura

él que había dejado de ser cura hacía años, trabajaba en un ministerio y sin embargo, por dónde ibas António, y sin embargo nada, fíjense en los ojos huecos de miedo, en el, en los cadáveres, de bruces, y señales de catanas y balas, por qué casi todos los cadáveres de bruces, dónde están las caras, en el badajo que parecía volver y desaparecía de nuevo, a pesar de las explosiones el sonido perpetuo, ahora a la izquierda ahora a la derecha, a medida que avanzaba el todoterreno trayendo huesos a la luz, en el seminario despertaban a los alumnos con un badajo así

–Las seis, las seis

arrancándolo del colchón con la violencia de una grúa, goteando sueños confusos en la sábana, la madre, de rodillas en la cocina del jefe de puesto, abierta a los girasoles, y la esposa del jefe de puesto

–Discúlpate ladrona

palmeras o cocoteros, no lo recordaba bien, hasta el mar de Moçâmedes y las orejas de las caracolas contando las olas, diecisiete, dieciocho, diecinueve, después del diecinueve números larguísimos que no enseñaban en la escuela y solo ellos conocían, ganas de pedir

–Repítanlo

la madre entregándolo a los misioneros italianos en un patio con una fuente, un angelito que soltaba gotas por el musgo de los labios, el de la cama de al lado espiándole las vergüenzas en el pijama

–Enséñamela

en mañanas coaguladas de helechos que se movían en la ventana oscura, él buscando los zapatos, el misal, la sotana, a la esposa del jefe de puesto burlándose de él a lo lejos

–Qué feo

y el padre de Cristina en medio de los girasoles, de cuclillas en una piedra

–¿Habré sido lagarto?

mientras el viento de la época de neblina formaba remolinos de polvo, encontró los zapatos, el misal y la sotana, no encontró a la madre que debía de seguir de rodillas en Cassanje al mismo tiempo que la milésimo centésima tercera ola se acercaba a la playa para llevársela, el padre de Cristina

–Madre

y la madre con el cuchillo de sacarle los intestinos a los corderos en la mano

–Me da mucha pena no puedo

el todoterreno de la policía, de camino a la Prisión de São Paulo, rodeó a una mujer con delantal que por casualidad no era ella, cuando lloramos los ojos babean saliva, es en la garganta donde se juntan las hojas secas de las lágrimas, si las pisamos, incluso levemente, enseguida protestan, quién no las oye quejarse, señores, los pájaros de cuello pelado se apartaban de los faros no volando, cojeando, con callos, por las aceras desechas, el de la cama de al lado, ya en la fila hacia la capilla

–¿No me la vas a enseñar nunca?

otro todoterreno de la policía, una camioneta de soldados, algunos solo con la mitad del uniforme y chanclas, más allá de Moçâmedes el desierto y las culebras de enero llegando a casa, la mayor parte venidas de las olas, las demás, crecidas por la lluvia, entre baobabs y guijarros, la mandioca no florecía, se marchitaba, fíjate en sus calaveras blancas secándose en la estera, en cada cruce la Prisión de São Paulo crecía hasta alcanzar la dimensión de su pánico, le dijeron

–Vas a formar parte de la Comisión de las Lágrimas

o sea, ojos que babean saliva, es en la garganta donde se juntan las hojas secas y ahí están, protestando si las pisamos, al decirle

–Vas a formar parte de la Comisión de las Lágrimas

la madre de rodillas en la cocina del jefe de puesto en la que entraban los girasoles desordenando la vajilla, la madre colocando los cuencos

–Deje la casa en paz

y el problema es que por más que me esfuerce no soy capaz de calmarme, señora, en la Prisión de São Paulo gente y gente en los pasillos, en celdas, con alambres en las muñecas, que lo miraban mientras esperaba, el de la cama de al lado, en medio de la noche

–¿No te gusto?

y una vez o dos, nunca he confesado esto, fingí que me gustaba, comulgaba con miedo a que la hostia, incluso cerrando la boca, me denunciase, furiosa, y los crucifijos inclinados hacia mí

–Pecador pecador

los misioneros me llamarían a su despacho

–Recoge tus cosas

yo que no tenía nada excepto la camisa y los pantalones que ya no me servían, al mandarme de vuelta a Cassanje me arrugaba y cabía en la ropa, la seguridad de que el padre, a pesar de no darse cuenta, lo sabía, hay partes nuestras, el hígado, la vejiga, que pueden comprender lo que la cabeza no entiende, dan avisos, dejando caer piedras

–Ha pasado esto ha pasado aquello

y nosotros, tras reflexionar, de acuerdo

–Es verdad

en cuanto al padre lo sepultaron no en un ataúd, como a los blancos, en una tabla, como a los negros, y se sentía su reprobación, por debajo de las raíces, como se sentía al gato que siempre regresaba, hasta en Lisboa, un esfuerzo bajo los muebles o un bulto que se movía por la alfombra y era él, lo notaba en la cara de mi hija que se entendía con los árboles y las voces de la nada, menos mal que lo sepultaron, padre, ojalá las raíces lo estrangulen y el de la cama de al lado también mudo, con un palo en la barriga en Cabinda, quién es Dios que no está, la Virgen

–Qué cosa

desentendiéndose de los caprichos del mundo porque las mujeres conservan intactas las ilusiones y la esperanza, los cristales opacos intrigaban a mi hija

–¿Ahí acaba todo?

y yo equivocándome al ajedrez

–Ahí acaba todo

cuando ahí no acababa todo, la Prisión de São Paulo, por ejemplo, proseguía, presos y presos en los pasillos, en las celdas, la señora de la embajada a su mujer

–¿No pertenece su marido a la Comisión de las Lágrimas?

de modo que es imposible que no lo busquen en el barrio, no todoterrenos de la policía ni camionetas militares, gente, que no sabía quién era yo pero sabía quién era él, llamándolo en el descansillo, el hijo de la chica que no dejaba de cantar mientras le pegaban, la levantaban con un gancho, la dejaban caer, se oían sus encías contra el cemento y ella cantando con las encías, una bala en el vientre y cantaba, una bala en el pecho y cantaba, incluso sin nariz y sin lengua, y la nariz y la lengua sustituidas por coágulos rojos, seguía cantando, creyeron callarla con un revólver en el corazón y los arbustos del patio temblaban, me pregunto si en lugar de los arbustos eran mis manos que no encontraban reposo, mi mujer, con el tenedor del almuerzo en la mano

–¿Qué te pasa?

y cómo hacerla creer que es la canción que no me suelta, mi mujer con las compañeras de camino a las traseras de la fábrica, de la modista, de la oficina, sin lentejuelas ni plumas, y él flor en ristre, por casualidad una azucena

–Madame

cuando era

–Niña

lo que pretendía decir, no

–Madame

no vieja para

–Madame

con tanta infancia en el rostro, tal vez no una azucena pero le agradaba pensar que era una azucena, dónde se pueden encontrar azucenas en África, le doy un dulce a quien encuentre una sola, un día les cuento dónde encontré esta, no, lo cuento ya, a lo mejor las encargaban a Europa porque la Virgen, claro, azucenas, si la del altar fuese la que tenemos en el salón le daría inmediatamente un escalofrío

–Qué cosa

intrigada con los cristales opacos

–¿Ahí acaba todo?

y la pequeñez de la Tierra

–Mi hijo tanto trabajo ¿para qué?

la mujer Simone o Alice y al no estar seguro nunca la trató por ningún nombre, como no respondía, al llamarlo, dado que seguía esperando en Luanda, abotonándose bajo la lluvia en las traseras de la fábrica, de la modista, de la oficina, entre mendigos que escudriñaban trozos de botellas, verduras secas, miserias, mientras que en el claustro almendros silvestres y las cruces de palo de los misioneros muertos, al anochecer encendían farolillos de papel para conjurar a la noche, si mi padre colgase un farolillo de papel aquí

–De día no se atreven a matarme

se salvaría el director

–¿Para qué un farolillo de papel en la Clínica?

y cómo hacerle entender que yo no estaba enferma, todas las hojas hablan y cada boca resentimientos, opiniones, avisos

–No nos gustas

ningún almendro silvestre en Lisboa, las ambulancias que se lamentaban en la calle llevándolo hacia una playa, tal vez al otro lado del Tajo, cerca de plantas con pinchos, en una balsa desde la que no se veía el mar, con la misma ola despidiéndose hacía siglos

–Pásenlo bien

y se imaginó que iba a morir junto a un esqueleto de gaviota o albatros, los albatros más arriba, junto a un esqueleto de gaviota, nunca trató a la mujer por ningún nombre, ni Simone ni Alice, y por qué Simone, por qué Alice, por qué una idea de perdices él que no conocía perdices, gallinas silvestres sí, pero cómo son las perdices, qué hacen, de qué se alimentan, en qué parte de su cabeza se ha montado esta obsesión, lo consiguió con esfuerzo, metido en el tablero de ajedrez

–Madame

y en el interior del

–Madame

que los años y la rodilla enferma fueron deshilando poco a poco un

–Niña

intacto, curioso que haya emociones que aguantan, cuando te cojo la mano, cuando no te cojo la mano, ninguno de nosotros coge la mano al otro, para qué, dedos blandos que apetece sacudir y refregar la palma y nuestros dedos, esos sí, con huesos, en la pierna, me pregunto si la bala en el corazón de la chica fui yo, me parece que la pistola, no me parece no que la pistola, cómo quieren que me acuerde treinta mayos después, no soportaba oírla cantar, fui yo, la nariz y la lengua sustituidos ya por coágulos rojos no sé

–¿No pertenece su marido a la Comisión de las Lágrimas?

la iglesia desierta, solo un fulano persignándose sin parar en la monotonía de los negros, cogí la azucena del jarrón y enseguida el de la cama de al lado

–Enséñamela

sin enseñarme el palo en la barriga, no me dejen dormir, despiértenme, no quiero un todoterreno en la esquina ni aquella puerta abierta y militares sacudiéndome

–Ven aquí

mi mujer

–¿Sigues teniendo miedo?

y no me da vergüenza confesarlo, sigo teniendo miedo, la Prisión de São Paulo ahora delante de él, gentes y gentes no huyendo, en pasillos, en celdas, difícil reconocer a los presos por culpa de las hinchazones, por no mencionar los postigos estrechos, me pregunto cómo lo descubrió mi hija yo que me callé o como mucho gritos mudos que nadie escuchó, será que los árboles y los objetos decidieron informarla pero cómo si no habían salido de Lisboa y por consiguiente no saben nada de África, en relación con África, por lo demás, hay momentos en los que dudo, palabra de honor, haber vivido allí en tiempos, desde hace milenios este tablero y estos cristales opacos y sin embargo cada autobús una camioneta del Ejército, cada automóvil un todoterreno de la policía, me pasé semanas y semanas azucena en ristre no todas bajo la lluvia, es verdad, pero casi todas bajo la lluvia e indiferente dado que Simone, dado que Alice, Simone lo leí en las fotografías del cartel, Alice después, la querida Alice que vino de Lisboa en un barco de mujeres, lleno de lentejuelas y plumas, para los propietarios de las fincas de café, al mencionar a la querida

Alice enseguida el abuelo ciego y los pajaritos en el pan, ahí va ella cargando con su rodilla hacia la habitación, debe de ser complicado llevar algo no nuestro, la señora de la embajada

–¿No pertenece su marido a la Comisión de las Lágrimas?

y pesada, e insegura, se imaginaba que no la veía una petición de ayuda no sé a quién, a la Virgen que no nos mira, inquieta con la estrechez del universo

–¿En serio que no hay nada fuera?

y no hay nada fuera, Señora, está la Prisión de São Paulo y mi padre sentado con los demás, a una mesa larga, con dos bombillas cayendo del techo, en charcos oscuros, sobre otros charcos oscuros, interrogando, silbando, enfadándose con los presos de los pasillos y las celdas, a quién buscaste ayer, con quién hablaste, dónde fuiste, las hojas de su boca no

–Ay Cristina

no

–¿Cómo estás Cristina?

a qué enemigo escribiste contra nosotros, porque pensabas matarnos, y más charcos, ojos que babeaban saliva, susurros de palmera sofocada, tras los susurros de palmera un silencio vacío en el que un barco con un farolillo de papel, perdón, un barco sin un farolillo de papel soltaba cuerpos en la bahía donde el mar agitaba semillas de helechos contra la ventana, en el seminario los helechos todo el tiempo en los marcos, advirtiendo

–No pongas triste a Dios

con el de la cama de al lado, más bajo que los helechos

–Dame

y demasiados brazos, demasiadas uñas, demasiado sudor en su nuca, en la espalda, él pensando, aterrado

–Un día de estos Dios se va a enterar seguro

porque los helechos lo sabían y yo no les gustaba, los helechos

–Eres negro

con una arrogancia que no cesaba, no cesaba, mi madre de rodillas y él incapaz de consolarla, él negro

–¿No pertenece su marido a la Comisión de las Lágrimas?

él mandioca retorcida en las esteras, él de piedra como en Lisboa, casi ochenta años de piedra, él con la madre, hoy engordando el pasto, en la cocina del jefe de puesto mirando los girasoles y más allá de los girasoles los mangos, alrededor del seminario eucaliptos que asentían

–Eres negro

reuniendo sombras donde dormían los murciélagos, cabeza abajo, apiñados en racimos

–Eres negro

el jefe de puesto blanco, la esposa del jefe de puesto blanca, mi madre negra, mi padre negro que trabajaba en un almacén pagando los salarios y no había salarios, no has pagado el impuesto, te has gastado lo que quedaba en la cantina y los muy tontos callados, nunca había visto unas criaturas tan sumisas, trozos de calzonas, trozos de camisas, algún que otro sombrero de paja sin paja, a qué desgraciado se lo has quitado, bandido, él en la Comisión de las Lágrimas

–¿Quieres que los portugueses vuelvan a Angola?

la chica sin encías ni lengua que solo calló la pistola, no entendía la razón para seguir escuchándola en Lisboa, qué has hecho para que te oiga en Lisboa a no ser que el mar os traiga uno a uno, la misa en el seminario a las seis y cuarto de la mañana y él helado, ojalá nadie se lo cuente a Dios, ojalá no venga aquí y sospeche, Dios blanco, como el jefe de puesto y la esposa del jefe de puesto, con el cucharón de darle vueltas a la sopa en la cocina en alto, alarga las manos, ladrona, y a cada golpe se rompía un girasol, innumerables pestañas amarillas y la pupila de esmalte descubriéndome de repente

–¿Se la has enseñado?

yo que con mi mujer

–¿No le preocupa casarse con un negro?

no podía, mi hija, y dudo que mi hija, igualmente blanca, no me trates por

–Padre

no soy capaz de acariciarla ni necesito pedirle

–No me trates por padre

puesto que no me trata de ninguna forma, se entretenía con las voces, les respondía, si llego a dormirme, yo que no llego a dormirme, me despierta desde el salón susurrando misterios, si me diesen una pistola callaría a la chica en mí y mi barbilla en el tablero derribando las piezas, un preso limpiaba los charcos con un cubo donde saltaban las dos bombillas, ahora juntas, ahora una y ahora otra y mi mujer cuando yo

–¿No le preocupa casarse con un negro madame?

casi sonriendo, no de felicidad, una razón misteriosa

–¿Y crees que soy blanca?

a pesar del pelo claro y la piel rosada, en las cajas de las traseras una fiebre a la que llamaba perdices y que yo no llegaría a ver dado que en Portugal solo conozco esta casa, mira al abuelo friendo criaturas peladas en un trozo de caña, mi mujer, indignada con la caña

–Una brocheta de hierro

porque la brocheta importante y fresnos y peñascos donde un hilo de agua que baja sin llegar a la tierra, un ciego escondiendo la alegría en la barba

–Mi abuelo

todo sin color salvo el trapo desmayado de la sonrisa, empalizadas oblicuas, ventanucos a través de los cuales ningún girasol, ningún helecho, ningún Dios por allí ya que no cabían amenazas en un lugar tan estrecho, de Portugal conozco este piso y no me obliguen a conocer más, chabolas, gente corriendo, los que va soltando una trainera en la bahía, se agarran a la noche por la cabeza, las rodillas y la sombra abre los brazos y se los lleva, el padre de Cristina, en la Prisión de São Paulo, levantando unos papeles

–Todo está aquí escrito

o sea lo que él escribió en la víspera por detrás del codo, no lo que habían escrito los presos al lado opuesto de la mesa, querías entregarnos a los colonialistas, a los surafricanos, a los chinos, a los rusos y no jures que no escribiste esto, no mientas, el padre de Cristina recordando el cubículo al que se tiraban granadas, contando los segundos antes de la explosión, uno dos tres cuatro cinco, que callaba los gemidos y las oraciones, también callaba el silencio, sustituyéndolo por nada si es que la nada sustituye a algo, cuando las voces me abandonan les pido

–No me dejen sola

y ruido de platos rotos que no sé quién rompió, mi madre, sin que yo tuviese culpa, llamando a los bomberos, no he roto los bibelós, no he abierto el gas de la cocina, no he roto las cortinas, mientras mi padre permanecía inmóvil delante del ajedrez o cambiaba un alfil y se quedaba observándolo indeciso, si el colchón de su cama ardiese volvían las voces

–¿Cómo estás Cristina?

y yo tranquila, afortunadamente estoy fenomenal, después de las granadas se abría el cerrojo del cubículo y ni siquiera mucha sangre, huesos al aire rompiendo la piel y la carne, qué complicados nos han hecho, de qué manera se entienden con nosotros los médicos, llaman páncreas e intestino a ovillos y tajadas, cómo pensamos, qué le pasa a la comida, más gente en el cubículo empujada a culatazos sobre los ovillos y las tajadas, intentaban impedirnos que las cerrásemos con las rodillas mientras el padre de Cristina tiraba de una anilla de granada y alguien a su derecha

–¿Es necesario?

apoyado en la mesa vomitando los ojos, fíjate cómo me salen de la boca cuando meten todos estos huesos, todos estos pelos, todas estas vísceras, todos estos, no sigas, resume, cuando meten el cubículo entero en bolsas, otros presos limpiaban las paredes y el techo con creolina, cuántos éramos en la Comisión de las Lágrimas, el de la cama de al lado mirándome las vergüenzas

–Enséñamela

y mi espalda doblada, éramos diez, quince, ocho, salvar Angola y los girasoles y el hambre o sea mi madre de rodillas en la cocina del jefe de puesto

–¿Es necesario?

y lo he hecho por usted, señora, la esposa del jefe de puesto con el cucharón

–Discúlpate ladrona

al morir mi madre no me lo agradeció, le pregunté

–¿Se va a marchar así?

y se marchó así, suelo abajo, deslizándose descalza por la tabla, le puse derecha la camisa, por poco no la besé y si la besase a quién besaría, entiendo que me haya olvidado, es más, nunca se acordó de gran cosa, en caso de preguntarle

–¿Quién fue su padre?

buscaba un momento

–No sé

trabajaba en el algodón, creo yo, todo herido por las espinas, no necesitó una granada en el cubículo, los aviones bombardearon Cassanje un año antes de la guerra y se acabó, enseñaba los papeles que escribí

–Tu error fue anotarlo todo

los presos expresándose con dificultad

–No es verdad

ansiosos por convencerme de que la verdad un asunto serio y no lo es, qué impostura la verdad, los aviones seguían a las personas por los caminos, en las pausas de la lluvia, mientras mi marido la sufría azucena en mano, qué novios tan cómicos, los negros, qué chaquetas, qué corbatas, qué modales, además de oler a no sé qué que no se aguanta, fuman con la brasa del cigarro en la lengua, cogen el tenedor al revés, nunca te acuestes con un negro, hija, que te vuelves negra y el olor no se quita, por suerte saliste blanca y yo distraída debido a las voces, atropellándose en mí, como los aviones se atropellaban en Cassanje, no era gente lo que recibíamos en la Comisión de las Lágrimas, eran helechos que nos querían matar blandiendo semillas y hojas, la chica que cantaba un helecho, los oficiales, a los que les quitábamos los galones, helechos, los que susurraban contra nosotros al este y en Benguela, o fingían ayudarnos en Luanda, helechos, el jefe de puesto a mi madre, dándole con la vara en la pierna

–Si no fueses tan vieja

o el de la cama de al lado ya con su palo en la barriga

–¿Te voy a gustar siempre?

y por tanto mi padre también lleno de voces, cuál de nosotros rasga las cortinas, quema el colchón, rompe los vasos y los platos, cuál de nosotros en la Comisión de las Lágrimas

–Quítate la ropa

y señales de cigarros y cuerdas en la piel, los presos jurando tendí emboscadas a los portugueses, en el tiempo de los colonos me arrancaron las muelas con una tenaza, perdí el brazo, mire, mi madre y yo y los girasoles del puesto en la memoria, centenas de girasoles que la lente del pasado hacía inmensos, dónde se ha visto tantas flores apuntándome al unísono

–Enséñamela

obligándome a aceptar lo que no quería, quería, no sé si quería o no quería, menos mal que perdiste el brazo y te arrancaron las muelas, así es como menos tenemos que limpiar después, las granadas en el cubículo porque los aviones no se marchan, mi madre de rodillas

–Perdón

y los eucaliptos del seminario insultándome

–Maricón

sin dejarme ganar al ajedrez, los eucaliptos

–No eres un hombre

los eucaliptos

–No hay perdón

y el dedo infinito de Dios

–Tú

el de la derecha, apoyado en la mesa, comprimiendo sollozos en el pañuelo

–Tú que has sido cura ¿no crees en Dios?

mientras las ambulancias ardían al ritmo del gramófono que obligaba a mi madre a bailar, ayudada por el dueño de la fábrica, de la modista, de la oficina

–Esos tobillos más arriba cariñitos

yo culpando a los presos de los papeles que escribí para que mi madre, creo en Dios y palabra que es terrible creer, su dedo infinito

–Tú

para que mi madre se levantase en la cocina del jefe de puesto, para que al menos gallinas en casa, un par de cabras atadas a un palo y mi padre no tuviese que coger escarabajos en una lata, yo

–Firma ahí que nos vendiste a los rusos

y no me hablen del seminario ni de la iglesia que no se molesta por nosotros, quién se molesta por unos negros, menos que animales, esos, tantos coches de portugueses pudriéndose en los barrios de chabolas, nos vendiste a los rusos, a los chinos, a los cubanos y el todoterreno con mi padre, en Luanda, que nunca tuvo tantas calles como aquellas noches ni tanto silencio en los árboles, igual al silencio del mundo al olvidarse de andar, todo interrumpido por instantes, gestos, odios, relojes, nosotros perplejos

–¿Dónde estamos?

y la imagen de la Virgen en el marco tallado, mentira, no tallado, de aluminio

–Qué cosa

tanto vacío tras los tiros, se callaban y más calles, más plazoletas, más callejones, cascabeles colgados de ningún cuello caminando por ahí, personas, escondidas tras una esquina del edificio, formando parte de las casas, de modo que cada vez menos pies, menos costillas, menos carne, ladrillos en que bocas, transformadas en paredes, respiraban todavía, siguiéndolo con ojos de cal que aunque ciegos lo veían

–El cura

el cura cansado de cadáveres de bruces y marcas de catanas y balas, por qué casi todos los cadáveres de bruces, dónde van a parar las caras, los cascabeles que parecían volver desapareciendo de nuevo, a pesar de las explosiones el sonido perpetuo, acompañándolo a derecha e

–¿Qué tienes contra tu pueblo eh?

izquierda, a medida que el todoterreno avanzaba trayendo huesos a la luz, caminos sin mandioca, detritus, yo detritus, no un hombre

–No eres hombre, qué pena

en el seminario lo despertaban con un badajo así y los eucaliptos y los girasoles se adentraban en mi sueño

–Las seis las seis

sandalias claustro afuera en dirección a la capilla, más pasos que misioneros de modo que tal vez los difuntos fuesen con nosotros, aunque sepultados junto a la huerta y con cruces hechas con los mismos palos que enderezaban las verduras, no se me olvida el brillo de las lechugas al atardecer, incluso hoy tengo la impresión de encontrármelos junto a los cristales opacos de la terraza, el profesor de Latín a la madre de rodillas

–Discúlpate ladrona

no, el profesor de Latín con la sotana blanca, un blanco, cuándo irá a pegarme, esos tobillos más arriba cariñitos y la rodilla de mi mujer una molestia en la rótula

–¿Qué me pasa?

el profesor de Latín a él

–¿Dónde está el sustantivo?

el sustantivo cambiando de posición, como los complementos y los verbos, el meñique buscando en el libro, bajo el arbusto en fuego del primer relámpago, y yo con miedo, tengo miedo, madre, y usted, deslizándose por la tabla, puede poco por mí, incluso viva podía poco por mí, usted con el cuchillo de sacarle los bofes a las ovejas en la mano, avisándome sin boca

–No puedo

pulseras hechas con tiras de neumático, un anillito de lata, sacuda las moscas de la cabeza, al menos, viejas, con abanicos de sisal, cantando, como cantaba la chica en la Prisión de São Paulo, sin lengua y cantaba, al hundirle la pistola en el corazón enmudeció y algo suelto en mi pecho, no piedad, no remordimiento, algo sin importancia que renunció, fíjense en mis ojos babeando saliva porque es en la garganta donde se juntan las hojas secas de las lágrimas, impidiéndonos respirar, a qué olemos que les da tanto asco a los blancos aunque desde la cama de al lado

–Enséñamela

el mar de Moçâmedes sin ruido en la playa, regalándome piedrecitas, y yo sin pensar porque no pienso salvo en mi hija y mi hija, adelante, por la noche lucecitas imprecisas que pedían

–Ven

y, si consiguiese salir de esta casa, aseguro que iría sin que la rodilla de mi mujer me pudiese alcanzar, acechaba desde la puerta tal y como yo acechaba en las traseras de la fábrica, de la modista, de la oficina donde a las tres de la mañana mi mujer y sus compañeras cayéndose de sueño, Sandrine, Brigite, Françoise, Simone, o sea Zulmira, Fátima, Lurdes, Alice, a lo lejos ricas y casi negras de cerca, casi pulseras de goma, casi anillos de lata, casi ropas del Congo, la azucena, no la lluvia, anunciando

–Estoy aquí

con los pétalos deshaciéndose, la pobre, si los tocase se caerían

–Más arriba cariñitos

vivían en una pensión de Mutamba sobre un restaurante con billares y perros que las olisqueaban y enseguida las dejaban

–No están ni vivas ni muertas

el abuelo de Simone

–No te veo chica

y menos mal que no la veía porque si la viese no encontraría la infancia en su rostro, dónde has dejado la infancia, ya no te gustan los pajaritos, a ti, encontraba fatiga

–No me importa lo que pase

y el bolso de charol

(¡charol!)

vacío, ningún retrato, abuelo, nada de dinero, pomada para la rodilla que empezaba a lamentarse y una lluvia difícil de coger en el bolsillo descosido

–La pierdo todos los días

girándola, un mueblecito cerrado con una cortina, una palangana desconchada, el calendario del año y del mes en que llegó a Luanda

–¿Cuánto tiempo hace?

ensuciándose en su clavo, yo sin atreverme a desnudarme y el seminario de vuelta

–Enséñamela

helechos, palmeras, ya no te gustan los pajaritos, a ti, no abuses de mí, no me hagas daño y abusaba de mí y me hacía daño

–Quieto

hasta que el badajo de la cabra

–Las seis

levantándome del colchón con la urgencia de una grúa y yo goteando sueños confusos, mi madre en la cocina del jefe de puesto, árboles hasta el mar de Moçâmedes y las orejas de las caracolas que contaban las olas, números larguísimos, desde el principio del mundo, que solo ellas conocían, ganas de pedir

–Repitan

y en vez de repetir seguían contando, la madre entregándolo a los misioneros italianos, uno de ellos pelirrojo como Françoise, dicen que los pelirrojos huelen como nosotros, no sé, un patio con una fuente, es decir angelito sin la mitad de la nariz

–¿Habrá habido antes otra Comisión de las Lágrimas?

vertiendo gotas lentas por el musgo de los labios, no sangre como en la Prisión de São Paulo, más o menos agua y las gotas desapareciendo por las grietas del depósito, mi madre juntaba la lluvia en un cubo o la traía del río, la recuerdo, en medio de la cuesta, aliviándose del peso y las espinillas tan hinchadas, señora, el angelito

–¿Quieres otra vez aquí a los portugueses?

al que encerraron en el cubículo de las granadas, con otros entes celestes, empujado por culatas y botas, se espera cinco segundos y no se oye la explosión, se siente un estremecimiento alrededor y mi hija entendiendo

–Ay Cristina

aunque las voces la ocupaban entera, el compañero a mi derecha en la mesa

–¿Es necesario?

vomitando los ojos, fíjate cómo me salen de la boca, incluso hoy, delante del tablero de ajedrez

–¿Es necesario?

la chica sin lengua sigue cantando, la levantábamos del suelo y seguía cantando, la tirábamos contra el cemento y seguía cantando, no se calla, de vez en cuando, aquí en Lisboa, una ambulancia en la calle camino de la arena para arder en la bahía, yo sin la palabra

–Alice

sin la palabra

–Hija

y por primera vez

–Alice

por primera vez

–Hija

intentando levantarme de la silla para unirme a ella en la ilusión que me protege, impidiendo que me digan

–¿Quieres entregarnos a los rusos?

y poder seguir en las traseras de la fábrica, de la modista, de la oficina, abotonado, solemne, tímido, esperando a los artistas con la azucena en la mano.

3

Si no vuelven las voces no se escribe este libro: qué decía ella, qué digo yo que no sea dictado por las hojas y las cosas o si no desconocidos en mi cabeza discurriendo sin fin, semillas de helecho hablando de nosotros, yo llamando a ambulancias y rodillas enfermas, repeliéndolos

–Me he equivocado

mientras mi madre cojea su desgracia, hecha de granito en llamaradas, y mi padre, detrás de los caballos y los alfiles del ajedrez, esperando que lo maten cuando es a mí a quien quieren matar, siento sus amenazas desde Moçâmedes

–Ay Cristina

así que el mar a un lado, y el desierto al otro, empezaron a empujarme hacia el interior de mi cuerpo en el que fui muy grande de pequeña y ahora me limito a un cubículo donde explotan granadas que me deshacen hueso a hueso, no miro a nadie, no respondo, me quedo quieta en la Clínica y quieta en el salón, deseando que no se fijen en mí ni en mi madre en la provincia, delante del espantapájaros de la huerta

–¿Cuál de nosotras dos es Alice?

mientras el abuelo palpa el mundo con la cabeza erguida de los ciegos, convencido de que las manos, al moldear el aire, fabrican parientes

–Chica

un espantapájaros con boina y abrigo, con restos de guantes en las cañas de los brazos, que los tordos no respetan, tronco de paja con un guijarro que imitaba el corazón contrayéndose por dentro, fue el abuelo quien introdujo el corazón en la paja

–Déjenlo vivir como nosotros

y en el caso de que la madre se acerque la piedra viva latía, cómo late todo también en África incluyendo a los muertos, era necesario preguntarles antes de enterrarlos

–¿Está seguro de que ha fallecido?

ellos pensando la respuesta, aunque olían a ceniza y pasto quemado, y todas esas moscas paseándose por su piel

–Creo que sí pero no estoy seguro

porque conviene medirnos con atención para saber cómo estamos, tomar el pulso, poner un espejo en la boca y notar si se empaña o no se empaña, sugerir

–Se le mete en la sepultura a ver

y en el caso de resultar incómoda la tierra en la cara ellos previenen

–Al final me he equivocado

porque en Angola es así, todo al revés de lo que se imagina, la lluvia hacia arriba en lugar de hacia abajo y los ríos no en dirección al mar, directitos a nosotros, nos encontramos los muertos a la mesa, nos los cruzamos por la calle, trabajan en las carreteras nivelando el asfalto, el abuelo de mi madre, desconfiado

–¿No estás mintiendo?

y la prueba de que no estoy mintiendo es que usted disimula las caricias

–Chica

tras siglos conversando con los chopos puesto que lo siento en las ramas, con las orejas alerta a los pasos de mi madre en esta casa, un susurro de zapatilla en la pierna sana y en la pierna enferma una explosión de alguien con escafandra torciendo los cuadros, cómo levantar el tobillo, chiquilla, cómo bailar, el ahijado del farmacéutico, que en las pausas del almirez sustituía al tío

–Ven conmigo al cercado

y crías de perdices paseándose por los muslos, la encontró en el gallinero, con los bolsillos del delantal llenos de mandarinas, ella que hasta hoy no ha vuelto a tener ni delantal ni mandarinas

–Le gustaban los bolsillos del delantal llenos de mandarinas ¿verdad madre?

y palpar con el meñique los huevos en el interior de las gallinas

–¿Le gustaba trabajar en Lisboa?

en una fábrica, en una modista, en una oficina, sin ensuciarse el vestido de cal ni dormir con los padres en un colchón que se enrolla por la mañana junto al disgusto concéntrico de las cebollas, se quita una tristeza y aparece otra más pequeña, hasta el daño final de una pepita

–¿Cuánto daría por tener otra vez los bolsillos del delantal llenos de mandarinas confiéselo?

de vez en cuando mis padres también un cercado de perdices, luchando el uno contra el otro en un revuelo de plumas, ojalá una escopeta los matase de un único tiro, el dueño de la fábrica, de la modista, de la oficina

–Date una vueltecita delante de mí para cogerte las medidas pequeña

y mi madre de acá para allá en un escondrijo con fotografías de criaturas desnudas en la pared, una de ellas abrazada a un rinoceronte de fieltro, la segunda en un sofá tirando besos y la nostalgia inesperada de sentir huevos con el dedo, el espantapájaros agitaba guantes en la memoria, el sabor de las mandarinas empezaba antes de comerlas y aumentó cuando el dueño de la fábrica, de la modista, de la oficina aplastó la punta del cigarro contra el piso con la suela feroz

–Quizá sirvas

el sofá del retrato que tiraba besos detrás de él, más viejo de lo que parecía en la imagen, con una de las patas manca y el forro descosido, todo me critica por qué, todo me observa, la convicción de que un péndulo de reloj se agitaba en cualquier sitio impidiendo que el mundo se durmiera, el dueño de la fábrica, de la modista, de la oficina la mandó librarse de las tristezas una a una hasta la semilla del centro mientras mil perdices burbujeaban ecos y el tío al que le faltaba un trozo de labio, casado con la hermana del padre de ella, le soplaba al oído, introduciéndose en los tirantes

—Si se lo cuentas a tu abuelo te mato

las velas del molino de las orejas del burro, agarrado a una horquilla, giraban buscando

—Alice

y aquí estoy, amigo, enderezándome en la ropa, te he perdido a ti, no he perdido las mandarinas, las traía del ultramarinos en una bolsa de papel y aunque no fuesen de ella una eternidad mirándolas, helechos en el seminario, el angelito redondeando gotas, antes de ponerlas en el frutero, mi padre en Benguela, anunciando a Dios entre los negros, pero dónde vive Él que no lo sé, si no vuelven las voces no se escribe este libro y qué es este libro sino personas intentando abrir la puerta

—¿Ahora te acuerdas de llorar?

y al sacarla de sí misma adiós abuelo, ninguna cabeza en lo alto investigando presencias

—¿Dónde te has metido chica?

las velas del molino de las orejas de burro dejaron de buscarla, deben de haber hecho un hoyo, al final de la huerta, para enterrar las articulaciones peludas, tal vez espante moscas allí abajo con la rama casi desnuda de la cola mientras el padre, preguntándose qué moscas espantará Dios que lo perdí, repartía la hostia no en una iglesia, en un cobertizo con una cruz de escayola oscurecida por la lluvia, preguntando

—¿Qué ventaja tiene esto?

sin ser capaz de borrar al de la cama de al lado dilatándose en el recuerdo

—Enséñamela

y la furia de los helechos

—Tú no nos mereces

la Virgen

—Qué cosa

no preocupada por él ni por Alice en el mostrador de la fábrica, de la modista, de la oficina, sin reconocerse en el espejo detrás de botellas y vasos, buscando una mandarina en el bolso que la ayudase a atravesar la noche, respondiendo

–Pues sí

a los clientes y bailando en un estrado inseguro

–Cariñito

meneando plumas, moldéeme la cara como hacía con los pulgares, abuelo, la partera echando compresas en un cubo

–Debías haber llorado antes tonto

y dolores y fiebre las paredes curvadas, qué sacó de mi cuerpo, dígame, cómo puedo levantar el tobillo dado que me han vaciado de la carne que tenía, no digo una palabra que no sea dictada por las hojas y las cosas, o si no personas en mi cabeza mandando en mí, quién regaló las mandarinas que no me dejan en paz, el dueño de la fábrica, de la modista, de la oficina

–Estamos en Angola para alegrar a los propietarios de las fincas cariñitos

ella que de Angola conocía la pensión en la que vivía con las compañeras, donde una vieja salía al descansillo escoba en ristre

–Juerguistas

dejando el cuarto poblado de mártires de barro a los que les faltaban trozos, la vieja que bailó en otra fábrica, en otra modista, en otra oficina, hasta que no una sola rodilla como mi madre, las dos rodillas rupestres, unas veces Custódia, otras veces Marlene, encaramada en un mostrador imaginario, sonriéndose en un espejo pero sin boquilla ni plumas, la gota de la camisa cayendo, con la lentitud de un grifo, desde el hombro, mi madre

–Doña Marlene

y la vieja radiante, convencida de levantar el tobillo en un escenario estrecho, descompasándose del gramófono y tardando en encontrar la cadencia, espiando a las compañeras que también descompasadas, tanto trabajo para acabar con una sopita de limosna, entre mártires y tórtolas a saltitos, si tuviese un delantal con mandarinas mi madre le daría la mitad y enseguida el abuelo levantándose

–¿Quién está ahí contigo?

son las tórtolas en el tejado de la pensión, abuelo, episcopales, solemnes, con las manos a la espalda como los críticos de arte, que los negros se comerían como se comían los escarabajos, orugas y el adobe de las cabañas, comían lama y todo, el mar de Moçâmedes sin ruido, secreto, mira los cocoteros en la playa donde las caracolas no dejan de coleccionar olas, mira la chica cantando y yo escuchándola en la Clínica mezclada con caídas e insultos, mira mi padre saliendo de Benguela a

–Las seis las seis

acompañado por unos sujetos de uniforme, mientras los leprosos gateaban hacia ellos, todavía incompletos en la aurora purificadora

–Patrones

solo formas, no gente, se acordaba del tren, luchando con el pasto, donde ningún tren, de un niño mamando de una cabra y de Dios en otro sitio, sin fijarse en él, atravesaron un río intimidando a sapos cuyo pánico lento les impedía huir, desperezaban una pata y no movían la siguiente, mi madre con los propietarios de las fincas del café y Luanda ante ella cambiando con la bajamar, qué ciudad es esta que se hincha y se contrae con una candencia de puño, las avenidas elásticas, los edificios blandos, Muxima hacia delante y después hacia atrás, expresando, solo para ella, lo que yo no entendía, a medida que los cristales opacos me comprimen los gestos y yo entre la cocina y el salón, oigo a mi madre sin oírla

–¿Cómo estás Cristina?

oigo al director de la Clínica

–Unos días de permiso si se toma las pastillas

y no hay pastilla que calle los gritos que corren, enmudeciendo de repente cuando empiezan los tiros, ahí están con los miembros desarticulados esperando a caer, las lágrimas de sus bocas, los dientes de sus ojos, los troncos que se amontonan sobre sí mismos en el suelo y mi padre a camino de la Prisión de São Paulo, incluso hoy, delante del tablero de ajedrez, a camino de la Prisión de São Paulo, yo, espoleada por las hojas

–¿Sigue torturando a los negros señor?

y él

–Cállate

él que no hablaba

–Cállate

en este apartamento sobre el Tajo a cuya puerta llamarán un día y el nombre de mi padre bajito, mi madre nunca escribió a Portugal

–¿Por qué nunca escribió a Portugal madre?

por causa del cercado, de las perdices, de su abuelo

–Chica

mi madre al director de la Clínica

–¿Qué hacemos con ella?

enseñaron a mi padre a usar una escopeta y a poner minas en los caminos, si un hombre me tocase por casualidad no lo sentiría, si manos en mi hombro no las notaría y sin embargo no me encuentro sola, tanta gente aquí, dicen que estoy enferma y mentira, sé lo que tengo que hacer, lo oigo todo, no escribo a Portugal porque no me llamo Alice, soy una vieja en un espejo entre botellas y vasos, las cosas han dejado de enfadarse conmigo ahora que amanece y los árboles de la Clínica empiezan a desenredarse de la noche, con menos ramas, menos advertencias, menos consejos, los portugueses en el sendero y mi padre

–No puedo

aunque haya conseguido el palo en la barriga del seminarista de la cama de al lado

–No vuelvas a obligarme a enseñártela

esto en el porche de la capilla después de mandar que lo amarrasen a una silla, con las abejas torturándonos con una prisa confusa, el de la cama de al lado

–Al menos déjame rezar

y una campanilla llamando en el pasillo, no hago el libro como pretendía porque las voces no lo consienten, escapan, vuelven, se contradicen y yo preguntándome cuáles son las que debo darles, no tengo tiempo para decidir, elijan, el de la cama de al lado con un crucifijo al cuello y las mismas manos de antes, no le clavé el palo, fue alguien en mí, hace mucho tiempo, qué veía la madre de rodillas en la cocina del jefe de puesto

–Has pegado a mi madre

de manera que el palo no solo en el de la cama de al lado, en la esposa del jefe de puesto, en el jefe de puesto, en mí, se me quedó mirando y no me lo invento, es verdad, la frente blanca, las mejillas blancas, el ombligo blanco, el sacristán al que no escuché

–¿También quiere matarme?

y un tití en un arriate de azucenas, no azucenas, otras flores, empezó a gañir, supe que el de la cama de al lado en Cabinda, rogando a los propietarios de las fincas de café, y semanas a pie, evitando cuarteles de la tropa portuguesa y las mujeres en el río con los jícaros, cuando dejó de moverse le dije

–Enséñamela tú

los dedos del compañero enmarañados en la sotana, que el guía abrió con la catana a medida que una oración en latín cada vez más lenta, sin acordarse del seminario, de los helechos, de la campanilla, entregó su súplica a los mangos, el guía levantó la catana sobre el tití que se echaba atrás poniendo caras, la idea de que me hubieran olvidado me hizo remover el palo en el interior de la sotana y el de la cama de al lado

–¿Por qué?

había perdido el claustro, las misas, las auroras de la colada, docenas de niños desfilando hacia el refectorio, con miedo del prefecto que las reunía con una vara

–¿Dónde vas tú Satanás?

y es posible desmayarse de frío en África a pesar del calor, los labios del angelito del lago un último

–¿Por qué?

en una última gota que se me deslizó por dentro, que digo yo que no sea dictado por las hojas y las cosas o si no gente en mi cabeza discurriendo sin descanso, la gota siguió en el interior de mi padre mucho después de marcharse, le pareció que una patrulla de portugueses y solo el pozo seco hablándole de Dios a nadie y ganas de llorar detrás de los ojos, dado que los negros lloran en una gruta secreta que ni conocen

–No sabía que tenía esto en mí

como al entregarlo a los misioneros italianos mi padre sorprendido

–¿Por qué ganas de llorar?

puesto que no lo entendemos, entendemos otras cosas, el guía le prendió fuego a la choza en la que vivía el de la cama de al lado y el sacristán salvando cajas y ropas, el tití nos siguió hasta el río donde volvían las mujeres y mi padre sin remordimiento ni tristeza, el recuerdo de caminar hacia el refectorio en las hojas podridas a las que les quitaban la voz y por tanto no me dan órdenes, al mismo tiempo calzado y descalzo, dormido y despierto, de uniforme y desnudo, pasando junto al niño que mamaba de la cabra, un bosque de abejas y una plantación de mandioca secada por los exfoliantes, me despertaba antes de que se hiciese de día con su todoterreno volviendo de la Prisión de São Paulo, me daba cuenta de que mi madre igualmente despierta ya que un crujido en la cabecera, las zapatillas, a pesar del crujido en la cabecera y de las zapatillas silencio, en el silencio la pregunta

–¿Dónde has estado?

convirtiéndose en cal, el niño que mamaba de la cabra ni siquiera lo miró, mi padre con mi madre en la habitación donde el retrato de ella, con Simone por debajo, nos ahogaba con sus plumas, de nuevo el crujido en la cabecera y los movimientos de quien se acomoda en el colchón, del mismo modo que los animales en los cestos, en un caracol lento, en toda mi vida no he visto sonreír a un animal, excepto los gatos entre dos bostezos, hasta que las nubes se acumulaban en mí y dejaba de escucharlos, pensando quiénes somos cuando no estamos despiertos, la fotografía de mi madre ocupaba toda la casa en su simetría con arabescos de lata, bandejas, palomas, ningún retrato de mi padre, ningún retrato mío, con qué juguetes me distraían de niña que no me viene ninguno a la cabeza ni los encuentro en los cajones, encuentro ropa antigua, un anillito y un cordón en un estuche de plástico, dos dientes de leche, en un copo de algodón, con los que mastiqué la medalla del cordón puesto que aplastada, la pobre, a lo mejor me pusieron muñecos delante de los ojos

–Una sonrisita Cristina

sin dármelos de modo que espero no haberles sonreído, el sacristán huyó con los trastos y la tierra, en un par de meses, devoró la choza, como no me los dieron seguro que no sonreí, quedó una pared de la capilla a la que la lluvia le iba deshaciendo los ladrillos y la campana sin badajo que un campesino desenganchará un día y al desengancharla no me molestan más, no me piden

–Enséñamela

o me obligan a inclinarme de modo que miro de frente a los santos y los mártires, tan limpio de pecados como ellos, aunque no elegido por el Señor que me abandonó en este apartamento de Lisboa, después de tanto luchar contra los Demonios del mal, esperando que me lleven al otro lado del Tajo, y un tiro en la nuca o la catana en los riñones que solo notará mi hija en la Clínica interrumpiendo la cena

–¿Qué te ha pasado Cristina?

y ella muda porque solo le importan las palabras de las cosas, no las nuestras, no me notaba, no me llamaba, en el caso de que yo

–Hija

se inmovilizaba esperando, mi mujer inclinada sobre una cuna moviendo muñecos

–Una sonrisa Cristina

y ninguna sonrisa, seria, guardé sus dientes de leche en una caja que no sé dónde ha ido a parar y, al guardarlos, guardé lo que sentía por ti, sentía

–No soy tu padre porque eres blanca

y sin embargo, no tiene importancia, y sin embargo, bueno, no vamos a mencionarlo, que me emociona sin que vea el motivo, no me emocionaban las mujeres, con niñas en brazos, en la Comisión de las Lágrimas, a las que encerrábamos en el cubículo, me emocionaban qué exageración, solo me fastidiaban, fastidiar no es la palabra correcta, por lo que se refiere a mi madre, para ser más claro, no me gustaba que ella de rodillas en la cocina del jefe de puesto

–Perdón

y un cucharón, del mismo palo que en la barriga del seminarista, en la nuca, en el lomo, se lo clavé a la esposa del jefe de puesto, no a él, es decir, tal vez haya sido a los dos, cómo transmitir sentimientos, me pregunto si me importan las personas y desconozco la respuesta, creo que no me importan los blancos y en cuanto a los negros los detesto, pero si es así por qué razón guardé los dientes de leche, no me obliguen a confesar que me gusta sea quien sea, no es así, los dientes en la caja solamente por distracción, en el funeral de mi madre ni una sola lágrima y por favor rodéenme de helechos enfadados para no verme la cara, hay ocasiones en que las manos empiezan a temblar a su aire o una especie de humedad sin relación con nosotros por la mejilla y francamente qué me importa, vengan aquí a buscarme, llévenme a un sitio cualquiera, me da igual, puestos a elegir una playa que me recuerde a Moçâmedes y dególlenme con la catana o pégenme un tiro deprisa, tal vez una gota, mientras caigo, en mi boca de musgo, puesto que no son solo los ángeles quiénes los tienen, qué me pasa hoy, esta desolación en la que no me reconozco, esta compasión, afortunadamente mi hija no

–Padre

nunca

–Padre

desequilibrando el cardo que soy al quitarle las espinas, no soy capaz de librarme de la capilla de Cabinda ni del seminarista que reza, quién de nosotros dijo

–Enséñamela

al otro, quién se cambiaba de colchón, escondido entre el rastrojo de las palmeras, para crucificarse en las sábanas con la boca en la almohada, pero no vamos a entrar en eso, lo que me permito como confidencia es que cuando ambos en la misma, en el mismo, en la misma, vamos a ponerlo, venga, cama, incluso cuando ambos en la misma cama, no puedo, él seguía rezando y por tanto quién mandaba

–No te muevas

y de quién las intimidades del ángel en el patio cubiertas por una hoja de escayola, mi pijama que perteneció a docenas de desconocidos, su pijama nuevo, los padres lo visitaban los domingos y yo lo seguía a distancia, lo va a contar, no lo va a contar, con envidia del chocolate, de la fruta, de la mermelada, el prefecto le acariciaba la cabeza para recibir un billete que desaparecía en la sotana, lo sentía calculando de cuánto era por los dedos que lo palpaban y por los ojos vacíos, siempre me intrigó el vacío de los ojos al buscar sin ver, mi mujer, por ejemplo, metiendo el brazo en la bolsa del dinero, qué le habrá pasado al tití, al sacristán y al niño de la cabra, que será de mi hija cuando ya no estemos aquí o las hojas y las cosas se callen para siempre, el director de la Clínica colocando un clip hasta ponerlo derecho, aunque las curvas se notasen en el alambre

–Pues tenemos un buen problema

que resolvió tirando el clip a la papelera y examinándose las uñas, primero con las falanges dobladas y después extendiéndolas a la luz, dispuesto a tirarlas, a su vez, a la papelera, la frase

–Un buen problema

que también tiró a la papelera al despedirse de nosotros

–Vamos a tener mucho tiempo para pensar en el asunto

en el despacho con una agenda de argollas llena de miles de días, pasados y futuros, en que viven los directores, sus años mucho más complicados que los nuestros, semanas interminables, meses sin fin, cuántas docenas de vidas caben en un solo otoño de las suyas, billones de auroras de seminario e indignaciones de helechos, quién de nosotros le dijo

–Enséñamela

al otro, creo que el de la cama de al lado creía en Dios, creo que yo, creo que no sé, ayúdenme, las voces de mi hija jurando

–Fuiste tú

y el de la cama de al lado

–Al menos déjame rezar

convencido de la Bondad y la Gloria del Señor cuando no hay Bondad ni Gloria, hay ambulancias en la playa y manos que se pegaban a los cristales como se pegarán las mías a la camisa antes del tiro, la convicción de que al despedirse de mi mujer y de mí el director de la Clínica nos tiraba a la papelera, donde ya se encontraba mi hija, como el clip y las uñas, déjenme apartarme de Dios tan ignorante como nosotros, tan débil, de quien no espero nada de nada como tampoco espero nada de nada de Angola salvo violencia y muerte, el sujeto a mi derecha en la mesa

–¿Es necesario?

vomitando los ojos, no un negro, un mestizo, con su parte de blanco impidiéndole entender África, no interrogaba a los presos, se callaba y en su sufrimiento el mar de Moçâmedes, o sea un murmullo de cocoteros que anulaba la mañana, si yo mandase lo encerraría en el cubículo y contaría hasta cinco esperando el tumulto de las paredes y después de encerrar el mundo entero en el cubículo me encerraría a mí para que metiesen en un cubo los huesos que quedaban, tardes en que emboscamos a los portugueses, noches heladas del este, cabritos reventados que se comían los pájaros, no conocí sino episodios de este género y la vara del prefecto señalando la sábana

–¿Qué mancha es esa de ahí Satanás?

horas de penitencia en la iglesia, a solas delante del Altísimo, en las que los árboles alababan lo que no existía, cómo me exigen que duerma, cómo me piden que olvide, los dientes de leche de mi hija en una caja que no visito, al notarla en el interior de mi mujer me callé aún más sabiendo que estaba tumbada a mi lado enfadada conmigo, cómo bailar ahora, cómo verse en el espejo de la barra, con los rostros, truncados, por detrás de botellas y vasos, el dueño de la fábrica, de la modista, de la oficina

–Ya no sirves

porque las náuseas, los mareos, las hinchazones, los vómitos, las compañeras, sin ella, en el callejón de las traseras, cargando hasta la pensión con su equipaje indolente, un barco de mujeres para los propietarios de las fincas de café y el abuelo ciego insistiendo

–Chica

sin darse cuenta de que las perdices habían acabado en el cercado, más los chillidos de las crías, y nadie fríe pajaritos con el pan por debajo, destinado a la grasa de la salsa, qué tengo que hacer que le guste, señor, lo ayudaba a atravesar la huerta, le cogía una hoja de mandarina, el delantal lleno de mandarinas, del bigote, cuando se mueran mis padres compro una garrafa de petróleo y quemo este piso, la rodilla de mi madre en la cocina

–Cristina

sin que me acerque a ella, gritos corriendo y las camionetas de la Policía aplastándolos, el portugués, en la Comisión de las Lágrimas, repitiendo sin descanso por lo que creía la boca

–Soy amigo escúchenme

y qué boca, una llaga sin músculos ni piel, ganas de pedir

–Una sonrisa Cristina

en la cuna que me encontré en un edificio de Muxima, mi mujer

–¿Para qué es eso?

enfadada conmigo, al menos el portugués probó una sonrisa y todavía menos músculos y menos piel

–He venido a Angola para colaborar

como si un blanco colaborase, en qué se puede colaborar que no dé más hambre, ningún saco de pescado seco en las cantinas, nada de carne salada, nada de mandioca bajo la lluvia de julio, te acuerdas de las criaturas, con las muñecas amarradas, que me dictan las hojas y las cosas, del director de la Clínica paseando por la agenda

–Hay meses aquí de los que ni me imaginaba el nombre

no doce, cuatrocientos o quinientos y a qué estación pertenecían, tras la ventana plátanos que no se abren conmigo, si al menos me moviesen un muñeco delante de los ojos, una vaquita, un hipopótamo, al que le faltaba una pata, por donde se le salía el relleno, la vecina de mi madre

–Fíjense en su alegría

yo que no miro sea a quien sea, no respondo, me hago pequeño deseando que no sepan quién soy, el portugués en la Comisión de las Lágrimas, por lo que creía la boca

–No van a matarme ¿verdad?

y nosotros subrayando procesos excepto el de mi derecha vomitando los ojos, un mestizo que estudió en Lisboa y Lisboa cristales opacos y yo jugando al ajedrez mientras os esperaba, amigos, no me rebelo, lo acepto, como lo aceptó el de la cama de al lado, no

–¿Por qué?

no

–Nunca te he hecho nada malo

los párpados caídos

–Al menos déjame rezar

porque Dios verdad para él, qué suerte, Dios y los padres en el claustro del seminario mientras mi madre de rodillas en la cocina del jefe de puesto, con el pañuelo en la cabeza y zapatillas de esparto, los aviones no en Moçâmedes, donde las caracolas cuentan las olas, no algodón de Cassanje donde las piernas y las manos se abren con las espinas, grupos de mandriles en las colinas que rodean la finca, los hocicos en punta, la crueldad de los ojos, aparecen y desaparecen despreciándonos, devoran animales pequeños como devoran raíces y yo pensando en el de la cama de al lado, se acuerda de mí, no se acuerda de mí, se me pasó por la cabeza hablarle de los helechos y me callé, del desfile hacia el refectorio y no dije una palabra, de las novenas interminables en las que un alma exhausta solo era capaz de compartir con Dios su indiferencia y una niebla infantil en los ojos imitando lágrimas de modo que tal vez fuese natural, no digo que era natural, digo que tal vez fuese natural ordenar

–Enséñamela

en la claridad purificadora de la mañana, de modo que antes de la campanilla por el dormitorio, antes del rosario y del temor al infierno

–Las seis las seis

doblado mordiendo la almohada y el palo en mi barriga, no en la suya, girándome en el bloque de remordimiento de las tripas, yo

–Perdona

sin aclararlo y aunque sin aclararlo seguro que me oía, como al mandar

–Corta

era de mí de quien hablaba, la sospecha de que mi hija

–Padre

perdonándome, le pegué fuego a la choza como ella le pegará fuego a este apartamento de manera que al buscarnos no encontrarán a nadie, unas plumas, unas lentejuelas, piezas de ajedrez por el suelo, restos de lo que soy en una choza quemada, el tití se fue junto al río y lo perdí, ojalá siga buscando un trozo de mandioca, como un trozo mío, mientras empujamos gente hacia el cubículo, les regalamos granadas y las luces de una trainera en la bahía, prometiendo qué sé yo el qué a quién, mi mujer

–Me ha salido un bulto en la rodilla

su abuelo preocupado por el bulto

–¿No te apetecen pajaritos chica?

y no le apetecían pajaritos, le apetecía no estar conmigo en Luanda, Girls, Girls y una azucena, bajo la lluvia, en las cajas de las traseras, con una bombilla que volvía a empezar y fallaba, mostrando y escondiendo a un negro abotonado, afortunadamente soy ordenado, respetuoso, humilde

–¿No pertenece su marido a la Comisión de las Lágrimas?

flor en ristre, digno, un negro

–Madame

sin soñar con la respuesta

–Madame

solamente con una monotonía de muñeco de cuerda, con un palo invisible clavado en la barriga y disculpándose, a falta de nada mejor, con el tití abandonado.

4

Si pregunta cómo empieza todo no responde ninguna voz dado que no hablan del pasado o en el caso de hablar del pasado usan un lenguaje que se me escapa, confundiendo la vida que me pertenece con la vida de los demás, cuál de estas creo ser yo en medio de cientos de personas que no dejan de molestarme exigiéndome que las oiga, se acercan a mi oído, me cogen del brazo, me empujan, surge una cara y enseguida se superpone otra discurseando, a veces no discursos, secretos, confidencias, preguntas

–¿Ves lo que tengo en la mano?

busco entre docenas de manos y la mano vacía

–Al final ¿qué es lo que tienes en la mano?

cosas que no me permito mirar o a las que no aprendí a mirar, casi no me acuerdo de los portugueses en Angola, mi madre contaba que en sus últimos días mi abuelo tiraba de las mangas de los hijos

–¿Crees que van a olvidarse de mí?

y es obvio que van a olvidarse de usted, señor, alguien le da importancia a un ciego, ya se han olvidado de mí en este edificio

–¿La hija del cura sigue en el segundo?

o la hija del cura negro, o la hija del negro y de la criatura coja, que vinieron de África y huían de nosotros, casi no me acuerdo de los portugueses en Angola, me acuerdo de que partían en barcos con una bolsa, una maleta, de casas vacías y trozos de cortinas balanceándose en las barras, de la esposa del dueño del restaurante suplicándole al criado

–¿Hay una sola vez en que te haya tratado mal?

y el criado, vestido con ropa del marido, quitándosela de encima sacudiendo el cuerpo, de la misma forma que los hijos del abuelo de mi madre se libraban de él

–Qué pesado

como si ser olvidado tuviese importancia y no la tiene, solo las caracolas se preocupan de las olas e incluso así seguro que las olvidan, nosotros no nos preocupamos de nada, el criado volvió por la tarde con una escopeta y un compañero, esto no en el restaurante, bajo los jacarandás del jardín y el olor de las flores aún hoy me acompaña, al disparar a la esposa del dueño del restaurante ni un sonido excepto la sacudida de los pétalos pero qué sonido hacen los pétalos al sacudirse que no me viene a la memoria, el criado soltó la escopeta, con las manos en los oídos, y supongo que las flores siguen sacudiéndose, qué no se sacude en mí, Dios mío, portugueses en el muelle, portugueses en el aeropuerto pero ningún niño mamando de una cabra, mamaban, acurrucados entre la basura, su prisa y su miedo, cogí la escopeta del suelo, no cogí a la esposa que me clavaba los ojos, pensativos, con la cabeza en una almohada de tierra, no me preguntó

–¿Crees que se van a olvidar de mí?

y a pesar de la boca abierta, con los dientes ordenados, siguió pensando, debe de haber jacarandás en Lisboa, supongo yo, no los vi al llegar, no los vi en la Clínica, cualquier día los busco a ver si la esposa del dueño del restaurante sigue reflexionando bajo las ramas más su vestido azul y la agitación de los helechos, en una ventana lejana, sin dejar sumar a las caracolas como no me deja a mí escucharos, afino la oreja y son las semillas, Jesucristo las perdone, a las que oigo, como oigo a un sujeto con un cerdito en brazos y mujeres luchando por una máquina de coser, una sartén, un sofá, gallinas nerviosas, nunca encontré una gallina tranquila, picando el cemento, conejos arrugados al faltarle las gafas y a propósito del

–¿Crees que se van a olvidar de mí?

van a olvidarse de usted, tranquilo, qué pajaritos fritos, qué ciego, qué le pasó a la de la pregunta

–¿Recuerdas una única vez que te tratase mal?

tranquilícese que nadie trató mal a nadie, ni siquiera a la madre de mi padre de rodillas en la cocina del jefe de puesto, la vida no tiene sentido, tiene tiros, ya no tiene tiros, queda el temblor de las flores de los jacarandás que encontraré por sorpresa en una esquina, el sujeto del cerdito compartió una manzana con el animal, cuando se lo llevaron los soldados las pestañas del bicho transparentes

–El cerdito pertenece a Angola

y a quién pertenezco yo, a la rodilla de mi madre, al ajedrez de mi padre, a los cientos de criaturas en el aeropuerto y en el muelle que no dejan de molestarme, se me acercan exigiéndome que las oiga, me cogen del brazo, me empujan

–¿Ves lo que llevo en la mano?

un cuenco de cerámica, papeles para embarcar que la tropa rompía o sellaba según lo que le daban, la escritura de una tienda, esta pulsera de oro legítimo, fíjese, mi sobrina de trece años por media hora, amigo, les gustan las blancas, allí detrás de la barra, automóviles en las calles de Luanda a los que los negros, el cura negro del segundo escondido, quitaban el motor y las llantas, si usa a mi sobrina media hora, una hora, no me quejo, al contrario, es un favor que me hace, qué sería de nosotros aquí, apiádese de una familia que siempre los respetó

–Discúlpate ladrona

gente bailando en las chabolas, con ropas del Congo y bolsas de judías robadas en las cantinas, docenas de transistores con diferentes canciones, más esposas de dueños de restaurantes pensando en las calles con la mejilla pegada al bordillo, un favor que me hace, no les dejaron ni la ropa íntima, desnudas, y no lo recuerdo, me lo invento, no me lo invento, es verdad, juraría que no me lo invento, no lo sé, es decir no estoy segura de la verdad, la vida, que me pertenece, en la vida de los demás, el director de la Clínica ascendiendo desde sus millones de días

–Volverá a ser la misma no se preocupe

y después el aeropuerto y el muelle vacíos, la sobrina de trece años en Sambizanga porque el soldado

–Ella se queda

empujando el embarazo entre hojas de zinc, no solo esposas de dueños de restaurantes en el bordillo, camionetas que disparaban contra las fachadas, chavales que llevaban alfombras, bidés, cabritos con la pata rota arrastrados por cuerdas, la pata rota quedándose atrás y un viejo con muletas abrazado a ella, el director de la Clínica

–¿Perdón?

revisando el cabrito en la cabeza, furgonetas de blancos hacia África del Sur con cajas y fardos que se caían en los ríos y el mar de Moçâmedes indiferente, sereno, olas amarillas, lilas, doradas, qué rollo ser caracola, en el caso de preguntar cómo empezó todo no responde ninguna voz dado que no hablan del pasado, quién soy yo en medio de cientos de personas que huyen, las aves de la bahía se colocaban en fila en los arcos, tambores, risas y una campana con la lengua fuera, en una iglesia invisible, llamando, llamando, las compañeras de mi madre, dos o tres que perdieron los barcos, todavía en la fábrica, en la modista, en la oficina, no a los propietarios de las fincas, a cubanos con la pistola en el cinturón que vivían en hoteles desocupados, llenos de tinieblas porque faltaban bombillas, mi madre

–¿Por qué razón no me dejas irme como a los demás?

y mi padre silencio, no hablaba con nosotras, no se fijaba en nosotras, me pregunto si habrá hablado con alguien o si llevó desde el principio una azucena bajo la lluvia, en medio de las cajas de un patio a las traseras, mientras su madre se eternizaba, de rodillas, en la cocina del jefe de puesto, Dios mío, Moçâmedes, la paz no solamente en el mar, en la ciudad, ninguna voz en las cosas, ninguna voz en las hojas y yo también tranquilo, oliendo los gladiolos debajo del porche, le decían

–Camarada comisario

y recibía mapas y páginas, en el caso de vivir en Moçâmedes yo tranquila en un paisaje tranquilo, mira me he acordado del tren, ninguna sugerencia, ningún orden, aunque, cuántas veces vi salir los trenes, aunque no me acuerde de gladiolos ni de porches, hoy los trenes qué emociones me provocan, creo que cero, el dueño de la fábrica, de la modista, de la oficina

–¿No puede nada por nosotros señor comisario?

al menos no cariñito, señor comisario, al menos no

–Ese tobillo más arriba

él en nuestra puerta, con un traje sin planchar, receloso de los policías que protegían a mi padre

–¿No puede nada por nosotros señor comisario?

y por debajo del

–Señor comisario

que bien se le veía en la cara, se ve tan bien en la cara de los blancos

–Nunca creí tener que pedirle un favor a un negro

proponiendo orden en los bailes y ofreciendo un dinero que mi padre ni miró, escuchaba la música del gramófono amortiguada por la niebla, notaba el reflejo de las luces y un animal cualquiera que tiraba una caja, mi padre con su

–Madame

listo y nadie a quien ofrecérselo, pensando que mi madre lo rechazaría

–¿Para qué quiero yo tu madame dime?

trenes de Moçâmedes, trenes de Benguela, los creía difuntos para siempre, lo aseguro, tumbados en la memoria como los muertos mientras yo permanecía de pie, no esperaba que me visitasen, no es el ruido de las locomotoras el que se me aparece y oprime, es la cadencia de los vagones en las vías, el dueño de la fábrica, de la modista, de la oficina, con el dinero marchitándosele en la mano, mi mujer sorprendida detrás de mí

–Señor Figueiredo

y también trenes en ella, espectáculos en Dondo, en Negage, en Lobito, el señor Figueiredo, con pajarita, asegurándose, con la punta del índice, de que no había perdido el bigote, avisándonos en la estación por la que caminábamos de lado debido al peso de las maletas

–No admito falta de alegría cariñitos

tierras casi desiertas, con un tractor delante de un café aumentando la soledad y la oscuridad, una vaca suelta en la plazuela, desprovista de plumas, sin levantar ningún tobillo por encima de la cabeza, no son hierbas lo que muelen con los dientes, es una perplejidad antigua

–¿Respiro?

los clientes nos atornillaban la nariz, envueltos en palabras, en la oreja, y nos empapaban el escote con charcos de saliva mientras el señor Figueiredo iba recogiendo monedas

–Mis cariñitos se lo merecen

y después de una sopa en la salita el tren de nuevo por la noche, rodeado por el silbido de las hierbas y ramas enormes que crucificaban murciélagos, bendita sea el alma de mi abuelo por quien soy capaz de llorar, si estuviese en nuestro pueblo le compraría cientos de pajaritos escurriendo salsa en el pan, no soy el cariñito del señor Figueiredo, soy la querida Alice, lo juro, las nieblas de sus ojos buscando

–¿Dónde estás traviesa?

y no se preocupe que estoy delante de una vaca, en el Negage, masticando cardos que duelen, fui a la ventana del apartamento que se mojó, mis párpados no, todo seco en mí, todo

–No admito falta de alegría cariñitos

alegre, tengo una hija, tengo un marido, tengo al señor Figueiredo ofreciendo dinero

–¿Seguro que no puede nada por nosotros señor comisario?

y no podemos hacer nada por usted, señor Figueiredo, no se lo tome a mal, así es, qué país tan ingrato, Angola, deje la fábrica, la modista, la oficina, olvide el gramófono y desaparezca en una chabola junto a los negros, enséñeles a levantar el tobillo en lugar de que lo hagan pedazos con una catana, empiece de nuevo

–Desembarqué aquí sin un pavo cariñitos

y si desembarcó sin un pavo ya verá que no le cuesta, tíñase los pelos del bigote, póngase derecho, vista a los negros de lentejuelas y se hace rico en seis meses, qué exageración seis meses, cuatro, dos, si la gente de Luanda tuviese una vaca le cortarían un trozo y cicatrizarían la herida con emplastos de raíces para seguir comiendo mañana, cientos de pajaritos fritos, abuelo, piando por usted, oiga la ebullición de fuegos de gas de las perdices en el cercado y las hojas que se contradicen unas a otras con las que mi hija

–Ay Cristina

charla, Dondo, Negage, Lobito y el viento de febrero devorándolos, furgonetas hacia África del Sur o de lado en los ríos con un trozo de cacerola o un jirón de una toalla disolviéndose en el limo, vestigios de gente desaparecida que permanece aquí, las caracolas que cuentan las olas van a enmudecer, sin tardar, porque el mar acabó, el director de la Clínica luchando con un clip

–No esperen mejorías

y mejoría de qué si no estoy enferma, echen a las personas de mi cabeza y no os fastidio más, el señor Figueiredo a los policías que protegían a mi marido

–Soy pobre

con los peces asustados de los ojos buscando cobijo en las pestañas, sin escuchar a mi abuelo

–Chica

y por lo que respecta al señor Figueiredo no una catana, una pistola, silenciosa aquí pero sacudiendo Negage, no sentí trenes en Lisboa de modo que a lo mejor no hay, siento a las palomas afuera y guijarros con muelles que llaman gorriones, mira las voces

–¿Cómo estás Cristina?

yo que no soy feliz ni infeliz, solo escucho, oigo el todoterreno de mi padre que llega y la esposa del jefe de puesto amontonando gallinas en una caja de cerveza, ordenando al marido

–Deprisa

con mi abuela de rodillas en la cocina vacía, esperando el cucharón de palo sin entenderlo y empezando a entenderlo cuando el coche sin capota avanzó treinta metros por el maizal hasta que las escopetas de los soldados angoleños los obligaron a formar parte de un tronco, el jefe de puesto y la esposa encogidos sobre sí mismos con los ojos sobresaltados, mi madre, perdida en el retrato de Simone

–¿Fui yo?

o en los pasillos de la embajada, donde los espejos multiplicaban su malestar, mendigando bromas para librase de nosotros, Cristina hija de un negro, no mía, que durante meses, encerrada en mí, me ensanchó el cuerpo y oscureció la sangre, ni Simone ni Alice, cómo se llama, madre, si por casualidad el abuelo con usted no la llamaría ni aunque las perdices hirviesen en el cercado, me quedaría calculando el tabaco de fumar en la balanza de los dedos, usted echando de menos las verduras en vez de morteros y gritos y ahora la rodilla, el insomnio, lo que me gustaría hablar del insomnio, en el que su madrina se le aparece en camisón y con un candelabro en la mano

–Chica

tras la terraza el cementerio judío con sus finados barbudos, la madrina de mi madre viuda, el marido saltó del campanario de la iglesia después de afirmar

–Soy un ángel

y al final no lo era, aunque se le aparecía a veces, algo cojo es verdad, pero con el esbozo de unas alas, asegurando entre muletas su condición celeste, se miraba el campanario y se tenía la impresión de verlo, con la botella de aguardiente en el bolsillo, escalando nubes con las botas, esto es como todo, están los predilectos de Dios a los que anima el vino, la esperanza, aseguraba el director de la Clínica a mis padres, sobre sus meses sin fin, es lo último que se pierde pero el problema es que se pierde, trenes de Moçâmedes y Benguela, no vistos, escuchados por las bocas de las hojas y las notificaciones de los objetos, el director de la Clínica mirando, desalentado, la enorme pila de días futuros al lado derecho de las argollas

–Lo que tengo que vivir qué horror

mientras los trenes se borraban en el fondo del pasado, los soldados se quedaron con las gallinas del jefe de puesto que pedaleaban en el vacío, no me acuerdo de llorar de niño a no ser cuando me cogían en brazos, el señor Figueiredo a mi madre, un domingo por la tarde antes del ensayo, en la buhardilla donde echaba las cuentas de las bebidas con un lápiz meditado, que tenía la marca de sus incisivos en la madera

–Siéntate aquí cerquita

no como el tío ni como el hijo del farmacéutico, atento, amigo

–Cariñito

y mi madre sin pedalear en el vacío, quieta bajo las plumas, con la azucena de mi padre, en medio de las cajas bajo la lluvia, en la memoria, a lo mejor él estaba allí abotonado, solemne, incapaz de

–Madame

debido a la timidez y al respeto y en esto las perdices abandonando el cercado porque la dirección de la brisa se alteró, mi tío

–Ahí van

el anillo de la esposa del jefe de puesto costaba sacarlo del dedo que en lugar de romperse se iba alargando, alargando, el jefe de puesto ningún anillo, un reloj y cada uno de ellos asomado a su ventana en una divergencia de enfado, el señor Figueiredo

–Ahora levanta los dos tobillos

en medio de los retratos de mis compañeras y mi marido esperando, el anillo de la esposa del jefe de puesto salió con un golpe, por mi parte traía la alianza en el círculo de las llaves, decorado con un osito, para no asustar a los clientes, vivíamos al lado de unas chabolas, entre negros con armas escondidas, donde mi marido con su

–Madame

sin atreverse a hacer preguntas, mandarme, prohibirme, trenes de Benguela con fardos y ganado, trenes, trenes, el golpe en el dedo fue él, quien roció de gasolina el coche sin capota y le acercó una cerilla fue él, el señor Figueiredo alejándose de mí

–Puedes bajar los tobillos he acabado

y qué diferente es el mundo si estamos de pie, los muebles, que al revés nos parecían cambiados, al final idénticos, la misma buhardilla a la que le faltaba pintura con los mismos retratos, Bety, Marilin, Karina, Marilin una enfermedad en la piel que disimulaba con cremas, se nos acercaba

–¿De verdad se notan los granos?

uno en la barbilla, con la puntita amarilla

–No te lo revientes

que el tubo de crema no era capaz de ocultar, Bety dos gemelos mulatos encerrados en la despensa, con un paquete de galletas

–Quietecitos

y sueltos al final del trabajo entre migajas y lamentos, uno más alto que el otro, más gordo, con dificultades para hablar, una botellita en la buhardilla ayudaba al señor Figueiredo a consolarse de la nostalgia de Penafiel

–¿Conoces Penafiel?

los ojos de repente indefensos

–¿No puede nada por nosotros?

pero si tirase de un pato con ruedas por el suelo los ojos contentos

–Tuve un patito igual que los de verdad ¿lo sabías?

y yo por unos instantes con ganas de abrazar al señor Figueiredo que alejó al patito al alejarse de mí

–Hay momentos en los que me quedo completamente como tonto

en la angustia de que Penafiel evaporado, la calle donde vivían los padres

–Todavía me acuerdo del sabor de los higos

que alejó a su vez, el señor Figueiredo haciéndose adulto de nuevo

–Desaparece de mi vista

empezando de nuevo las cuentas con el lápiz mordido, las alas de las perdices tranquilas, ni un soplo entre los matorrales, mi abuelo buscándome en la fábrica, en la modista, en la oficina, no

–Alice

ni

–Chica

solo el mentón palpando, enfadado conmigo

–Ya no eres mi nieta

de manera que no fue solo usted, señor Figueiredo, quien lo perdió todo, me oye, quién no lleva consigo Penafieles muertos, si yo un día otra vez en Portugal buscaré el patito y la higuera, el alma no acaba sin más ni menos, resiste, fíjese en mi madrina, con un camisón y un candelabro en la mano

–Chica

y la llama del candelabro acumulando fantasmas, el zapatero que tocaba el trombón en la banda, el presidente vecinal a la salida del colegio

–Qué guapas

el ángel de las muletas con su esbozo de alas marcado en el abrigo, soltando plumas que rozaban el suelo y que destruía el invierno, quedaba una azucena en la almohada cuando mi marido se marchaba con los demás negros por una semana o dos, siempre volvían menos de los que se iban, andábamos de chabola en chabola, con mantas y sartenes, pero la azucena se mantenía, debe de seguir en Luanda resistiendo a la lluvia, el señor Figueiredo

–Hueles a ropa de negro

mi abuelo indignándose en el ataúd

–¿Ropa de negro ella?

olfateándola desde muy lejos, mi madrina

–Chica

apagando enseguida el pabilo para que no me viesen, al llegar a la pensión Bety se acordaba de los gemelos

–Tengo que ir a buscarlos a la salita

y los olvidaba de nuevo, no exactamente personas, mulatos y qué vale un mulato, el señor Figueiredo

–¿Qué pasará en Penafiel?

trenes de Benguela o de Dondo, Dondo la curva de un río, casitas en medio y nosotras bailando para colonos sin dinero, hay terquedades que se pegan a las personas, estribillos de canciones, anuncios de radio, un niño mamando de una cabra, a mí es Penafiel lo que no me suelta, no la ciudad, el nombre, cuando los pinchazos en la rodilla me despiertan por la noche es

–Penafiel

lo que gritan, cada gotita de ácido Penafiel, cada hueso en combustión Penafiel, cada nervio que vibra Penafiel, los policías que protegían a mi padre rodearon al señor Figueiredo en la cancela de la casa y el patito con ruedas, del que se tiraba con un hilo, dejó de atormentarlo, le pregunté a mi marido

–Por qué

y, en un hueco suyo, un domingo por la tarde antes del ensayo, en la buhardilla donde echaba las cuentas de las bebidas con un lápiz meditado

–Siéntate aquí cariñito

dejaron al señor Figueiredo en la fábrica, en la modista, en la oficina con las perdices abandonando el cercado porque cambió la dirección de la brisa, el señor Figueiredo con los tobillos en alto y un único ojo murmurando

–Cariñito

puesto que en lugar de la garganta cartílagos rotos y sus vergüenzas sobre el pecho en un montoncito torcido, donde estaba Penafiel en el atlas un espacio vacío, donde estaba la higuera rastrojo quemado y sin embargo mi rodilla

–Penafiel

aquella noche no una azucena en la almohada, un lápiz con marcas de incisivos y un eco

–Simone

aumentando la funda, mi marido a mí, él que no hablaba

–No admito falta de alegría cariñito

y era la ventana la que se mojó, mis párpados no, todo seco, todo alegre, juré sin necesitar palabras

–No te preocupes que soy feliz

y de hecho soy feliz, me gusta la gente que corre y la Prisión de São Paulo donde la gente grita, las gallinas de la esposa del jefe de puesto cociendo en un bidón sobre un fuego de tablas, la señora del embajador negándome el pasaporte dando golpes con las falanges para medir el discurso

–¿No pertenece su marido a la Comisión de las Lágrimas?

mientras un patito igual que los de verdad iba rodando por el suelo y el señor Figueiredo, con cuatro o cinco años, daba con él en las patas de las sillas, cómo sería Penafiel en enero, cómo sería Penafiel sin más, estas son las terquedades que se nos pegan y de las que no somos capaces de librarnos, como la enfermedad de la piel de Marilin que no curaba ninguna pomada, Karina todavía pariente del señor Figueiredo

–Compadre de un tío mío

pero no de Penafiel, Penafiel, Penafiel, de Trancoso y qué extraños estos nombres en África, que raro el lugar de donde vine, piedras, viudas y mañanas despertando con el asma de los pinares, ojalá mi rodilla se calle de una vez, mi hija una frase sin nexo aunque me pregunte si no tiene razón puesto que nexo existe en el mundo, a fuerza de chocar con las sillas el patio sin brillo y una de las ruedas torcida, las gallinas de la esposa del jefe de puesto cocidas con plumas y entrañas, bichos que renunciaron a existir, satisfechos de que se los comiesen, la señora de la embajada

–¿Está segura de que no la mandó aquí su marido?

hablándole alto, espaciando las sílabas, a una lámpara con un lazo amarillo, junto a la lámpara una peonza con agujeritos, yo no vestida como las blancas, con blusa y falda, vestida como las negras, ropas del Congo y pañuelo y el olor de mi piel no de perfume, de mandioca y cabras o de los perros que no nos sueltan

—No te preocupes que soy feliz

esperando que muramos, sobre los que los policías de mi marido probaban su puntería y un gemido cojeando, una presa alejándose y después buitres que se elevaban y caían de los árboles, en la peonza de la lámpara un silbido eléctrico, una tos, una pregunta, con letras de menos

—¿Sigue ahí la mujer del comisario Assunção?

y la mujer del comisario seguía allí, sentada como las negras en un montoncito de tierra, mirando los cuadros, el retrato del Presidente, la bandera, marchándose por fin, chancleteando en las alfombras, con la impresión de que me espiaban a través de puertas, la señora de la embajada detrás cascabeleando pulseras y los buitres con el pescuezo inclinado sin mover las alas, si por casualidad encontrasen el patito con ruedas lo trincarían y mira el señor Figueiredo llorando del disgusto, no le aconsejo a nadie que se encariñe con animales que duran menos que nosotros, gatos atropellados en las carreteras, gaviotas panza arriba en el aceite de la bahía, papagayos suspendidos del posadero y las ventanas mojadas, nuestros párpados no, los objetos lloran por nosotros, no necesitamos lágrimas y si las necesitásemos de chiripa

—No admito falta de alegría cariñitos

de modo que los tobillos por encima de la cabeza en un escenario imaginario, nunca pensé ser artista, solo quería no pasar hambre, aprovecha para comerte tu rodilla ahora que está enferma y no se dobla ni te aguanta, un día iré a visitarlo al cementerio, abuelo, a menos que las personas no se mantengan allí mucho tiempo

—¿Cómo se siente?

y él buscándome sin dar con la querida Alice, qué tranquilidad ser la querida Alice de alguien, le faltaba el meñique de la mano izquierda, llevaba chaleco, en el cajón había un retrato suyo uniformado

—En Chaves niña

no en Penafiel, en Chaves, el retrato sumergido entre cordones, mitades de botones de manga, herraduras, prefería que hubiese sido en Penafiel, señor, que no me suelta la cabeza, si pregunto cómo empezó todo no me responde ninguna voz porque no hablan del pasado o, en el caso de hablar del pasado, mezclan la vida que me pertenece con la vida de los demás, cuál de estas soy yo en medio de docenas de personas exigiendo que las oiga, se me acercan al oído, me cogen del brazo, tiran de mí

–Oye que estoy aquí no te olvides

exigiendo su sitio, porque el olvido cuesta, ni que sea agachadas en una chabola por miedo a la tropa, una cara se entretiene un momento

–¿No puede nada por nosotros señor comisario?

y enseguida otra superponiéndose y gritando a su vez, a veces no gritos, confidencias, preguntas

–¿No pertenece su marido a la Comisión de las Lágrimas?

cuando son las ventanas las que se mojan, no nosotros, el director de la Clínica, sumergido en su exageración de días

–La esperanza es lo último etc

y qué espera él, una enfermera al teléfono

–Su esposa

y la impaciencia del director tras la compostura de los gestos

–Dígale que he salido

observando todos los meses de la agenda que ella ocuparía a su lado de la misma forma que los helechos no sueltan a mi padre, ahí están ellos culpándolo y un

–Enséñamela

tintineándole en los huesos parecido a los trenes de Moçâmedes y de Benguela, no el sonido de las locomotoras, la cadencia de los vagones en las vías, siempre las mismas palabras, siempre el mismo discurso, antes de venir a Portugal ningún tren, las estaciones, desiertas, por lo demás no ya estaciones, plataformas deshechas por una bazuca, traviesas devoradas por la tierra que devora todo, en África, empezando por los vivos, parezco blanca y soy negra, despréciennme, hay trozos de mí que resisten, fragmentos que siguen solos con una convicción que no me afecta, cuántos años tengo, cuántas soy en verdad, cómo se escribe la vida, enséñenme a hablar de los portugueses en el aeropuerto y en el muelle, de las viejas despidiéndose de siameses besándolos en el hocico, de aquellos que deseaban llevarse con ellos a sus muertos, cavando en el cementerio hasta que la pala explotaba en el hueco del ataúd y el todoterreno con mi padre parado en el jardín con un único mango, murciélagos madurando en las ramas, mi madre

–Estoy harta de negros

sin que mi padre la regañara, él que para sí mismo seguía tratándola por

–Madame

y esperando en las traseras, con los aviones de Cassanje eternamente encima y mi abuela acurrucada en un escalón para defenderse de las bombas, los blancos esperaron a que acabara la misa, después de las luces apagadas y los santos a oscuras, incapaces de ver y de quejarse a Dios

–Qué tiene Dios que ver contigo no te queremos aquí

y la primera bofetada, la primera patada, la sotana hecha pedazos, uno de los codos colgado de sí mismo y nada de dolor, el chasquido de una culata que envaina una bala

–Márchate

mi padre marchándose a gatas y los blancos

–No te levantes

apresurándole las nalgas con las suelas en los remolinos de agosto, tantos prefectos del seminario persiguiéndolo, mi padre que se imaginaba a uno solo y el codo blando arrastrándose, aún hoy el miembro izquierdo más corto y los dedos difíciles, la aldea de los leprosos junto al río, Penafiel qué destino, ahí vuelve él a molestarme más el señor Figueiredo y el patito con ruedas que me empieza a parecer no gracioso, estúpido, en la aldea de los leprosos la campanilla con la que los llamaba el enfermero y no

–Las seis las seis

también gente a gatas, con restos de pescado en lo que quedaba de las manos y los pájaros, con las plumas de la nuca de punta, con una indiferencia atenta, mi padre siguió por una vereda de la tropa, pasó por una arada, dos aradas, antes de atreverse a levantarse, la semana después, y el director de la Clínica señalando la agenda

–Si le apetece una semana cójala de ahí no me importa

emboscó a una columna con una automática que no sabía cómo fun

–Una cualquiera que le guste

funcionaba y al probar el gatillo saltó lejos, los blancos en los Mercedes, los negros a gatas y la campanilla llamando a los leprosos para su medicina, dos semanas después, y el director de la Clínica

–No se preocupe corte tranquilamente las páginas

dos semanas después desmanteló un puente, cinco semanas después, y el director de la Clínica

–Por mí líbreme de esto qué rollo no morir

estaba en Zenza do Itombe, en lo que quedaba de un almacén

–Qué alivio no tener días

escuchando a otros negros con los que Dios no tenía nada que ver como no tenía que ver con él

–Pertenezco a los blancos hijo mío

acordando ataques a cuarteles y emboscadas a columnas, mi madre

–¿Cómo estás Cristina?

desconfiando de mí, va a quemar la sábana, va a rasgar las alfombras, sin notar que no pensaba en la sábana ni en las alfombras, iba espiando a mi padre en la zona de Malanje, rodeando una plantación de tabaco llena de cráneos de hipopótamos, los caimanes de Cambo ojos quietos en el barro y la mitad del hocico espiándonos, por qué razón no habrá un Dios para nosotros, bebiendo sangre de gallo, comiendo puré de mandioca y fumando una pipa africana mientras la tarde, en Lisboa, engordaba las ventanas opacas impidiéndome ver que son ellas las que se mojan, no los párpados, sentimos los insultos de los helechos y nuestra propia voz

–Enséñamela

en un dormitorio vacío porque

–Las seis las seis

y los gestos, engañados por la primera luz, de los curas en misa, mi abuela de rodillas

–Perdón

y un coche sin capota que los soldados no dejaron que huyera, el señor Figueiredo levantando los brazos hacia el estrado

–No admito a nadie triste cariñitos

y nadie triste, señor Figueiredo, nadie triste, solo la rodilla de mi madre luchando con el suelo, mi padre, delante del tablero de ajedrez y yo en la otra punta de la casa a punto de decir

–Padre

y conteniéndome, aunque no estuviese segura de que mi padre fuese mi padre, para que la tropa portuguesa no supusiera que él entre el pasto, enderezando una escopeta que no sabía cómo funcionaba.

5

No vivían en casa, vivían en una barraca a la que le faltaba una de las paredes, dos casas detrás de la casa, con miedo de que los negros y los extranjeros amigos de los negros, a los que no les caía bien su padre, se entendiesen con los policías que lo protegían, porque todos se entendían y se desentendían con todos en Angola, destruyesen la casa y se lo llevasen, y al menos en los primeros tiempos en que trabajé para el señor Figueiredo había paz, es decir tiros pero en las chabolas, no en la fábrica, en la modista, en la oficina ni en la pensión de Mutamba, y como consecuencia de hecho había paz, solamente la lluvia y cuando paraba la lluvia el olor, de la tierra y la gente, que nunca me gustó, Luanda un cajón de cuchillos siempre abierto, la risa de los clientes, después del espectáculo, cuchillos, las palabras con que me llamaban cuchillos, los dedos con que me cogían cuchillos, los ojos de los gemelos de Bety, al abrirles la puerta, cuchillos, el mundo un montón inestable de loza que se rompía taza a taza y me hería, si por casualidad me olvidase de la deformidad ahí estaba la rodilla para recordármelo, al principio un trastorno en el hueso, hoy un trastorno en todo mi cuerpo, cada paso una rampa en que los pulmones desisten, sin un único descansillo donde el cuerpo repose, me acuerdo de mi abuelo al guiarlo por el huerto hasta el banco del frutal en el que esperaba sin entusiasmo la llegada de los pájaros

–Si supieses cuánto pesa una tarde

empecé a saberlo en África y ahora lo sé realmente, pesa demasiado, es verdad, cuántos años cumplo en septiembre, sesenta y uno, sesenta y dos, qué importa, los domingos mi padre con sus compinches en el escalón de la iglesia, con las nalgas sobre el pañuelo para no ensuciarse los pantalones, lo cogían para sonarse y volvían a desdoblarlo, mi madre y mi abuela con un barreño de guisantes del que aún no he perdido el color, azul, mi tío en las perdices, creo que ambas al tanto de mi tío y de mí, no estoy segura, sobre la familia se cierra la boca, Alice, Alice no está segura pero Simone, que aprendió con su propio esfuerzo, sí lo está, la aplasté en el marco sin dejarla hablar, antes de Portugal no vivíamos en casa, vivíamos en una barraca a la que le faltaba una de las paredes, dos casas detrás, y dudo que mi hija, entonces con cinco o seis años, se acuerde, la pobre, el señor Figueiredo examinándome la barriga apuntando con el lápiz

–Si es mujer le pones Cristina

cuando se la enseñé se agitó por el disgusto

–Es fea

y no me ayudó con un duro, la hija de Simone fea, la de Alice casi me gustaba, no me gustaba, cómo nos gusta sea quien sea, no importa, a la de Alice tampoco le gustaba, ahí anda, a propósito, charlando con los objetos y regañando a la cortina, no se mencionaba Angola y olvidó todo, seguro, no hay quien no olvide todo excepto mi marido que espera y yo, que debía vivir entre guisantes y tordos, bailando en Negage, los pájaros de África más grandes que los tordos, si se nos posasen en el hombro no podríamos con ellos, nos caeríamos de boca y rápidamente nos abrirían las tripas, el señor Figueiredo colocando en fila botellas en la estantería de la barra, delante del espejo que las multiplicaba el triple, el cuádruple, resuélvanme este misterio

–¿Al final la llamaste Cristina?

el señor Figueiredo entero de espaldas y por delante solo parte de la cara, el resto tapado por cuellos de botella y vasos, no fue el señor Figueiredo de espaldas, fue la parte oculta de su cara la que habló, con una voz sin origen, tan diferente a la suya y sin embargo suya, un misterio más, amigos, resuélvanlo también

–No me traigas aquí

cambiando el orden de las bebidas con dedos mancos, no me imaginaba que los dedos cojeaban y puedo decir que cojean, no la traje allí ni la encerré con los gemelos mulatos, si la encerrase como no me gustaba no iría a buscarla, he hablado hace poco de los guisantes y palabra que no me imaginaba sentir su falta un día, no la de mi madre ni la de mi abuela, solo la de los guisantes, lo poco que cuentan las personas, solo después de pasar por ello nos damos cuenta, sesenta y dos años, me parece, tan vieja, en mi marido no se nota porque los negros no cambian como nosotros, incluso con canas su piel estirada, si tuviese sitio para envidiar lo envidiaría, mira los árboles de Angola en mi cabeza, agitándose en el interior de sí mismos, no aquí fuera, y llamándome a mí que no quiero oírlos, lo que me dijeron en Dondo y no me atrevo a repetir, en el descanso de los espectáculos pasé el rato escuchándolos, el señor Figueiredo

–Cariñito

y yo sorda, si lo escuchase respondería

–Estoy con los árboles déjeme

asombrada con sus corazones enormes, los nervios gigantescos, las venas sin fin, sus mil años de piedra, cuando tengo que bajar las escaleras hacia el ultramarinos no hay quien no se me eche encima en una confusión de cosas que caen, ruedan, se pierden, pulmones, dientes, recuerdos, debo de haber perdido cuatro o cinco riñones, por lo menos, tal vez sobre media docena o a lo mejor tengo más árboles que riñones, en el caso de mi marido los helechos

–No aguanto los helechos

en el mío árboles y gritos que sofoco antes de que empiecen, aunque cuando el todoterreno volvía por la noche de la Prisión de São Paulo no consiguiese callarlos, incluso apretando las manos en las orejas, vivíamos en una barraca a la que le faltaba una de las paredes, dos casas detrás de la nuestra, ya dentro del barrio de chabolas, entre niños que nos tiraban ladrillos y balidos de oveja que entraban por la puerta y huían en tropel cuando la escoba ahuyentándolas, ovejas, pollos, incluso un becerro, por no mencionar los niños quietos en el umbral, solo mocos y pies gigantescos, cuántas décadas antes nacieron los pies, el señor Figueiredo

–¿Vives en esto?

la casa de delante muebles y alfombras, la barraca vacía excepto una cama para todos y una ametralladora disimulada con trapos, Cristina por qué, señor Figueiredo, cómo diablos le atravesó ese nombre la memoria, mi abuelo, dado que no interrumpimos la conversación aunque él muerto y yo tan lejos

–¿Dices Cristina chica?

y Cristina, señor, un caballero, si así lo puedo decir, que me protegía, me lo pidió en recuerdo de la madre, creo yo, y además cuál es la diferencia, dígamelo, para qué sirve un nombre, yo Alice, yo Simone, y lo que gané con el quiosco de la música, me cree feliz

–No admito falta de alegría cariñitos

y el tobillo arriba casi tocando la sonrisa, el barreño de los guisantes no me deja ni mi madre y mi abuela tirando las vainas, como no me sueltan los naranjos en fuego, llamaradas ácidas, redondas como el desaliento, enrojeciéndome la piel, cuando uno de aquellos pabilos se desprendía del tallo se quedaba siglos ardiendo solo en el suelo, te asomabas a la ventana en medio de la noche y las hierbas encendidas alrededor de un halo, en Luanda, en lugar de naranjos, insectos gordos que hacían a los abejorros de Portugal minúsculos, crepitando en la luz en llamas que aullaban y ahora quiero declarar, por miedo a no tener después tiempo, que las azucenas de mi marido, y debe de haber mujeres a las que les gustan, no me enternecían el alma ni el hecho de estar allí horas bajo la lluvia me emocionaba, como la ceguera de mi abuelo no me emocionaba un pito, un ciego más y ya está, me he cruzado con tantos, para qué emocionarme por mucho que él

–Chica

preocupado por mí, si hay algo que no necesito es la preocupación de nadie, déjenme en paz y basta, no me atiborren de pajaritos, no se preocupen por mí, mi madre

–¿Qué te pasa?

y yo estupendamente, señora, para qué gastar saliva, no me importa lo que creen, lo que sienten, que se preocupen por mí, no protesto, verdad, bajo al cercado de las perdices, no bajo, todavía estoy aquí, verdad, todavía estaré aquí dentro de muchos años, arrastrando la rodilla, mientras mi hija discute con el baúl, si hubiese aprovechado un avión o un barco, cuando huyeron los portugueses, en lugar de ir a ver cómo partían, pero el señor Figueiredo, pero mis compañeras, no mi marido ni mi hija que no me pertenecen y si no me pertenecen entonces a quién pertenecen, mi marido a los negros que mandaban sobre él, mi hija a las voces que la intranquilizaban

–Cristina

mi tío separándome el cuerpo

–Ni pío

que tardaba en juntar, me unía poco a poco pegando piezas en los sitios que le parecían adecuados y no lo eran, los cambiaba de sitio, probaba más arriba hasta conseguir una Alice que la familia sí señor y me pregunto cómo se comportarían mi abuela y mi madre delante de la miseria de la rodilla, una barraca dentro del barrio de chabolas, bajo una copa cuyo nombre ignoraba y ya vuelve la historia de los nombres, qué rollo, esto durante la Comisión de las Lágrimas, antes de la Comisión de las Lágrimas una casa en Alvalade con negros importantes en las casas cercanas, nunca me gustaron los guisantes, prefería patatas o habas pero mi abuela se convenció, o alguien la convenció

–El verde saca el colorado

de que eran buenos para la sangre, Penafiel, mira, qué pretende ese ahora como si mi cuerpo aguantase el viaje, en el ultramarinos señalaba con el dedo, pagaba y, al marcharme, ojos en mi nuca, esperando que desapareciera para cotillear sobre mí, se dice que bailaba en una fábrica, en una modista, en una oficina, se dice que el patrón padre de la hija, se dice que el marido cura, al menos los negros, por muy salvajes que sean, se callaban, negros y perros pueden matarnos o mordernos y no lo tomamos a mal, es su instinto, sin embargo no hablan de nosotras, mi hija me acompañó, una o dos tardes, pero por la zona del cementerio judío, sin cruces ni cipreses y nosotras concluyendo que no respetan la muerte ni creen en las almas, se creyesen ángeles de piedra caliza, se quedaba discutiendo con la estrella del portón, de pequeña, en Angola, no se dirigía a nadie, se limitaba a estudiar el trayecto de las sombras, doblando y desdoblando un plieguecito de la camisa, las casas de Alvalade arriates mal cuidados, con las vallas rotas, se equivocan si creen que esto se dice sin sufrimiento, no afirmo que se diga con sufrimiento, afirmo que difícil, las esposas de los negros importantes me saludaban, a cada rato el marido de una de ellas desaparecía y en menos de una semana un marido nuevo, igualmente importante, ocupaba su lugar, por lo menos me parecía un marido nuevo pero a lo mejor equivocación mía, todos se parecen, quién los distingue, esposas bien vestidas engordando en el jardín entre risas iguales a placas de metal saltando en una bolsa, no había artistas negras en la fábrica, en la modista, en la oficina, a los clientes, para negras, les bastaban las de la finca, carne blanca, cariñitos, que les hace evocar su pueblo, el quiosco de la música, el barbero, una pariente inválida, cuando eran chavales, llorando en la cama, trenzas con vida propia en la almohada y ellos sin saber qué hacer, distraídos del juguete que tenían en la mano, también a punto de llorar y por tanto, cariñitos, lo que desean es llorar otra vez, devuélvanles el quiosco de la música, el barbero y el juguete, que es todo lo que quieren, lloriquean

–Madre

puesto que se trata de un problema que nos afecta, no la madre de verdad, la noción de madre, sin las personas nos gustan más porque la presencia disuelve las emociones, en el caso del señor Figueiredo ni me fijaba en él mientras que su falta me obliga a recuperarlo, el lapiz, el bigote

–Si es mujer le pones Cristina

y se lo puse, un nombre al que no me acostumbro, Alice está bien, Simone bueno pero Cristina qué puñeta, en cuanto la Comisión de las Lágrimas empezó a funcionar un sujeto nos trajo a la barraca y repartió policías por las barracas vecinas, por entonces todo una agitación, las fugas, los atracos, le pregunté a mi marido

–¿Quién manda en Luanda?

y él un gesto en espiral, a lo largo del brazo, hasta evaporarse en los dedos, a medida que personas con las muñecas unidas con alambres se multiplicaban en un terraplén

–Qué sé yo quién manda

por más que busque no encuentro trenzas saltando en la almohada en el tiempo cuando niña, aparece una prima con fiebres agarrando a mi padre

–Quítame la enfermedad

y mi padre huyendo, tirando una silla en la explosión más intensa que he oído en mi vida, qué bazuca, qué mina, una silla que no pesaba un gramo, y juro que lo que digo es verdad, una silla en el suelo que nos ensordeció a todos, mi padre tiró una segunda silla, se dio con las costillas contra el marco de la puerta y bajó dando tropezones hasta las coles, tiró también una maceta de geranios pero el ruido más pequeño, el

–Quítame la enfermedad

acompañándolo hasta el pozo en cuyo fondo una escama de luz provocaba, al desvanecerse, un clima de orfandad, no conocí a mi abuelo por parte de padre, antes de que yo naciera cogió el tren de Francia y hasta hoy, me acuerdo de su mujer trotando en el burro, con las dos piernas por el mismo lado, y de que las orejas del burro giraban con el más mínimo sonido, unas veces solo una, otras veces las dos, probé a mover las mías ante el espejo y ni a la derecha ni a la izquierda, no puede montarme, abuela, no recuerdo cómo desapareció, tengo la impresión de que una campana pero lo que no faltaba en los alrededores eran campanas, la de la iglesia y las de las iglesias cercanas, la del cuartel de bomberos y la de la Misericordia, que hospedaba a viejos, mi padre abandonó el pozo sin conseguir saber cómo el sol se iba filtrando dentro, las ramitas y las hojas se lo imaginaba, también la basura, pero el sol qué truco usa, qué les sucedió a las esposas engordando en el jardín, quién jura que no las sustituían como sustituían a los presos a los que interrogaba mi marido o a los difuntos en la calle, sesenta y uno o sesenta y dos años, olvídalo, de cualquier forma no mucho tiempo ya, los perros ladraban de hambre dentro de las carretas de los muertos, acompañados por criaturas descalzas que les tiraban de la ropa, conseguían un trozo de tela, una sandalia, una gorra, en momentos de suerte una camisa entera hasta que un soldado los espantaba a culatazos, observaban a distancia e iban volviendo poco a poco, después los perros empezaron a escasear dado que los niños descalzos se los comían, acabados los perros se acercaban a Alvalade mendigando sopa con latas oxidadas, no pedían, esperaban meneando las latas, casi todos los zapatos en Luanda fueron de muertos, espiaba los de mi marido

–¿También fueron de un muerto?

y por la falta de crema y los cordones desatados también fueron de un muerto, la prima de las fiebres tenía unos nuevos, en el armario, con la hebilla de metal amarillo, destinados a caminar en el interior de la urna, que a pesar de su tamaño sabemos que no se acaba, enorme, zapatos caros, envueltos en papel de seda, dentro de una caja, de vez en cuando nos obligaba a enseñárselos, la hebilla, la suela, la goma del talón y la visión de los zapatos, se comprende, la animaba, quién no se siente satisfecho de presentarse decentemente ante el Altísimo, la prima, orgullosa

–¿Y la camisa?

cuello de encaje, botones de madreperla, un corazón en el bolsito, sugería

–No le vendría mal una planchita

y mi abuela asegurando que la plancha lista, bastaba con coger unos carbones del brasero y se calentaba en un instante, si la prima quisiera se mojaba el dedo corazón en saliva y enseguida burbujitas hirviendo vas a ver, enseguida tu escupitajo crepitando, la silla que había tirado mi padre seguía en el suelo, con los miembros estirados, igual que las mulas junto al hoyo antes de enterrarlas, solo les faltaban las crines, las narinas y el cristal sucio de las órbitas por el que se pasean hormigas, no nos atrevíamos a levantarla por miedo a que la explosión de vuelta, mi padre, en cuclillas bajo el níspero, mirando la tulipa de la enferma, lo sentíamos, después de cenar, afilando un palo con la navaja, mezclado con los sapos, cuántas pajitas les metí en la boca y los hice redondos a base de soplar, entraba en casa de madrugada, evitando las cómodas, un paso aquí y otro allí no fuese el suelo a abrirse que las tablas son traicioneras, se confía en que clavadas y de repente un abismo, mi padre, con miedo a los abismos, tanteando el suelo con la puntera, si aguantas sigo, la misma maniobra con la cama, quién me jura que las sábanas no ocultan un agujero, la forma de mi madre se alteraba en el colchón

–¿Qué te pasa?

no una persona, un alga ondulada por el sueño, un tentáculo repentino crecía desde la barriga o desde el muslo y lo estrangulaba en un nudo pegajoso, se esforzaba por echar marcha atrás pero el tentáculo se lo impedía, el alga

–¿Vas a quedarte ahí clavado?

con los sapos, que conocían la maldad de los bichos marinos, protegiéndolo, entre el frutal y la viña

–Ten cuidado Ismael

e Ismael, indeciso a la cabecera de la cama, intentando distinguir el crucifijo de latón para pedirle auxilio y ningún crucifijo, un nudo de tinieblas en el que se expandía un monstruo imitando a mi madre

–¿Es para hoy al menos?

y tal vez fuese para hoy o tal vez fuese para mañana, no se abría el chaquetón ni se desabrochaba el cinturón, la cacerola de la respiración de la prima, donde cocían los grelos de los bronquios, lo alarmaba, ella tan debilitada y los bronquios con un silbido feroz, mi padre preguntando sin ruido

–¿Qué pasa señores?

nunca vi a la esposa de un negro importante en la carreta de los muertos, con las pulseras, los anillos y la bolsa de trozos de metal de su risa, vi a mujeres que aunque finadas conversaban y niños con el pulgar en la boca, sin mencionar miembros dispersos y manos al azar, de Marilin, de Bety, mías, no vi a mi padre entre ellas ahogado en un tentáculo, Penafiel, Penafiel, ten paciencia, no me abandones ahora, yo a mi marido, refiriéndome a las carretas

–¿Qué es eso?

y el gesto en espiral, a lo largo del brazo, que se evaporaba en los dedos, los zapatos de la prima desaparecieron en la víspera de su muerte y no fue un perro escapándose al galope, en la primera calle, con ellos en la garganta, no fue mi abuela, ni mi tío en el cercado de las perdices, fui yo, los metí en una abertura del gallinero por si los necesitaba un día, cuando me viniesen las fiebres, y fue la rodilla la que vino, será que el tren de Francia se tragó a mi abuelo en lugar de vomitarlo en una estación cualquiera y mira los árboles de Angola ondulando sin descanso en el interior de sí mismos, llamándome que no me apetece oírlos, sorprendida con sus corazones enormes, los nervios deformes, las venas sin fin, sus mil años de piedra, mira la prima paseando de acá para allá, descalza, reprendiéndome en el interior del ataúd

–A lo que me obligas Alice

los zapatos que acabé olvidando en el gallinero y que las gallinas afortunadamente no vieron, el sujeto, a la derecha de mi marido en la Comisión de las Lágrimas, vomitando los ojos

–¿Es necesario esto?

no un negro, un mestizo al que semanas después interrogó mi padre, leyéndole los papeles que él, no el mestizo, había escrito

–¿Cuándo mandaste esta carta?

dado que todos se entendían y desentendían con todos y más carretas, más tiros, la barraca dos casas detrás de la casa, a la que le faltaba una de las paredes, sustituida por una barraca más pequeña, primero, y por una cabaña de barrio de chabolas después, viejas en cuclillas bajo múltiples faldas, la tropa corriendo por los callejones, los callejones corriendo hacia la bahía, la bahía corriendo hacia la isla y sin embargo, en medio de todo esto, la chica cantando, el señor Figueiredo apartando la vista

–No me la traigas aquí

no, el señor Figueiredo haciéndose un lío con el dinero

–¿Seguro que no puede nada por nosotros?

y por unos segundos mi madre de nuevo, encaramada en el bar con lentejuelas y plumas, notando un trozo de sí misma, entre las botellas y los vasos, y comparándolo con el cercado de perdices en el que un retazo de cielo, en medio de los arbustos, daba cuerda a una esperanza no sabía en qué, tal vez en la escama de luz en el interior del pozo, en un par de trenzas que saltaban o en una aldea sin quiosco ni barbero donde arbustos sin nombre ocupan el lugar de las personas, el director de la Clínica levantándose del suplicio de la agenda

–¿Qué señor Figueiredo es ese?

mi madre aplastándolo de inmediato con el martillo de un encogerse de hombros

–Nadie

y yo incapaz de responder por indiferencia o por compasión, tanto monta, tenía razón, usted, nadie, como el mestizo a la derecha de mi padre, en la Comisión de las Lágrimas, nadie, como la chica que cantaba, nadie, como nosotros nadie, encerrados en Lisboa, junto al río, esperando a los que no vendrán, y de qué sitio podrían venir dado que Angola acabó, como mucho unos helechos, un gramófono y quedamos nosotros, recordando la concavidad, dejada en el granito, de la pata de un animal improbable, mi madre con su rodilla, mi padre con su ajedrez y yo con las voces que me dictan esto en discursos precipitados que la mano no acompaña y me impiden escuchar lo que pasa alrededor, los cargueros del Tajo y las ruedas dentadas de las palomas en el tejado, sin mencionar los pasos de los vecinos que empiezan sin que lo espere y se prolongan a través de la ventana, si mi padre me dejara abrirla probablemente los vería sobre las copas, señalándome con

Orange Public Library & History Center
407 E. Chapman Ave.
Phone (714) 288-2400
www.OrangePublicLibrary.org

Customer ID: **********6466

Items that you checked out

Title: Comisión de las Lagrimas
ID: 32357108187358
Due: Friday, May 12, 2023

Title: Errante en la sombra : no[illegible] musical
ID: 32357105784892
Due: Friday, May 12, 2023

Total items: 2
Account balance: $0.00
4/21/2023 5:10 PM
Overdue: 0
Ready for pickup: 0

Orange Public Library & History Center
Monday - Wednesday 10:00 am - 8:00 pm
Thursday - Saturday 10:00 am - 6:00 pm
CLOSED Sunday

El Modena and Taft Branch Libraries
Monday - Saturday 10:00 am - 6:00 pm
CLOSED Sunday

el mentón, por qué tanta atención si no formé parte de la Comisión de las Lágrimas o disparé a los que huían en Luanda, preocúpense de mi padre y mi madre, de los dos al mismo tiempo, da igual, pero déjenme, el director de la Clínica

–Han vuelto las voces

como si alguna vez se hubiesen ido, se callan por unos minutos y eso es todo, el mestizo, a la derecha de mi padre

–Mentira

no una discordancia, una disculpa, no una disculpa, una aceptación y mira los árboles de Angola, que se vaya a la mierda Penafiel, moviéndose sin descanso en el interior de sí mismos, llamándome a mí que no me apetece oírlos, el señor Figueiredo, a pesar de difunto

–Cariñito

y yo sorda, si lo escuchase le respondería

–Estoy con los árboles déjeme

asombrada de sus corazones enormes, los nervios sin fin, sus mil años de piedra, todo lo que Cristina ignora y yo tampoco sé, nací en provincia, echo de menos los guisantes, oigo las perdices en el cercado y, detrás de las perdices, mi abuelo

–Chica

ofreciendo, al lado opuesto al mío, los pajaritos fritos, preguntando

–¿Más salsa?

no vivían en casa, vivían en una barraca a la que le faltaba una de las paredes, o sea tres paredes, dos de ellas incompletas, y la mitad del tejado de zinc con pedruscos encima con la ilusión de que impedían el viento pero quién impide el viento, todo en África, incluso la lluvia, empieza con el viento, el cielo negro a las cuatro, truenos en Catete, ramas de neón ramificándose y desapareciendo, la desesperación de los edificios que se tuercen y se doblan y en cuanto se tranquilizan la lluvia, volviendo al principio, que me he distraído con la lluvia, vivían en una barraca, mira los árboles, dos casas detrás de la casa, con miedo de que los negros, y los extranjeros amigos de los negros, a los que no les gustaba su padre, se entendiesen con los policías que lo protegían, si es que puede llamarse policías a media docena de criaturas vestidas con uniformes diferentes o camisetas y pantalones cortos robados a los muertos, la mayoría descalzos, otros solo con una bota de los portugueses, otros en zapatillas ya no verdes, grises, que no andaban, se aplastaban contra el suelo, vivían en una barraca con miedo de que los negros, y los extranjeros amigos de los negros, rusos, cubanos, belgas, a los que no les gustaba su padre, se entendiesen con los policías que lo protegían porque todos se entendían y desentendían con todos en Angola, entrasen en casa y se lo llevasen como entrarán en Lisboa, dentro de poco, mañana, el año que viene, puesto que no tenemos prisa, nunca hemos tenido prisa, lo que más abunda en Luanda es miseria y tiempo, no un montón de días como el director de la Clínica, un único día infinito, sin principio ni fin, un cajón de los cuchillos siempre abierto, no me den la medicina a la hora de comer, las risas de los clientes, después del espectáculo, cuchillos, las señales con que me llamaban cuchillos, los dedos que me apretaban, ordenen lo que les apetezca pero no me aprieten, se lo pido, los dedos que me apretaban cuchillos, los gemelos mestizos, uno mayor que el otro, más gordo y con dificultades para hablar, al abrirles la puerta cuchillos a pesar de su inercia, andaban, tropezando con nosotros, hacia la pensión, resignados como animales enfermos

–¿Su padre Bety?

y Bety, enfurruñada, un animal enfermo, cómo vas a levantar el tobillo en el próximo baile, al mirarme ganas de cogerla de la mano, que no soy insensible, la gente se imagina que lo soy

–Simone no se enfada con nosotras

me gustaría serlo pero no lo consigo, los sapos bien podían avisarme, como avisaban a mi padre, ellos que conocen, por experiencia, la maldad del mundo

–Ten cuidado Ismael

y no me prestan atención, no me avisan, sin contar a mi abuelo quién, en esta vida, pero no entremos por ahí que después no se sale, es un callejón sin salida que acaba en un muro y nosotras, frente al muro

–¿Y ahora?

cuando no hay ahora, no habrá ahora, espera que empiece el gramófono y vuelve a sonreír a pesar de existir docenas de escalones en el linóleo de la cocina, el tobillo más arriba, cariñito, feliz de que estés aquí, parte de tu reflejo en el espejo del bar entre cuellos de botellas y vasos

–No se admiten tristezas

y juro que no estoy triste, qué motivo para estar triste, ni siquiera ciega como mi abuelo tras unas gafas cada vez más fuertes, compradas en el puesto de la feria que vendía dientes y ojos, mi abuelo preguntando en el mostrador

–El mundo muy lejos amigo

sustituido por manchas con voz y manchas sin voz, las manchas con voz lo molestaban con sus preguntas

–¿Te encuentras mejor papaíto?

las manchas sin voz llenas de aristas que chocaban contra él y lo herían

–La madre que parió a la consola

muebles que se atravesaban delante metiéndose con él, cuántas consolas, Dios mío, donde en otro tiempo una sola, cuántas mesas, cuántos braseros, cuánto gato inesperado, primero de algodón y después solo garras que se escapan con un chillido, mi hija, si es mujer le pones Cristina, un nombre raro y le puse Cristina, si le hubiese puesto Conceição o Manuela la vida diferente, mi hija en diálogo con las cosas, o sea no se escuchan las cosas, se escuchan las respuestas de ella, tenía razón, abuelo, el mundo muy lejos, siluetas, ausencias, intervalos, el doctor de la rodilla almacenando las radiografías en el sobre

–Un buen problema doña Alice

no doña Simone, doña Alice, doña Simone artista y yo no, si en este momento me diesen plumas y lentejuelas no levantaría ni el meñique, tal vez las arrugas de la frente implorando no sé qué no sé a quién, o es más, lo sé, implorando a Dios que la dejase en paz y se olvidase de ella, el doctor de la rodilla aplastado en el sobre

–Bueno

hinchándose porque los problemas nos hacen dilatarnos, engordamos para adelgazar rápidamente en un suspiro, dentro del suspiro un regusto de victoria

–Ella está enferma y yo estoy bien

que disimulamos con una mano en el hombro sin creer que nosotros, o creyendo que nosotros pero dentro de muchos lustros y por lo tanto nunca, estamos en el mismo barco, es el destino, hoy usted, mañana yo y el final ya se sabe, allá vamos uno a uno con el cura detrás mientras Simone seguirá en el marco mandándonos un beso esférico en la palma de la mano que el cristal impide que nos llegue, cuando le digo

–Pareces un payaso

ella diciendo que sí por debajo del maquillaje, no

–Ay Simone

sino

–Ay Alice

por las bocas de las hojas que no se callarán nunca y el

–Ay Alice

más seguro, una barraca dos casas detrás de la casa, yo pensando en Penafiel sin imaginarme cómo sería Penafiel y entre nosotros cómo es realmente Penafiel, parecido a esto, no parecido a esto y a qué esto me refiero, a mi aldea, a Lisboa, yo recordando los trenes de Benguela y de Negage, trenzas que saltaban en una almohada, el quiosco de la música, el barbero, sería capaz de pelar guisantes, inclinada sobre un barreño, si mi madre y mi abuela conmigo en lugar de yo sola, porque debido a mi marido y a mi hija la querida Alice, al contrario de Simone, cogiendo a las compañeras por la cintura en el escenario que casi no se sostenía, la querida Alice sola, volviendo del ultramarinos con la bolsita, pesada aunque ligera, de las compra, patatas, un paquete de leche y una única cebolla, con párpados sucesivos, en medio de los cuales un ojo de mi abuelo, nebuloso, ciego, con el mundo alejándose de él, hecho de manchas confusas, las que hablan y las que hacen daño y ambas persiguiéndolo, deles un empujón, abuelo

–Soltadme

y no lo sueltan, qué rollo, lo atormentan con arañazos en la tibia, en la cadera, a este lado de la cintura, el que más duele, el más frágil, donde una hernia o así del día entero con el sacho, en el fondo del dolor una campesina bailando, átenme las muñecas a la espalda, átenme los pies, déjenme caer en el cemento y seguiré bailando, con las dos o tres compañeras que quedan, para media docena de portugueses en un barito de Narriquinha mientras los árboles de Angola se mueven, en el interior de sí mismos, llamándome, yo que no quiero oírlos, quiero a un negro con una azucena en las traseras de la fábrica, de la modista, de la oficina, susurrando

–Madame

bajo la monotonía de la lluvia.

6

Quibala. Primero la carretera, después un sendero con marcas de ruedas, un segundo sendero en el que pies descalzos y cascos de animal perdido, creyó que un burro salvaje y no burro salvaje, un bisonte y no bisonte, qué más daba si burro salvaje o bisonte, un puentecito atravesando un río casi seco, con una lata de comida de combate en la que nacían mariposas, una de las cuales se aplastó contra el motor del todoterreno, un monte que subieron temblando y más mariposas, oyó ladrar a lo lejos, intrigado, porque los perros de África no ladran, nos siguen esperando que les demos de comer o nos muramos para que puedan comer sin que tengamos que darles y mastican hasta los huesos, se olvidó de los cascos del animal, perros flacos, que no obedecen ni protestan, esperan, Dios mío la paciencia de los bichos, agachados durante meses, alrededor de un cabrito muerto, babean antes de olerlo, dudando con la nariz, los ojos amarillos, las orejas alerta, la cola horizontal que vibra, en lo alto del monte Quibala, cultivos de mandioca, chozas dispersas, nadie, Quibala una aldea, con arbustos de cáñamo a ambos lados de las puertas, que se prolongaba hasta desaparecer en el matorral, esto en octubre de mil novecientos setenta y siete, yo tenía cinco años, mi padre en el todoterreno con la maleta sobre las rodillas, un chico, con un cuello de liebre en la mano, apareció mirándolos y lo perdieron, la gente nace ya entera aquí, mujeres hombres niños que no cambian más salvo los viejos, se arrugan sobre el suelo hasta desaparecer en él, vas a ver y ni un pliegue en la tierra, nunca existieron, no hay ayer como el de los blancos, se existe o no se existe y ya está, imposible sentir la falta de lo que no existió y ahora un sendero ancho, sin hierbas, alejándose de las chozas, una explanada de tierra con un cercado de alambre, dos o tres camionetas, media docena de militares y mucha gente al sol, una gallina minúscula aleteó delante de ellos, se resbaló en una cuba y se quedó juntando plumas temblando de miedo, en cuanto se tranquilizó parecía más grande, de pequeña su madre metía una gallina en una caja y se iba comiendo poco a poco, la esposa del jefe de puesto, que no entendía de comidas

—¿Se comen ese bicho podrido?

hasta la cresta, hasta el pico, hasta las plumas de la cola, al final se tiraban las costillas al suelo, junto con piedrecitas, y por la lectura de las piedrecitas y las costillas se adivinaba la vida, en la que los difuntos seguían fumando y las mujeres lavando paños en una esquina de agua donde una órbita de cocodrilo a la deriva, por la tarde se convierten en ramas gruesas con uno o dos dientes engastados en la corteza, Quibala una ametralladora apuntando a la explanada y una casa con columnas y un par de escalones gastados, dentro un jabalí disecado sostenido por una escobilla de escopeta, la esposa del jefe de puesto

—¿También cocinan eso?

y no cocinamos eso, señora, cuando las cantinas no venden cocinamos la miel de los árboles y las crías de las hienas, un zambo miope, solo con una lente, charlando con mi padre, intentando juntar las dos pupilas en el único cristal, estudiando el mundo al bies y con la cabeza baja, gente al sol venida del este, del centro, del norte, tal vez de Moçâmedes, donde las caracolas no dejan de contar las olas y cuántos millones exactos desde que Dios, con un simple gesto con la mano, viene en los libros, separó la tierra de los océanos, algunos mestizos, algunos blancos y cientos de negros paseando al azar, sin incluir los que abrían las fosas, en el límite del cercado, vigilados por los militares que de vez en cuando tiros y un cuerpo que cae, como un pañuelo, desplegando piernas y brazos, un trapo que se agitaba antes de ser cosa o volvía a sacudirse pero ya blando, distraído, y mi padre, sin oír las explicaciones del zambo que se torcía hacia él en la mitad buena de las gafas, pensando en el ministro que huía reculando, en Luanda, de salita en salita

–Aquí hay una equivocación

y no había equivocación, qué equivocación, traían la orden con la firma del Presidente y todos los sellos y a pesar de haberla leído el ministro subía las escaleras, cruzaba estancias, se encerraba en la habitación de su hija y detrás de la puerta la voz desmayándose, recomponiéndose, desmayándose de nuevo, consiguiendo un hilito

–Aquí hay una equivocación

una muñeca, pisada por descuido, balaba

–Mamá

desde la alfombra con una angustia monótona, esas nunca cambian, no se desmayan ni se recomponen, siguen, una culata rompió la cerradura y el ministro con la muñeca en brazos, intentando protegerse con ella, cuál de los dos

–Aquí hay una equivocación

y cuál de los dos

–Mamá

con el mismo tono agudo y la misma angustia, cuál de los dos de baquelita y cuál de los dos de carne, cuál de los dos un brillo de agua en las pestañas de nylon y ambos un brillo de agua en las pestañas de nylon, la mujer del ministro en el umbral

–No le hagan nada a la muñeca

un columpio colgado en la acacia del jardín y quién está en el columpio, la mujer del ministro, el ministro, la muñeca, la hija invisible

–¿Su hija señor ministro?

y a lo mejor ninguna hija con ellos, se la inventaron, hay quien se inventa hijas y pasea una ausencia en brazos hasta que un llanto que nadie más escucha se calla y pueden acostarla, dormida, en la cuna, apartándose sin hacer ruido de una nada que los alegra, mi padre entendiendo que la muñeca

–Mamá

no a la hija que no había, al ministro y a la mujer del ministro, dado que el ministro y la mujer del ministro la

–Mamá

que conocía, la trajeron de la tienda, le cambiaron el vestido, compraron una vajilla pequeñita para que ella se imaginara que comía, le preguntaban midiéndose el uno al otro

–¿A quién quieres más?

el ministro levantó la mano hacia los soldados y la muñeca murió primero, en pedacitos de plástico que se dispersaron de repente, las mejillas carnosas, la miniatura de la boca, las pestañas de nylon, la lágrima no sé, a medida que el columpio vacío adelante y atrás llevando una risita feliz, no, la risita inmóvil, el columpio la alcanzaba al bajar y proseguía sin risa, qué le sucede a la felicidad cuando una de las cuerdas se parta, se queda allí, desaparece, busca otro columpio, mi padre, preocupado

–¿Tendrán otro columpio?

y en el caso de tenerlo la risa lo encontraría, el ministro aumentando un paso

–Aquí hay una equivocación

sin desmayarse y recomponerse a lo largo de la frase, una especie de grito, para qué escribir una especie de grito, un grito

–Aquí hay una equivocación

sobre trizas de muñeca y una gota que se tragó la alfombra, se tragan las lágrimas y las penas, se alimentan de tristezas caídas, tazas que se derraman y roce de pasos, en los labios de la muñeca un dientecito pintado y párpados que subían y bajaban gracias a un peso de plomo, todo construido, al final, todo falso, un sujeto fabricó aquello con gomas y alambres, mi padre sacó la pistola de la funda, esperó a que el columpio cogiese la risa y la soltase y en el silencio sin alegría el ministro de rodillas, insistiendo en la equivocación, el traje caro, los zapatos caros, la corbata con puntitos, un anillo pegado al pecho donde una mancha oscura, otra mancha junto al cinturón, otra mancha en el hombro, el ministro de bruces

–Aquí hay

y aquí hay el qué, señor ministro, su Excelencia se ha equivocado, no hay nada de nada excepto esta orden con el escudo de la República, la firma del Presidente y todos los sellos, quiere que la saque del bolsillo y se la enseñe de nuevo más las comas la tinta y una frase al margen, los dedos del ministro se alargaron y se encogieron hasta que lo tranquilizó una bala, los militares se quedaron con los zapatos, el traje, la corbata y mi padre con el anillo, demasiado grande en el meñique pero bien en el índice, que mi madre empeñó en Lisboa y no valía un céntimo, es decir valía una cara de desdén

–Si hay algo que no falta por aquí son tabernas de negros

y media docena de monedas, colocadas una a una sobre el mostrador, subrayando la pacotilla, que no daban ni para ir al ultramarinos, mi padre en Quibala, en medio de los presos y las mariposas, recordando a la mujer del ministro a gatas en la habitación tranquilizando a la muñeca

–Mamá no te abandona

mientras los soldados robaban cuadros, espejos, una mesita baja que si mi madre la entregase

–¿No se le ha acabado la basura?

con el columpio por fin parándose y la risa cesando, ningún empleado en la casa, una de las águilas de barro del portón sin cabeza, un triciclo, no se adivinaba de quién, de lado en la vereda, esto en un barrio de casas de portugueses desde donde se veía el mar, los pájaros de la bahía, diferentes de las gaviotas, se posaban en los arcos de la circunvalación o picoteaban restos de gasoil y las luces de las traineras, al crepúsculo, en una geometría de reflejos sin fin, con los troncos de las palmeras y las insignias de flúor de los restaurantes de la isla leídos al revés, en ruso, cuando llegaba una ola, mi padre de vuelta a Quibala, con el zambo de las gafas multiplicando argumentos y el compañero del seminario al mío, basta de disculparlo, mi padre al compañero del seminario tras el enfado de los helechos

–Enséñamela

acercándose a los presos, espantando las mariposas que no le dejaban ver

–¿Tantos traidores todavía?

comiendo paquetes de judías o tumbados en tablas conspirando, incluso flacos, incluso febriles, incluso sin hablar entre ellos y nadie hablaba con nadie, parecían esperar, de la manera que esperan los objetos, indiferentes a nosotros y sin embargo alerta, y sé lo que digo porque conozco sus mañas aunque caiga en ellas, conspirando contra el gobierno, contra Angola, contra nosotros, mi padre decidiendo al azar, con miedo de que también le hiciesen una visita los militares, le enseñasen el escudo de la República, la firma del Presidente, todos los sellos, y delante de mi madre y de mí, en la barraca dos casas detrás de la casa, una automática o una pistola y él, sentado en el suelo, cogiéndose la barriga buscando una palabra, puede ser que

–Mamá

puede ser que

–Aquí hay una equivocación

o nada de eso

–Enséñamela

en la horrible luz parda que antecede a la mañana, una palabra que no venía, la perdía y al perderla se perdía a sí mismo, mi padre trocitos de plástico evaporándose en el aire junto con los alambres, el plomo de los pesos de los párpados y la tal lágrima que se tragó la alfombra, el zambo

–Están todos listos

y no lo estaban, la mujer del ministro, buscando la muñeca a gatas

–Mamá no te abandona

pero la abandonó y en su caso no una automática, una catana, el golpe en el cuello que mi padre prefirió no ver, para qué, un golpe más después de tantos golpes en esta tierra, al bajar las escaleras se fijó en una gota de sangre en la manga o mejor dos gotas, la primera en la manga y la segunda en la rodilla y no oscuras como las del ministro, rojas, dos gotas rojas que no se atrevió a tocar, la sospecha de que si las tocaba se moriría, cuando de pequeño degollaban un gallo delante era él quien se meneaba, con cuatro pasos torcidos, bajo la aprobación de Dios, aunque pasando los dedos por el pelo no encontrase la cresta y acariciando el pecho no se topase con plumas, Quibala, no el pueblo, y a propósito del pueblo ni una iglesia en los alrededores, la explanada de tierra, las escopetas y la mesa donde comprobó cientos de nombres sin reconocer ni uno solo, le hacía falta un columpio y una risa de muñeca, para acá y para allá, bajo una rama, más acacias en el jardín del ministro, cactus en macetas, el triciclo al que, ahora me daba cuenta, distraído del zambo, le faltaba uno de los pedales, el superior de los misioneros italianos una bicicleta vieja a la que también le faltaba uno de los pedales, se acordaba de la campanilla y del crepitar de la vara, dientes que masticaban hasta romperse y terminaban masticándose entre sí rompiéndose más hasta que solo el roce esponjoso de las encías, la barba del superior olía a la sopa del día anterior de modo que, al confesarse, el aroma de los nabos le hacía difícil la majestad del cielo, poblado de verduras que el cocinero movía en una sartén enorme, cómo será el paraíso y cómo seremos nosotros allí arriba, a lo mejor una gruta con un fogón de leña, repleta de cacerolas y trocitos de pollo, donde las almas se complacen en cosas deliciosas y grasientas, el zambo espiaba los nombres por encima del hombro, respirándole en la nuca, igual que el padre Paulo que no olía a sopa, olía a autoridad, dejándolo paralizado en medio de una cuenta de multiplicar, en los descansos de las cuentas tocaba el órgano en la capilla, confundiendo soplidos y crujidos, con el azar de una nota en medio de lamentos que nos arañaban el estómago, el zambo con una vocecita avergonzada

–Hay personas con poder ahí

y hay personas con poder en todas partes, hijo mío, una vida no tiene precio a los ojos del Señor pero no se debe transigir con el pecado, lanzamos a los egipcios al Mar Rojo, acabamos con la buena vida de Job y le dimos un trozo de teja para rascarse las postillas, por no recordar Sodoma y Gomorra, convertidas en cenizas en menos de una cerilla, la venganza es mía, está en la Biblia y, por consiguiente, de acuerdo con las Escrituras, no te consumas con el poder de los pecadores, aunque sea tu padre, tu hermano, tu primo, y acábame esas fosas antes que anochezca, no traigo la Paz sino la Guerra, declara el Evangelio como declara que los que matan a espada morirán a espada, y si Dios habla así, aunque huela a sopa, quiénes somos tú o yo para contradecirlo, pobres cañas partidas por el viento o granos de mostaza que no cayeron en tierra, no estuve en el seminario para ver a los demás y por lo menos los Enemigos del Hombre, Mundo, Demonio y Carne todavía cantan aquí, aprovecho para decir que si no fuese por el padre Paulo multiplicaría con los ojos cerrados y debido al padre Paulo nueve por siete, por ejemplo, se me ha olvidado, hasta hoy, por suerte, no he tenido necesidad de saber cuánto era, además es algo que a prácticamente nadie le ha mermado el orgullo, Jesucristo multiplicó panes y peces sin necesidad de atormentarse con tablas de multiplicar, hizo un gesto, los aumentó un poco, así a ojo, y listo, igual que mi padre así a ojo, creía necesarias cinco fosas y otra más pequeña, por si había una equivocación, en lugar de cuatro, Quibala, qué miseria, casas reventadas por la tropa, chozas sin paja, los terrenos por labrar y la primera nube de lluvia al este, aunque un vientecillo sin origen desordenase los pastos y pájaros alarmados empezasen a elegir los árboles, qué ciudad permanece intacta en Angola, qué vía de tren, qué carretera, los militares del zambo cavando más deprisa y mi padre pensando en el seminario y en la capilla a las seis y media de la mañana, con una corriente polar entre qué y qué apagando los cirios, llamas horizontales que lo señalaban

–Niño

y su madre, en Cassanje, juntando las cabras, no necesitaba llamarlas, levantaba una vara, la esposa del jefe de puesto

–¿De quién son esas cabras?

que no había robado a nadie, las heredó de su padre, una boa se comió una, otra la hicieron pedazos los perros, que yo recuerde, es decir que mi madre recuerde, quedaban siete u ocho, no, lo recordaba mal, cinco, encontraron a la boa muerta, con la mitad de la cabra fuera, cortaron la boa y la mitad engullida intacta, docenas de bichos intactos dentro de las cobras, mochuelos conejos ovejas respirando de inmediato y empezando a andar, no dio con el camino por el que había venido, no dio con la carretera, frío en Quibala después de mandar al zambo que me metiera en una de las fosas con los presos, mi padre trocitos de plástico que se dispersaban de repente, las mejillas carnosas, la boca minúscula, las pestañas de nylon, aquí no hay equivocación, me lo merezco, pensó en mandar hacer un columpio para que, por encima de él, una risa feliz y el ministro y la mujer encantados, el comandante de mi padre

–Te has equivocado zoquete no era ese ministro

como si fuese importante qué ministro era, quién en la Prisión de São Paulo no fue un día ministro o general y al siguiente escapando de chabola en chabola o huyendo, entre fardos, en la carga de una camioneta sin neumáticos y por consiguiente no llegaba a salir, coches en las cunetas de Luanda descomponiéndose al sol, no era ese ministro pero sería ese ministro la semana que viene, le he adelantado el trabajo, señor, debería agradecérmelo, un día de estos me pedirá

–Ten paciencia amigo

que lo mate a usted enseñándole la orden con el escudo de la República, la firma del Presidente y todos los sellos, sin que ninguna muñeca implore

–Mamá

o mejor no implorar porque las muñecas no imploran, un mecanismo sin alma, cogemos el juguete y funciona, soltamos el juguete y enmudece, qué palabra

–Mamá

en balidos de óxido, se agita y tornillos sueltos en una caja que es capaz, qué sé yo cómo, de producir su lágrima, qué hay que no llore en este mundo, amigos, qué hay que no se alegre también y por cierto cuál la diferencia entre la alegría y el llanto y cómo se distinguen los muertos de lo que fueron en vida si siguen limpiando los terrenos de pasto y trabajando en el embalse, todo vivo y finado en un país que renunció a ser nuestro, mira un halcón vigilando los polluelos en la aldea, cambiando de brisa y no obstante quieto, no en Quibala, en Quibala polvareda, en Cazombo, en Luena, en la frontera del Congo, el ministro tenía razón

–Aquí hay una equivocación

pero no hay equivocación mañana, una noche, al llegar a la prisión de São Paulo, me amarraron las muñecas y los tobillos

–Te toca a ti

y yo al otro lado de la mesa respondiendo

–Soy patriota amigos

cartas con una letra que no es la mía, socios que no me presentaron, ataques que no hice, dije

–Enséñamela

pero quién sabe que dije

–Enséñamela

excepto yo y mi hija que se entiende con los árboles y en cuya cabeza no dejan de hablar, una vez le pregunté a mi mujer

–¿Por qué le pusiste Cristina?

y mi mujer mirándome desde el fregadero con un cazo y un paño en la mano, amontonando más palabras en la boca de lo que era capaz de decir, todavía cejas sustituidas por una raya de lápiz, todavía capaz de bailar, recordando al abuelo, seguro, y perdices que andaban de un lado a otro en una inclinación con arbustos, yo sorprendido porque me daba pena, viéndole la nuez sin descanso y una vena que se hinchaba, viéndola angustiada, a su vez, con una azucena bajo la lluvia e incapaz de ayudarla, el señor Figueiredo casi

–Cariñito

y en el momento en que el señor Figueiredo iba a pronunciar

–Cariñito

y yo, por fin, a entender a mi hija, el zambo, agrupado detrás de la lente, con las pupilas juntas

–Las fosas están listas

cinco fosas grandes y una pequeña donde cabría mi padre solo, creo que su idea era caber solo, con un gramófono tocando sin parar, mi padre con el señor Figueiredo en la memoria y sin atreverse a recordarlo, deshaciendo chozas, prendiéndole fuego a las camionetas y borrando los senderos

–¿Dónde está Quibala?

dejando media docena de troncos donde colgar columpios en los que un

–Mamá

incansable mientras los militares del zambo juntaban a los presos, acercándolos a las fosas bajo la llovizna que precede a los relámpagos, durante la cual la tierra sube al encuentro del cielo y los insectos andan alrededor de nosotros multiplicando alas, la esposa del jefe de puesto a mi madre, señalando al único animal que no cojeaba

–Esa cabra es mía

y yo capaz de jurar que el zambo lo oía dado que buscó alrededor y nadie, solo nosotros dos viendo a los militares ahuyentando a la gente, incluidos los mestizos y los blancos, la esposa del jefe de puesto y los clientes de la fábrica, de la modista, de la oficina para la que trabajaba mi mujer y me espiaban al bies

–¿Conoces a ese negro?

las fosas con la tierra al lado, con las palas clavadas hasta dos tercios de la plancha y ni una protesta, ni un ruego, ni

–Aquí hay una equivocación

aceptaban, tras unas semanas de hambre en general las personas lo aceptan como me aceptó mi mujer, me toleraba en la habitación siempre que yo en silencio y yo siempre en silencio, incluso en la infancia, incluso después de cura, cuántas palabras dije además de

–Enséñamela

creo que

–Madame

pero no estoy seguro de haberlo conseguido aunque en mi intención

–Madame

y de qué otra forma tratar a una artista, pronuncié una frase aquí y allí y se acabó, los demás discutían por mí, no recuerdo hablar de muchacho y habré hablado de muchacho, no recuerdo hablar en el seminario ni siquiera durante la confesión, me preguntaban

–¿Has deshonrado a la Divinidad?

y no era que no quisiera contarlo, era que no encontraba lo que debía contar, pensaba

–Díganme qué debo contar

o

–Díganme qué quieren que cuente

sin ser capaz de transmitirlo en voz alta, me intrigan las palabras y me asusta el sonido de mi voz, no me la imaginaba de ese modo y me cuesta creer que me pertenezca, estos ruidos no nacen en mi boca, qué extraño el cuerpo y los caprichos del cuerpo, tantos chismes dentro, glándulas, bilis, odio, mientras nosotros simples, media docena de deseos, media docena de recuerdos y yo casi ni recuerdos, Moçâmedes, claro, donde las caracolas cuentan las olas pero diluida, tenue, sucesos de poca monta que se nos pegan, un régulo, descalzo de tan pobre, cosiendo para los blancos y el propietario de la finca mandando al administrador que le destrozara la máquina con un martillo

–Cuando pase a tu lado me saludas

en el interior de la máquina no glándulas, ni bilis, ni odio, volantes, ruedas, gomas y el régulo

–Patrón

acurrucado junto a los restos de la máquina

–Buenas tardes patrón

mientras el eje de la tierra, girando más deprisa, nos ensordecía a todos, ignoro quién mató al administrador junto a la casa y le prendió fuego al almacén de algodón cuyas paredes se desmoronaban una a una, no se imaginaba que un golpe de catana tan profundo y las llamas tan altas, quién le ha roto las patas a las vacas y ha gafado el motor de la luz, me acuerdo de un primo de mi madre con una botella de petróleo, de la escopeta del administrador apuntando al administrador y él

–¿Qué es esto?

retrocediendo a medida que el eje de la tierra giraba y giraba, quitándole el norte a los milanos, cambiando el olfato de los animales y todos nosotros con él, la casa del propietario de la finca también ardiendo, una mujer llamando en la ventana de arriba, el rosal no necesitaba que le acercasen una cerilla porque las rosas arden solas desde que son capullos, puntitos rojos consumiéndose al crecer pero eso no lo cuentan las caracolas, el propietario de la finca pasó corriendo junto a los restos de la máquina y a pesar de ser de noche el régulo levantándose

–Buenas tardes patrón

mi mujer me toleraba siempre que yo mudo y yo mudo en la cama sin tocarla, me toleraba en la fábrica, en la modista, en la oficina siempre que yo en las traseras y yo en las traseras bajo la lluvia, la semana siguiente, en cuanto el eje de la tierra más lento, vinieron docenas de blancos con látigos y pistolas y soldados y perros, el primo de mi madre cojeando primero y cayéndose después y miles de rosas ardiendo en medio de las chozas, nunca imaginé tantas rosas, las personas de la aldea también rosas, pétalos rojos que se volvían grises y lo que gritan las rosas, Dios mío, repletas de brazos y dientes, yo entre el pasto viéndolas mientras las caracolas, cada vez más atentas al mar, iban sumando olas que no arden, se transforman en piedrecitas y arena, blancos pisaron la mandioca y los pies de cáñamo, junto a las chozas, que no llegaron a rosas, subieron a las furgonetas, desaparecieron y cuando digo desaparecer es realmente desaparecer, y desaparecieron entre tiros, quedaron las ruedas y los volantes de la máquina de coser y la esposa del jefe de puesto a mi madre

–Te has salvado de ser un rosal

o sea te has salvado de ser un arbusto de lumbre, pide perdón de rodillas, sé agradecida y no es que no me apetezca escribir esto mejor, es que tengo demasiadas cosas hirviéndome en la cabeza, al escribir, por ejemplo, que mi madre en la cocina

–Perdón

será eso lo que leen, no nos quedó ni una gallina, ni un cubo, ni una estera donde tumbarnos por la noche, solo ruinas y ceniza y los gusanos de los muertos, mira los presos en Quibala junto a las fosas, mira los cajones de las armas, mira yo una señal al zambo y el zambo, en su única lente, no solo los ojos, el uniforme entero incluyendo las botas del ejército portugués, demasiado grandes para él, que pisaban más hondo que la tierra, alcanzando tibias viejas y raíces de piedra, el zambo a los militares

–Deprisa

y nada ardía en Quibala, solo negros, rodando sobre sí mismos, al interior de las fosas, mezclados con media docena de mestizos y blancos que también rodaban de modo que me apetecía estar en Luanda, en la Comisión de las Lágrimas, o volver a casa donde dormían mi mujer y mi hija, el señor Figueiredo antes de

–¿No puede nada por nosotros?

abrazando a Simone en las traseras de la fábrica, de la modista, de la oficina

–¿Quién es ese de la flor mustia en el pecho?

y no fue el abrazo lo que me indignó, fue mencionar que la flor mustia, no me manden otra vez a Moçâmedes ni a Quibala, déjenme acabar en paz, sin rosales ni caracolas, cuando se abra la puerta y

mi hija charlando con los muebles, no me verá bajar las escaleras, no se despide de mí, vi los cadáveres, un conejo que se olvidaron de tapar, a un sujeto rezando pero a quién, los árboles de acá para allá sin destino y el segundo sendero otra vez, el primer sendero, la carretera, un burro salvaje todavía vivo, solo con dos quintos del cuerpo, que pisó una mina, seguro que el zambo sigue, en un pueblo desierto, comiendo grillos y bebiendo agua del río junto a los animales, esperando órdenes que nadie envía, cuántas fosas abiertas en Angola, vigiladas por militares que impiden que los difuntos salgan a la luz, cuántos columpios, cuántos ministros, cuántas muñecas hechas pedazos, cuántas máquinas de coser cosiendo en vano, mi mujer Simone y el abuelo

–Alice

el abuelo

–Chica

orientándose, por el florecimiento de los cerezos, camino del jardín, nunca he visto cerezos, veo cristaleras opacas y en ciertas tardes de junio oigo crecer el Tajo, ojalá inunde el muelle, los contenedores, las plazas y el cementerio judío sin lápidas ni cruces en su crepúsculo perpetuo, conocí a un judío en Malanje que negociaba con diamantes cerca de la escuela, esperábamos a que las cortinas abiertas para poder entrar y él en un despacho camuflado en el sótano

–¿Al menos no te ha visto nadie?

con un tubo apretado en la órbita, separando trizas con la pinza, entre reactivos y balanzas, sobre un terciopelo marrón, esto antes de la independencia, en la época de los portugueses y de mi madre de rodillas

–Discúlpate ladrona

el judío siempre con dos hombres en lo alto de los escalones hasta que ningún hombre ni siquiera el judío, los arriates pisoteados, el portón abierto, sofás rasgados con cuchillos, tablas de armarios hasta la calle y las casas vecinas intactas, niños en patinete y un anciano leyendo en una red, me pareció que la corbata de uno de los protectores del judío en un arbusto pero a lo mejor me equivoqué, un trapo que el viento levanta y abandona, no te hagas ilusiones, de hecho la corbata de modo que el judío de Malange tal vez en el cementerio en Lisboa, examinando el ataúd con el tubo apretado a la órbita

–Me merezco algo mejor amigo

hay veces en que me pregunto quién sigue vivo en Angola y si los trenes seguirán pasando por Negage y por Benguela, luchando con la resistencia de las vías y el estorbo del pasto, a propósito de pasto cómo crece el pelo en África, llevando a mi mujer y las compañeras, mucho más que aquí, entre susurros que presumo que son ríos que también crecen, pelos, ríos y es probable que no dejemos de aumentar, nosotros enormes y nuestra cara altísima, trenes que llevan a mi mujer y las compañeras a un espectáculo de baile y siete u ocho artistas, con lentejuelas y plumas, en una estación decrépita, negros tímidos, abotonados, arreglados, probando un

–Madame

con la azucena en la mano, en el seminario las aureolas de los santos de metal barato y qué pensaría Dios de la mezquindad de los curas, probablemente ni se fijaría en los altares, esperando, como yo, a que unos extraños llamasen a la puerta, seguro que alguien busca a Dios para llevarlo al otro lado del Tajo y abandonarlo en una duna, el judío señor Jacob, me ha venido el nombre, qué gracioso, qué hago sino tirarlo de nuevo al fondo de la memoria donde espero que se mantenga de una vez, no quiero conservar nada de nada, sáquenme todo y déjenme rodeado de olvidos e imágenes truncadas, mi mujer, agobiada con la rodilla, al director de la Clínica, amargado por su exceso de días

–Nuestra hija salió de Angola con cinco años doctor ¿qué puede saber?

sabe lo que le imponen las voces y las bocas de las hojas, de manera que el señor Jacob posiblemente otro nombre pero cuál, un cuchicheo que me sorprende insiste que Jacob y podría describirlo durante páginas y páginas, daba la impresión de vivir solo porque un plato con restos de comida en el mantel, o si no nada de esto, todo en orden, una esposa invisible y severa

–Jacob

desde una sala al lado, mi hija corrigiendo lo que digo según las instrucciones de las voces, nos creó, a mi madre y a mí, y quiénes somos en verdad, cómo es Quibala y Luanda y Moçâmedes, las caracolas contarán las olas o solamente arena, llego a dudar de que el zambo auténtico y las fosas en serio y sin embargo escuché los tiros y vi cómo caían los presos, uno de ellos me insultó pero la distancia atenuó las palabras

–¿Qué dijo realmente?

y el zambo mintiendo

–No lo oí

aunque en su cara

–Sí lo oí

en su cara

–Murió no murió déjelo señor comisario

como si yo pudiera dejarlo como no puedo dejar los helechos cuyas semillas chocan con los marcos culpándome, qué noche, envuélvanme como un fardo hasta que no vea nada de nada sobre todo una muñeca que no me suelta

–Mamá

aunque yo un hombre y la prueba de que soy hombre está en que le mando

–Enséñamela

a un blanco, hay policías que me respetan

–Señor comisario

nuestro Presidente, por desgracia fallecido en Rusia

–Muy bien muy bien

casi amigo y mi pelo y mis uñas muy largos, mi mujer

–¿Vas a dejar que sigan creciendo?

y yo llenando la casa entera, el vestíbulo, la habitación, la mesa del comedor donde los demás, por mi culpa, no caben, voy a dejar que sigan creciendo, sí, madame, más grande que las llamaradas en el almacén de la finca y las rosas en fuego, más grande que la esposa del jefe de puesto

–Discúlpate ladrona

a mi madre minúscula, uno de los, cómo llamarlos, sospechosos no, traidores no, uno de los que interrogué en la Comisión de las Lágrimas

–¿Por qué mientes?

y no miento, no te atrevas a insinuar que miento, leo lo que escribí ayer por ti o sea las cartas que no mandaste a los americanos y a los chinos agrupados en el Congo para destruir nuestras cosechas y robarnos el petróleo, o uniéndose al este con los surafricanos para masacrarnos, al imitar tu letra te he hecho sincero, afirmo por ti lo que piensas y por tanto no miento, cuando te ate canta, cuando te pegue canta, cuando dispare canta, hasta después de muerto sigue cantando, cuál el número de fosas que cavamos en Angola, si dependiese de mí, sobre las fosas, en lugar de las cruces que no había, columpios y una risa feliz a medida que el asiento adelante y atrás sostenido por dos cadenas, dos cuerdas, dos hilos de sisal o dos líneas de la máquina de coser del régulo, principalmente no asegures

–Aquí hay una equivocación

escapándote a la habitación y la mujer del ministro buscándote a gatas

–Mamá no te abandona

y verdad, mamá no te abandona aunque tú trocitos de plástico y una gota en las pestañas, cómo diablos una muñeca da forma a una gota que se tragó la alfombra, la Prisión de São Paulo crece más que los pelos y las uñas, más que yo, más que la rodilla flaca que no esconde la tierra como no esconderá la rodilla gorda de mi mujer para quien el linóleo del suelo eran escalones imposibles, el doctor

–Un buen problema

juntando las radiografías en el sobre, de qué forma levantar el tobillo cuando el señor Figueiredo pida

–Alegría cariñitos

sumando las bebidas con el lápiz y calculando porcentajes

–Te quedas con tanto

o sea te quedas con un billete o dos y da las gracias y cállate, el señor Figueiredo padre de, qué estupidez la mía, el señor Figueiredo sin hijos, el señor Figueiredo

–¿No puede nada por nosotros señor comisario?

y no puedo nada por ustedes, señor Figueiredo, el señor Figueiredo difunto, el señor Figueiredo no padre, qué noche esta en Lisboa, pasos en la escalera que no se detienen, suben y la vida, por un instante en suspenso, al final continúa, mueve un peón, un alfil, una torre, te protege con todas las piezas del ajedrez, no lo dejes, si te preguntan

–¿Por qué mientes?

no respondas, si te preguntan, y quién va a preguntar a no ser tú

–¿Y ahora?

tampoco respondas, estás en el todoterreno, a las seis de la mañana, cuando el badajo del seminario tocaba y el prefecto recorría las camas, estás en el todoterreno, volviendo a casa, con la corbata en el bolsillo y la chaqueta en el brazo, no exhausto, no con sueño, satisfecho contigo mismo, los pájaros de la bahía adquieren forma en los flancos de las casas, cacarean sollozos, empiezan a volar, no sobre el agua, alrededor de ti como si tú una mancha de aceite o cañizos o basura, como si tú un paño que se disputaban entre gritos convencidos de que un pez, estás en el todoterreno, al lado del conductor, y sostienes un tallo de azucena pensando en las traseras de una fábrica, una modista, una oficina, pensando en un negro entre cajas, abotonado, tímido, susurrando

–Madame

no a Simone a quien el abuelo llamaba Alice, a una puta de bar.

7

Y sin embargo lo que mejor recordaba de África, a pesar de las voces, del gramófono del señor Figueiredo y de los gritos en la Prisión de São Paulo, era el silencio, el silencio de la madre, el silencio del padre, su propio silencio, todos mis órganos silencio, todos mis gestos silencio, mi futuro un silencio perplejo

–¿Que será de nuestra hija doctor?

que no le preocupaba porque no empezó todavía, empezaron objetos que hablan y qué interesan los objetos, por más que se enerven y me amenacen e insistan no hacía caso a sus consejos, me llamo Cristina, tengo cuarenta y tantos años, cualquier día me muero, es decir, sigo por ahí o tal vez me permitan volver a Angola, no sé, paseando por calles que conozco y no conozco, edificios a los que reconstruyeron las fachadas, los barrios de chabolas más grandes, la miseria que crece y en el interior de la miseria, ahí está lo que digo, el silencio, dispararon al obispo, a través de la puerta, cuando preguntó

–¿Quién es?

y las marcas de las balas partiendo la madera, no agujeros, fisuras, un amigo de mi padre a mi padre

–¿Qué pasa?

y tantas interrogaciones en esta página, al juntarle los codos por detrás de la espalda y meterle clavos en los ojos, mi padre en la Comisión de las Lágrimas y silencio, otra voz antigua

–¿No puede nada por nosotros señor comisario?

y no podía nada por nadie, perseguido por los helechos en una ventana lejana, cuarenta y tantos años, qué raro, y a medida que la edad avanza, al contrario de lo que me imaginaba, aumenta la nitidez de la memoria, no veo el motivo para recordar el silencio teniendo en cuenta que en mí miles de ruidos ansiosos por que les preste atención y tal vez lo haga un día, cuando por fin yo sola, antes de prenderle fuego al apartamento no por placer ni por venganza, porque África se prolonga en Lisboa, este río el Tajo o el Dondo, este barrio vas a ver y el Sambizanga, seguro que hay una Prisión de São Paulo y una ambulancia en la playa, el amigo de mi padre

–No entiendo

con clavos en los ojos, al que le rompieron las piernas con hierros, en silencio que no se escuchan los huesos, solo

–No entiendo

la mano del obispo fue bajando a lo largo de la puerta y cada dedo una raya roja, no solo los dedos a lo largo de la puerta, el pecho, la mejilla, el

–¿Quién es?

susurrado a las fisuras de las balas y quién era en verdad, no militares, no policías, tres hombres sin uniforme, creo que extranjeros, con esas metralletas pequeñas que esconden los abrigos, se encajan en una pistolera y ni siquiera se nota el bulto, un comandante a mi padre, refiriéndose al de los clavos, descuartizado en el suelo

–¿No era ese tu amigo?

y mi padre callado, nunca supe lo que pensaba y qué pensaba, señor, el obispo no solo el pecho y la mejilla en la madera de la puerta, también los labios, intentando una frase en latín y del latín no me acuerdo, me acuerdo del silencio, yo, en silencio

–Me apetece un vaso de agua una manzana un beso

que además no aceptaría que me diesen, no se preocupe, y aunque lo aceptase antes de coger el vaso o la manzana el vaso o la manzana

–Apártese

sin mencionar el beso puesto que no beso a nadie, mi madre intentó besarme una tarde y me escapé, hacia las cortinas, con trotecillo de carnero, yo que no entiendo los rebaños ni el motivo por el que se apresuran, sin razón, en una lentitud blanda, con la papada balanceándose sobre las piernas estrechas, pero juro que si mi madre me tocase las rompería con la escoba, mi padre levantándose hacia el comandante

–¿No era ese tu amigo?

la cara donde ningún rasgo, un óvalo desnudo con dientes y ahora que no los tiene no recuperó los rasgos, tal vez un párpado o una oreja pero fuera del sitio de la oreja y del párpado, en la piel al azar, si acercamos la mano cambian de sitio y se escapan, mi madre

–¿Dónde está tu nariz?

y puede ser que esté en Luanda, en la cara del obispo, deslizándose por la madera, u oliendo una azucena perdida hace docenas de años, reconocía que era mi padre por la cicatriz del cuello y las gallinas alrededor en un patio de Cassanje, donde una pila de lavar equilibrada por un ladrillo, largas tardes de insectos reuniendo los pequeños racimos de huevos, con el alambre de las patas, en un pliegue de tierra, a lo mejor en los huevos niños, no mariposas, el comandante borró la pregunta con la palma

–No quería ofenderte

y esto que cuento ahogado en silencio a pesar del gramófono del señor Figueiredo y de los gritos en la Prisión de São Paulo, no solamente en la Prisión de São Paulo, en la Casa de Reclusión, en la Fortaleza de São Miguel, en los baldíos tras los barrios de chabolas, a la orilla de las carreteras, llamémoslas carreteras, de arena, dado que el asfalto se lo llevó la lluvia, conduciendo al interior de Angola o sea conduciendo a cruces de vidas extinguidas, qué ha sido de los grupos de mandriles, qué ha sido de los crepúsculos en Cambo, cuarenta años y pico y el director de la Clínica

–Por lo general a estas edades empieza la demencia y se calman los problemas

mientras yo me indignaba con el plátano del cercado que revelaba en voz baja

–No me dejan hablar contigo

de modo que incluso en el plátano silencio, el obispo no tumbado, de rodillas contra la puerta, con la casa entera detrás, repentinamente inútil, por no mencionar el relleno que de un momento a otro no pertenecía a nadie, el espejo desocupado, el armario de los trajes

–Ya no sirvo ¿verdad?

el obispo un zapato puesto y un zapato sin poner y los dos en un ángulo imposible, no imaginamos de lo que son capaces los difuntos, Dios mío las ideas que nos formamos de los muertos, si las bailarinas del señor Figueiredo finadas bailarían mejor, rozando el techo con el tobillo con una energía sin fin, por qué mi madre, padre, qué le interesó de ella y mi padre pasmado delante de las fotografías en los carteles de la entrada con el nombre de las artistas por debajo, mi padre

–Enséñenmelas

y retrocediendo en cuanto el portero

–Aquí no queremos negros

desaparecido con los demás portugueses en los aviones y en los navíos de Luanda, después de imponer a los policías el reloj, las llaves de la casa, los cubiertos, me acuerdo de un jarrón envuelto en periódicos y de fotografías en marcos de cerámica, me acuerdo del pánico, de la prisa y de los atracos a las tiendas, del petróleo ardiendo sobre cuerpos mestizos, me acuerdo de mi padre llegando de Cacuaco, de mi madre sustituyendo botones y de la ilusión de eternidad que me daba la caja de la costura, todos aquellos compartimentos, todas aquellas agujas, la miraba casi en paz, sin acordarme de las chabolas ni de las botellas de petróleo, la seguridad de que durábamos para siempre y nada malo nos pasaría, volvemos a Moçâmedes, ante la tranquilidad de las olas y las cuentas de las caracolas, si me las acercase a la oreja el silencio, lo que mejor recuerdo de África es el silencio y mi madre cosiendo, qué armonía en los gestos, qué lentitud al consolarme, cortar la línea, asegurarse de la perfección del trabajo, continuar, la sombra de la acacia amarilla, mi vida amarilla, mi satisfacción amarilla, yo, seguro que amarilla, preguntando a las voces

–Soy amarilla ¿verdad?

olas amarillas, arena amarilla, cocoteros amarillos, en cuanto el portero de la fábrica, de la modista, de la oficina

–Aquí no queremos negros

mi padre rodeó la manzana dirigiéndose a las traseras y se escondió entre las cajas como solía esconderse entre los matorrales, con granadas en el cinturón, para tender emboscadas a los portugueses, escuchando a distancia la mina que un antílope, desviado de la manada, pisó y el planeta entero una sacudida, el director de la Clínica

–¿Cómo vamos nosotros?

con la grapadora en la mano y clavándose una grapa en un salto, contemplando la puntita del alambre enterrada en el dedo, extrayendo la puntita y chupándose la falange, horrorizado con una mancha violeta, el director de la Clínica reducido al dedo que desinfectaba la enfermera

–Le va a doler un pelín

con una bola de algodón y un líquido turbio, el director de la Clínica

– ¿Y si no hace efecto?

soplándole encima mientras la enfermera lo cogía con una tierna reprimenda

–El señor director va a ser siempre un niño

y mis padres, después de la grapadora, sin confianza en él, el dedo con la tirita no curvada como las demás, derecha, la enfermera tapando el desinfectante

–A ver si repite la gracia

y no repitió la gracia, metió la grapadora en el cajón de la mesa que supuse vacío adivinándolo por el sonido, uno de esos ruidos de caída como en un pozo sin agua, el cajón continuaba hacia el piso de abajo donde la lavandería y la cocina, es decir humo tibio y superficies metálicas en que se agitaban criaturas con gorro, el comandante a mi padre

—¿No era ese amigo tuyo?

o todavía más abajo, un lugar sin ventanas, a la altura de los muertos, donde ecos de pasos en la amplitud del cemento y fardos y tinieblas, tal vez el tití siguiese en el extremo de la cadena y qué pensaría él, me intrigaba la soledad de los animales, por un pelo no he dicho me conmovía pero me he acordado a tiempo de que, de acuerdo con el que manda en nosotros, no sé nada de emociones, el desamparo, la tristeza, los animales enfermos pidiendo ignoro el qué, sin fuerzas para levantar el mentón de las patas, con pena de nosotros, seguros de que los necesitamos y en verdad los necesitamos, pobres vidas, las nuestras, aterradas por la vecindad de la muerte, este bulto en el cuello que me duele si lo aprieto, esta molestia en los riñones, llamo al médico, no llamo al médico, si no lo llamo sigo vivo, si lo llamo biopsias, análisis, punciones, alguien que me lleva, de martirio en martirio, en una silla de ruedas, y yo sin fuerzas para separar el mentón de las patas, menear la cola, lamer el plato, yo en el capazo de una cama apretando la sábana entre las manos temblorosas porque todo tiembla en mí, soy algo que se suelta y se va a perder y al perderse intenta descifrar expresiones, qué significa esa mueca de la boca, esa inclinación de cabeza, ese dedo que apunta

—¿Es ese amigo tuyo?

esta pausa en medio de una mirada de soslayo, me aprietan los codos en la espalda, me meten clavos en los ojos, lo que mejor recordaba de África era el silencio y ahora en el hospital mis órganos silencio, el futuro un silencio de animal que implora sin que lo oigan, por lo general a estas edades empieza la demencia y se calman los problemas, si pregunto

—¿Qué pasa?

no me responden, padre, como no respondían en la Comisión de las Lágrimas, se quedaban mirando, nunca conspiré contra nadie, no escribí esto, ni siquiera estaba en Angola, estaba en Cuba, por qué motivo me pegan, cuántas veces me aseguró el Presidente

—Cuento contigo

en caso de regresar a Moçâmedes ninguna ola en la playa, las mataron y las caracolas ausentes, si encontrase una sola juraría

–Ya no sabemos sumar

y no saben, ningún zumbido en ellas, ningún viento, la enfermera

–Le va a quemar un pelín

y no quemaba un pelín, ardía, por qué me destruyen, los militares entraban en las chabolas espantando gallinas y niños solo llanto, una vieja buscando su pipa con el azar de la palma, hombres que dudaban y seguían de pie y la grapadora bajando hasta el centro del mundo, si tuviese que llamar a mi madre en vez de decir Simone o Alice daría en una lata con una piedra pero llamarla para qué, de qué me vale que responda o se preocupe por mí con su rodilla enorme incapaz de caminar, el abuelo

–Chica

ofreciéndole pajaritos y ella con dieciséis, diecisiete años, no cuarenta como yo y sin ser capaz de moverse dado que el linóleo de la cocina escalones imposibles, el doctor de la rodilla, todo suavidad y cuidados

–Tenemos que empezar a pensar en un bastón y eso

la alegría que exigía el señor Figueiredo

–Venga venga

devoró el hueso de la rótula más los tendones de alrededor, le aumentó la grasa y le quitó pelo, hacía un moño con una goma y le sobraban unos hilos, mi padre en las traseras de la fábrica, de la modista, de la oficina, esperando un moño acompañado de otros moños que los propietarios de las fincas

–Cariñitos

en el espejo del bar, afortunadamente las botellas y los vasos las escondían de sí mismas y a pesar de eso mira aquí esta arruga, mira el carmín que se corre, los gemelos de Bety se escaparon de la despensa pero por dónde si no había postigos, qué agujerito, qué grieta, y se evaporaron en el mundo, al acordarme de África silencio

–¿Qué será de nuestra hija doctor?

y silencio cuando la respuesta es sencilla, no viajó con ustedes a Lisboa, está en Angola, señores, en un barrio de chabolas desierto, el abuelo de mi madre

–Chica

nervioso al no sentir la presencia, ningún escalofrío en los arriates y las hojas de la viña serenas, el amigo de mi padre a mi padre, al otro lado de la mesa de la Comisión de las Lágrimas

–¿Qué pasa?

mientras le unían los codos por detrás de la espalda la bombilla pestañeaba indecisiones de avispa, mi padre, distraído de su amigo

–¿Va a fundirse?

sin dejarlo escuchar

–¿Qué pasa?

o ver al general de brigada en Moxico, sin apoyarse en la pared, negándose a que le taparan la cara

–Quiero ver quién me mata

con una sonrisa que no era sonrisa y cómo explicarlo de forma más exacta, he escrito verdadera y no me quedo contento como no me quedo contento con exacta, qué complicado transmitir lo que no tiene que ver con hechos, parece sencillo y no lo es, la lengua nos traiciona, tanto desánimo en Moxico durante la época de neblinas, tantos caminos devorados por el pasto, de repente, en medio de los matorrales, una misión casi intacta y un nido de perros salvajes en un rincón, en Moxico laderas de eucaliptos plateados, mi padre tocó el hombro del cabo

–Mándalos tú disparar

sintiendo que el desprecio del general de brigada lo seguía, al final de la pista un avión portugués con las ruedas hacia arriba y un maizal seco, quien aullaba de miedo era el maíz, no él, y el maíz aúlla, palabra, ahí está entre gritos que no oigo en Lisboa, capaz de traducir lo que no soy capaz y mi oficio es traducir voces, escuchó los tiros al subir a la camioneta, no sonoros como los helechos, bajito, una especie de confidencia

–Ese es un cobarde

al tiempo que la caída del general de brigada, esa sí, aturdiéndome, me quedo escuchándola delante del ajedrez, una hembra de perro hiena con dos o tres crías con el hocico achatado, gusanos gordos haciéndose ovillos a ciegas, mi hija, al nacer, un gusano gordo que se hacía un ovillo a ciegas, le ponías el dedo índice en la mano y lo apretaba, me quedé así durante horas y no volvió a agarrarme, si me cruzo con ella se aparta, si me acerco cierra la puerta de la habitación, a lo mejor con el señor Figueiredo

–Entre señor Figueiredo

agarrándole el dedo incluso hoy que es grande, el amigo de mi padre al meterle los clavos en los ojos, bajo los desmayos de la bombilla

–No entiendo

yo que nunca le agarraría el dedo al señor Figueiredo, también me apartaría, no le agarro el dedo a quien quiera que sea ni creo que cogí el suyo, qué me interesa un dedo con una persona en la punta, se empieza por la uña, se sube falange a falange y sin darnos cuenta, además de más dedos, treinta o cuarenta, tenemos una mujer o un hombre, la cantidad de apéndices que se estiran y se doblan, sin contraerlos, en la extremidad de las personas, además de los dedos lo que más me perturba son los orificios de la nariz y el cuidado que es necesario para no caer en ellos, el director de la Clínica aclarándole a mis padres

–Tiene el pensamiento al revés

y cómo se entrevé cuando nos meten clavos en los ojos, por mí, si bajo los párpados, discos de colores que se deshacen, rehacen y deshacen de nuevo, noten cómo divago para no volver a la Prisión de São Paulo, no se llevaron el anillo del obispo ni anduvieron con las vajillas, ni siquiera entraron, solo bajaron del descansillo, en el bajo un lisiado interesándose

–¿Los conozco?

el final de la pernera, sin pierna, doblado hacia arriba sostenido por un gancho y tanto sol en la calle haciendo más útiles las cosas, las miramos pensando

–Tal vez sirvan

y no sirven o hemos sido nosotros los que hemos perdido el sentido de los objetos dejando de creer en ellos, la grapadora, tirada en el cajón, sigue cayendo porque ningún crujido sobresaltando a mis padres, mi madre, que no se acostumbra a mi nombre, pronunciando

–Cristina

con la lentitud de quien experimenta una grieta en el incisivo que extraña, Alice se entiende, Simone acabamos por aceptarlo con el tiempo pero Cristina sin relación conmigo, si el abuelo, y afortunadamente nadie hace preguntas sobre un cementerio aldeano, y encima metido entre peñascos y vacas

–¿Chica cómo se llama tu hija?

cambiaba la conversación al granizo de octubre, el tío de mi madre

–Conocí a una Cristina en Abrantes que se casó con el ahijado del escribano

pero por suerte las perdices en los matorrales le anularon la voz, mi padre, al lado del conductor de la camioneta, intentando olvidar al general de brigada

–Ese es un cobarde

y la sonrisa, que era y no era sonrisa, plantado frente a él, debido a los faros el pasto no negro, violeta, traseros de animales que se escapaban, sospechas de agua y a propósito de agua no nos queda ningún frasco de perfume, en Lisboa, de la época en que mi mujer bailarina, ninguna lentejuela, ninguna pluma, solo el relente de la pomada que le recetó el doctor para la rodilla mezclado con el reflujo del Tajo, no elegíamos a los presos en la prisión de São Paulo, era el Presidente, que no se encontraba en ninguna parte y por tanto estaba siempre con nosotros, el que los mandaba, no traían equipaje, o uniforme, o dinero, entregaban los relojes y las cadenas a los militares y se perfilaban en silencio, qué es aquello que recuerda mi hija de África y no podía nada por ellos como Dios no puede nada por nadie empezando por mí, dónde está Él que lo perdemos, a lo mejor se ha marchado en medio de la noche, sin hacer ruido, después de asegurarse de que estábamos dormidos, cómo será Dios en persona, uno de los miembros de la Comisión de las Lágrimas cogió a otro del brazo después de colgar el teléfono, en una larga pausa en que burbujeaban críticas

–El Presidente quiere que te interroguemos ahora

el otro mermando en la silla con una vocecita lenta

–Es un error

de repente tan indefenso, tan gastado, el omoplato que una bala de los portugueses secó durante una emboscada en Cuíto vibrando, el

–Es un error

costoso porque las letras una pasta que el molar que fingía plata masticaba, introdujeron una escobilla en la boca del general de brigada, que le salía entre los muslos, para mantenerlo de pie, mi mujer avanzaba hacia la habitación usando el paraguas para conquistar unos centímetros, no quiero a nadie triste, cójanse por la cintura, alegría, alegría, y nadie triste, solo la vocecita lenta

–Es un error

delante de nosotros en la mesa, lo llevaron al patio argumentando

–Señores

hasta que un policía lo ahuyentó con la culata y el mar de la bahía repleto de nubes bajo la forma de manchas que se confundían con detritus cuyo origen prefiero desconocer, qué penoso decir esto, da la impresión de que es fácil y cómo tarda el bolígrafo, las voces empiezan a escasear, ahora no me dan órdenes ni me insultan, unos días más y no soy capaz de levantar el mentón de las patas, me quedo en el cesto, inundada de comprensión y pena, sin conseguir, ay Cristina, ocuparme de vosotros que me necesitáis, el doctor de la rodilla a mi madre

–Tiene que dar reposo a la pierna señora

y cómo reposar con los bailes por la noche y los días huyendo de las escopetas de la tropa por las calles de Luanda, mi padre no se sabía dónde, llegaba a casa, con media docena de negros, arrepentido de haber venido, mi mujer que no era mi mujer, mi hija que no era mi hija, esto durante los portugueses, cuando la fábrica, la modista, la oficina todavía funcionaba, aparecía en su lugar el señor Figueiredo

–Cariñito

peinándose después y colocándose la corbata, antes de que él silbase llamándola mi madre me sentaba en el escalón aquí fuera, y el señor Figueiredo preguntando, con sospechas

–¿No le has cambiado el nombre verdad?

estirando los tirantes y soltándolos sin avisar, como hacía en los ensayos

–¿Qué es de la felicidad cariñito?

para que estallasen en el pecho y la felicidad, de inmediato, creciendo, mi madre me recogía del escalón con menos brusquedad que de costumbre y al cogerme en brazos notaba el lunar del cuello que me negaba a tocar por miedo a que si lo tocaba un lunar idéntico en mí, aún hoy lo busco en el espejo a ver si se me ha pegado, gracias a Dios, hasta el momento en que hablo, limpita, algo tiene que haber que no nos vaya mal, el señor Figueiredo

–El lunarcito te queda gracioso

y la nariz en el pelo de mi madre fingiendo que se lo comía, mi madre, inquieta

–La niña se da cuenta

el señor Figueiredo sumido entre los mechones

–Ya estoy casi acabando

y en más de una ocasión me dio la sensación de que mi padre u otro negro, estoy segura de que mi padre, en el muro, esto en una casita sin acabar, entre casitas sin acabar, en el límite de Mutamba, me acuerdo de un baobab y del polvo que levantaba el viento a puñados, suponía que me llamaban, iba a mirar y nadie, quien crea que el polvo no habla se equivoca, lo que aprendí con él, mi madre me bañaba en el barreño, con gran sorpresa mía por el lunar intacto y de las dos una, o el señor Figueiredo no se lo comió o le salió otro en el mismo sitio, en mi opinión le salió otro en el mismo sitio, le sacaron líquido de la rodilla y la semana siguiente líquido de nuevo, es la vida, lo mismo que las perdices, el tío de mi madre las cazaba y un mes después allí estaban, el abuelo

–No se acaban

y realmente no se acaban, hasta el general de brigada seguro que sigue, en la pista de aviación de Moxico, llamando cobarde a mi padre por haber presenciado su muerte o mejor sospechoso de presenciarla, desde la camioneta, con los ojos que tenemos en el interior de la cabeza y en los cuales el señor Figueredo se conserva ordenando la calvicie, pelo a pelo, en la fantasía de engañar a la gente

–Dime ¿todavía se nota?

agobiado por si me cambiaban el nombre, mi madre

–¿Es su madre la que es Cristina?

el peine dudando

–No me distraigas cariñito

con los ojos pegados entre sí por la esquinita de las lágrimas

–No admito a nadie triste

y solo una ceja, puede llorar, señor Figueiredo, no lo digo, el señor Figueiredo sin hacer sonar los tirantes

–Cállate

la madre Cristina, o el ama que lo cuidaba, o la hermana, o una hija que le cogía el dedo al revés que yo que los detesto, supongo que no quería verme para que yo fuese otra, la tal madre, la tal ama, la tal hermana, la tal hija, el peine empezando de nuevo, desde la oreja

–Lo has estropeado todo

y la calvicie al descubierto, el señor Figueiredo, de repente un pobre, le ordenó

–Alegría alegría

obligándolo a levantar el tobillo, agitando lentejuelas y plumas, hasta los focos del techo, mientras la aguja del gramófono saltaba espiras debido a los bandazos del escenario, no se asuste con los bandazos y coja el ritmo, señor Figueiredo

–Cariñito

que los clientes aplauden de la misma forma, les da igual siempre que se mueva y después charle con ellos, sea amable, ayúdelos a pensar en su tierra, emocionados con campanarios y barberos en vez de matorrales y negras que no saben ni nuestra lengua, se acuestan con nosotros con el marido al lado, fumando, y los hijos jugando a nuestro alrededor, confiese que un ama, perdida en el tiempo, pelándole papayas y desnudándolo por la noche, con manos poco hábiles que la nostalgia volvió ligeras, se acuerda del gallo a las cinco y del roce de las plumas en el gallinero, sollozos, espasmos, el castaño despertando, la mitad de los erizos mañana, la otra mitad noche, la primera luz en las hojas transparente, sin fuerza, aumentando las nervaduras y usted

–Cristina

sin distinguir si despierto o durmiendo y si era la parte despierta o la parte dormida, su voz o su sueño, quién decía

–Cristina

usted envolviéndose en la manta del nombre que le impedía el terror de sentir que nadie más en el mundo salvo un difunto solo, pero qué difunto rodeado de flores en la mesa de la cena, con los asientos pegados a la pared y crespones en los espejos para que la muerte no se viese, el recuerdo del difunto que incluso hoy no lo deja, con las muñecas esposadas con el rosario y la llama de las velas, el terror a que el difunto acercándose a cubierto de la oscuridad

–Estoy aquí

y sofocándolo de corolas, el señor Figueiredo a mi madre, metiéndose el peine en el bolsillo

–¿No puedes estarte callada?

con la esperanza de que el ama lo levantase del suelo

–No te preocupes niño

y se lo llevase de allí, el señor Figueiredo seguro de que si le dijesen

–Niño

litros de lágrimas que el pañuelo no seca, a medida que mi padre se alejaba del muro bloqueando la escopeta, el comandante de la Comisión de las Lágrimas que presenció los clavos en las órbitas

–¿Matas a tu amigo y no matas al blanco?

y mi padre callado, nunca supe qué pensaba y qué pensaba señor, lo que recuerdo de usted, como lo que recuerdo de África, es el silencio, un todoterreno que iba y venía y los militares que lo seguían, lo que recuerdo de usted es a mi madre

–¿Por qué vivo contigo?

es una azucena en una caja a la que no se hacía caso, lo que recuerdo de usted, y me fastidia contarlo, es intentar agarrarle el dedo, yo que no soporto dedos, y su índice huyendo, lo que recuerdo de usted es apetecerme decir

–Padre

no decir

–Padre

y sin embargo el

–Padre

sin dejarme en paz, lo que recuerdo de usted, y no estoy mintiendo, era tener ganas de que viniese cuando no tenía ganas de que viniese, qué me importaba si venía y me daba igual si desaparecía para siempre, lo que recuerdo de usted era que, al pasar por el sitio donde estaba yo, fuese en el jardín, en la habitación, en el salón, dejaba caer al suelo un juguete en el que no me fijaba y que no merecía ni una mirada.

8

A veces, cuando el viento miraba hacia atrás, los mangos se ponían a contar mi historia, conmigo sentada en el suelo del salón, bajo la lámpara, y fuera, a pesar de una puntita de luna, no redonda, tendida en los tejados, y de la sospecha de una segunda luna que nadie vio y sin embargo sé en mí como una presencia secreta, tanta oscuridad y tanta amenaza en la oscuridad, sabía que edificios a nuestro alrededor y no los veía, calles que había dejado de conocer, personas que deseaban no entendía el qué, los militares que protegían a mi padre durmiendo, invisibles, en el todoterreno, bajo esa otra luna que ninguno de nosotros veía, se sentía una enredadera o era yo quien me inventaba la enredadera donde ninguna enredadera, mi madre

–¿Qué estás mirando?

y no estaba mirando, oía los mangos que debido a la noche tampoco existían, ganas de preguntar si seguimos vivas en una tierra de la que no distinguía la palpitación ni el perfil y tuve miedo de que me respondiese, la cara, bajo la lámpara, aunque familiar, extranjera, con la luz aumentando los orificios de la nariz y prolongando la boca, sombras hondas en cada pliegue de la camisa y gestos diferentes de los suyos, parecidos a los movimientos de los sueños cuyo significado se me escapa, incluso al recordarlos, despierta, no entiendo lo que dicen como no entiendo lo que dice este libro, me limito a escribir lo que ordenan las cosas y el único asunto del que no hablo es la luna secreta que de vez en cuando revela episodios dispersos, mi padre rezando y pidiendo perdón a una ventana sin helechos porque no existían helechos ni campanas en Luanda, existe la oscuridad, que he mencionado al principio, incluso durante el día, y en el interior de la oscuridad gente limpiando la tierra con la esperanza de que grillos, puesto que se acabaron el pescado seco y la mandioca, también comió grillos durante la guerra, padre, mira las criaturas que avanzan a gatas en las aldeas de leprosos, ladrando de terror bajo los tiros, el enfermero tan miserable como ellos

–Vengan aquí

y en la choza del enfermero una mujer abrazada a una gallina, a la que le amarró las patas para no dejarla escapar y las patas idénticas a nuestras manos, demasiado duras y escamosas y sucias, ojos de leprosos, vacíos de todo lo que no fuese incomprensión o sufrimiento, por debajo de las plumas ni un trozo de carne, filamentos y huesos, en las poblaciones sacos de pescado secándose en un almacén desmantelado y en el matorral espinas y pastos quemados, se llevaron a un prisionero portugués tropezando de fiebre, con un trozo de camisa que le tapaba una herida en la pierna y el sudor de las cejas haciendo las veces de lágrimas y mientras los soldados buscaban huellas de antílope mi padre susurrándole

–Enséñamela

como de niño al compañero del seminario y las palmeras crepitando sin parar, en otras ocasiones uno de los que esperaban el interrogatorio en la Comisión de las Lágrimas con el que mi padre se encerraba en uno de los despachos del fondo

–Enséñamela

bajo la ceniza difusa de la segunda luna, mi madre

–¿Qué estás mirando?

y yo sin responder

–Miro a su marido señora

para que mi padre no lo oyese, rezando y pidiendo perdón cuando se creía solo, fabricar una enredadera que lo oculte de nosotros, las manos unidas, el susurro de disculpa y su enfado, cómo decirle a los mangos que no le cuenten la historia, quitó el trozo de camisa de la pierna del portugués y se lo enrolló en el cuello, le vio la lengua y una vena en la frente y en cuanto la vena y la lengua desaparecieron y el pie se extendió más allá del tobillo se lo dio a los pájaros dejándolo en la hierba, en la Prisión de São Paulo disparos inaudibles, granadas sin sonido, ninguna chica cantando, por qué mi madre, señor, por qué la esperó días seguidos bajo la lluvia, mi padre sentado en el todoterreno, cogiendo la pistola y arrepintiéndose de la pistola

–No me hables

viendo al prefecto en mi sitio

–Les seis las seis

moviéndose entre las camas, no negro, mestizo, con la sotana a la que le faltaban muelles, y el remolino de gestos con que la esposa del jefe de puesto ahuyentaba la creación, polluelos cuya crueldad aumentaba el hambre, todo es cruel en Angola, el prefecto golpeaba los colchones con la vara

–Deprisa

a medida que crecía el latín de los curas, santos con barba, sin barniz, sorprendiéndose inmóviles, qué puede por nosotros un Dios pobre y ausente que cambió África por el barco de vuelta a Portugal, entre infelices como Él, pasando el tiempo en Lisboa, con un papelito con un número en la mano, para entregar los impresos de una jubilación que no venía, de modo que en Angola nosotros solos mientras mi mujer, cada vez menos plumas y las lentejuelas sin brillo, bailaba en un sótano para sillas vacías, cuál es el sentido de esto delante de la bahía sin olas, los negros de las traineras chupando gasóleo de los depósitos de la tropa, a menudo una pistola, un negro de las traineras caído y el gasóleo derramándose en el suelo, enseguida bebido por la tierra que se lo bebe todo, incluyendo nuestros pasos, puesto que aquí no hay ecos y los mangos le cuentan mi historia a nadie, queda el todoterreno de mi padre cojeando entre ruinas y nosotras dos esperando, yo esperando las órdenes de las voces y usted qué esperaba madre, que su abuelo muerto atravesara un jardín, que no sabe dónde está, intentando encontrarla entre las manchas de los ojos

–Chica

sin poder encontrarla, qué persona sino su abuelo sigue más allá de los pinares y sierras olvidados por el tren, mi padre odiándose a sí mismo

–Enséñamela

sin atreverse a mirarse en los espejos, interróguenme en la Prisión de São Paulo, átenme las muñecas, péguenme un tiro en cada pierna, mátenme, el abuelo investigando los bolsillos de la memoria

–¿Cuántos años tengo ahora?

y una pila con muchos números que casi se le cae de las manos, tal vez uno de ellos se pierda y mi madre tranquilizándolo

–Están todos aquí señor

sus seis años, los veinte, los cincuenta, el de la tropa, el de la boda que es un retrato en el mueble, aquellos en los que veía y la escopeta de las perdices no oxidada en su funda, los del nacimiento de los hijos, el de la muerte de la mula y el abuelo llorando como no lloró por sus padres, los padres no pagamos por ellos pero una mula muy cara, mejor para hablar con ella que la familia puesto que los animales responden

–Si supieses lo que me dice la mula

a mi madre que solo la entendía la grupa espantada, el abuelo con miedo de que el año que se rompió el codo se le deslizase de los dedos partiéndoselo de nuevo, meses con la tablilla del enfermero y el codo en el pecho

–¿No va a caerse otra vez verdad?

y no se cayó, afortunadamente, allí estaba ese año en el sitio que le correspondía, entre los sesenta y los setenta

–Está viejo señor

antes del fuego que se llevó la mitad del pinar, esto en invierno cuando nada arde, un rayo en una copa y a pesar de la lluvia explosiones de llamaradas y dos casas calcinadas, la campana de la iglesia dando gritos, no la del seminario en África

–Enséñamela

y un hombre gesticulando en llamas, quiso beber cuando lo tumbaron en la camilla, solo carbón, no rasgos, dónde está la boca, qué cosa, y la primera gota de agua, del cántaro, no de la lluvia, lo calló, un vecino, casi un primo, pero solo lloró por la mula, se quedó una eternidad contemplando al hombre sin noción de qué sentía, lo tuteaba, lo ayudó a arreglar el establo, cazaron juntos antes de la mañana, cuando las tórtolas empiezan por la zona del pantano y ellos agachados esperando, cada cual con una manta en los hombros debido a la helada y no sentía tristeza, sentía los pájaros preparando el vuelo, roces de plumas que medían el viento, ahora tristeza por qué, ni siquiera una persona, un torrezno, se intuía lo que había sido una bota, no se intuía la camisa ni la forma del cuerpo, doy fe, con la oreja pegada a los rasgos que no tenía, de una oración cualquiera o de lo que el abuelo creyó una oración cualquiera cuya energía lo sorprendió, la muerte hablando por él, no él, puesto que una persona se expresa a través de quien lleva consigo y la primera tórtola subiendo, las tórtolas, tres docenas de tórtolas, docenas exagero, una docena de tórtolas como mucho y las armas levantándose despacio de las mantas, el hombre primero, el abuelo de mi madre después, la página del periódico antiguo un pájaro que cae crepitando, el periódico dio una vuelta en la hierba y se paró, otro pájaro bajó oblicuamente hacia los olivos, llenos de jorobas absurdas, que los rebaños eligen para pastar alrededor y la encontraron con un ala partida, el hombre o el abuelo de mi madre le cogieron la garganta entre el índice y el pulgar y la cabeza de la tórtola se quedó colgando, el abuelo no habló con el hombre, qué decirle al hombre y qué más da lo que se le diga a un hombre, reservaba los discursos para la mula, seguían la senda de la laguna dado que los patos se despiertan más tarde y ninguna bocina de macho parecida a las bicicletas antiguas, la del cartero, por ejemplo, con una esfera de goma y un embudo de lata, sobresaltándonos, se quedaron entre los cañizos hasta que se arrugasen las ramas de la orilla, los patos con el casco de la cabeza bajo el brazo y mi madre al abuelo

–No ha perdido ni un año señor

el abuelo contento de conservarlos todos, incluso aquel en que uno de los hijos murió en Luxemburgo cuando un andamio se soltó del soporte, llegaba por Navidad, se quedaba hasta Reyes, se marchaba, para qué palabras, sembraban cerca el uno del otro y de vez en cuando el sombrero quitado y puesto con el mismo movimiento mientras el sacho esperando, no apretaba la mano del hijo como no besaba a la nieta, decía

–Chica

y creía que una larga conversación, los patos más fáciles dado que vuelan sin caprichos a ras de la laguna con uno de ellos al mando, el cartero entregó la carta de la nuera desmenuzando el accidente, vuelan a ras de la laguna y empiezan a levantarse en el muro del embalse, un barquito al revés en el lodo y cubos y cubos hasta extinguir las llamas, además del hombre que pedía agua un segundo, intacto, sofocado por el humo, con pelo y reloj cuyo segundero funcionaba, dedicándose a comerse el tiempo, era de una aldea cercana, no de la nuestra, y por consiguiente un extraño, tenían una filarmónica más pequeña y muy pocas mujeres, hay quien viva así entre la miseria, la cartera del muerto adquiría la forma de la nalga, en la cartera dinero que cogió el abuelo de mi madre y un retrato de niño, sobre un cojín a rayas, que el abuelo de mi madre no cogió para equilibrar la balanza, el extraño siguió bajo la lluvia hasta que vinieron a buscarlo, una hermana o una esposa, cubierta con un chal de luto, vociferando viudeces con falta de dientes, lo que sale en las encías se cae pronto en estos sitios pero para masticar nabizas quién los necesita, es como en la comunión, y agradezcamos la suerte, no se muerde la hostia porque ofende a Jesús, mi madre, si comulgase, seguro que la mordería, solo un huequecito libre detrás, que estudiaba al espejo levantando el labio con la falange en forma de anzuelo, pescándose a sí misma, podía cargarse hasta la tabla de la cocina, tumbarse a lo largo y sacarle las tripas, el señor Figueiredo

–Enséñame la boca cariñito

explorando el mentón de las artistas con el lápiz como si a los parroquianos les interesasen los molares, les interesaban un par de brazos donde dejar África entera y alejarse rápidamente para que Angola tardase en subir de nuevo por encima de ellos, andando por su sangre como los escarabajos de agosto, que noto en el pecho royendo costillas, si yo fuese hombre mi padre

–Enséñamela

o si no cortado por respeto a los blancos, qué puede un negro, incluso importante ante los demás negros, salvo en la Comisión de las Lágrimas donde casi ningún blanco y si por casualidad un blanco eran los blancos los que se ocupaban del asunto, resolviendo los problemas entre ellos y yo sumiso, escuchando, era en esos momentos cuando se fijaba en el viento por el rumor de los árboles que Luanda ya no tenía, los tenía yo dentro de mí, ininterrumpidos, miles de helechos

–Has pecado

que antes o después escucharía Dios y un índice formidable condenándome a desgracias eternas, me casé para que Él me perdonase, la empleada del Registro a mi madre, con el papel que debía leer olvidado en la mano

–¿Quiere de verdad?

aunque mi padre con corbata, abotonado, arreglado, solo le faltaban la lluvia, la azucena y las cajas para encontrarse esperando en las traseras, mi madre siempre se acordaría de los zapatos de charol deshecho y los dedos luchando entre sí despedazándose y reconstruyéndose, ella con miedo de que se perdiera uno de ellos, abandonado en una tabla de la tarima, solo y retorciéndose, y lista para taparlo con la suela para que no lo viera la empleada

–¿Va a dejarme ahí un poquito criatura?

un dedo que moriría poco a poco si lo apretase en la palma, cuarenta y tantos años, imaginen, cómo ha pasado tanto tiempo, los mangos van a dejar de contar mi historia, para qué, y el cementerio judío al final enorme, quién me recordará un día como yo me acuerdo de ustedes, charlaba con las hojas, vivía en una Clínica, los días del futuro, en la agenda de argollas, cada vez más numerosos, millones de semanas, todas por orden, sin mí, patos que flotaban crucificados en la laguna o encallados en los cañizos, un ahogado perdiendo carne y ropa, el sobrino del regidor, la viuda del médico que se cansó de escuchar la radio en la salita y entró en el agua, sin ni siquiera arreglarse, en sandalias y bata, llamaba a mi madre, entonces niña

–¿No me haces compañía?

y las dos en medio de consolas trabajadas, con un perrito de bronce gesticulando afirmativamente, mi madre y el perrito medían fuerzas

–¿Cuál de los dos ladra primero?

y la empleada anciana a la viuda del médico

–No se desanime niña

plantada en la puerta con una cacerola y quién se acordará de esto un día, mi madre sostenía galletas que no se atrevía a comer y la viuda del médico, en una mirada de soslayo a la persiana bajada

–Lo que me cuestan las mañanas

un par de alianzas, el broche en la solapa, los pies, unidos en la escalfeta, más huecos que las zapatillas por la noche, a lo mejor no estaba allí y solo las zapatillas presentes, colocadas como junto a la cama, listas para moverse por el pasillo, una tras otra, porque no con el mismo impulso como mi madre a saltitos en el atrio, en la cocina el fogón preguntando, enseñando el hollín de la chapa

–¿Y ahora qué caliento yo?

la empleada anciana siguió el funeral de la viuda del médico a distancia, como conviene a los criados, y mi madre, bajo los chopos

–¿Se le ha olvidado la cacerola?

con pena de la mano vacía que la otra mano consolaba con una larga caricia, se llamaba doña Estela y qué pasó después, doña Estela, también le cuestan las mañanas, tampoco sube la persiana, la empleada intentando no desanimarse, a su vez, en el cuartito del fondo

–Cómete la galleta y no disgustes a la niña

sentada en la colcha observando la pared, no flotó en la laguna, desapareció entre los eucaliptos y hasta hoy, a lo mejor las ovejas pastaron sobre ella o el tren de Abrantes no la vio en las vías, una pariente de la viuda del médico llegó de Coimbra con su marido, echó una mirada al interior de la casa

–¿Qué hacemos con los trastos?

y el marido, secundario

–Un horror

sin entender la dificultad de las mañanas que el perrito de bronce subrayaba al gesticular, removió los baúles, apartó un broche

–¿Cómo es posible usar monstruos así?

tapió las ventanas, se evaporó en la curva y la casa debe de estar allí, en una punta del pueblo, la perplejidad del fogón

–¿Ya no caliento más?

un nido de cigüeñas de hace muchos veranos en los restos de la chimenea y la galleta, tirada al jardín, que se comió un escarabajo, o la lluvia, o un mendigo sin timón, la empleada del Registro, cuyos pendientes eran plumas de arrendajo, insistiendo con mi madre

–¿De verdad quiere?

evitando a mi padre porque mi padre una mancha que las ensuciaba a las dos, no es que el color se quede pegado a la piel, que frotando con fuerza el jabón lo quita, es entrar dentro y no salir, de verdad quiere, en serio, casarse con un negro, ya se ha dado cuenta del olor que se nos mete en la ropa y en los colmillos verdaderos que imitan postizos, mi madre pensando en una escalfeta lejana

–¿No me haces compañía?

y en la dificultad de las mañanas puesto que con el paso de las horas algunas cosas se ordenan, nos acostumbramos a los trucos de la vesícula y a las piedras de la memoria donde crujen palmeras, durante el tiempo que lo llamaron

–Señor cura

mi padre hundido por el desprecio de Dios, al firmar con su nombre en el Registro el bolígrafo se taponó, lo sacudió y tinta extendiéndose por el libro, la empleada a mi madre, con la pregunta no fuera, en el interior de la cara y no una pregunta, la demostración de una evidencia

–¿No lo dije?

que los brazos apartados promovían la verdad absoluta mientras las palmeras con más fuerza a pesar de ningún tiro en Luanda y ningún asalto a una tienda, mi padre escribió el nombre, inclinado sobre la mesa como sobre un pozo, con miedo a caer en el centro de la tierra, cuarenta y tantos años, quién se lo cree, hace solo unos meses los cajones inaccesibles y las tazas enormes, mi padre buscando el anillo en el bolsillo, encontrando una navaja con el filo partido, una caja de cerillas, una moneda y al ponerlos uno al lado del otro en la mesa del Registro, qué ha sido del anillo, Santo Dios, un billete de autobús y por fin un cubito, no de terciopelo, de cartón, en el cubito un círculo que encalló en el primer nudo de los huesos, el señor Figueiredo en la fábrica, en la modista, en la oficina, sin interrumpir al lápiz de las sumas

–¿En serio te has casado?

y siguiendo con las cuentas, con la frente en los guarismos, hasta que se marchó mi madre, una negra limpiaba el espejo y le echaba cera al suelo, la insignia de la fachada, borrada, un arabesco de tubos por encima de la puerta, la fotografía de una de las artistas despegándose del cartel con las marcas del pegamento, amarillas, en el fondo negro, todo barato, sin vigor, hasta el cuello y los puños del señor Figueiredo deshilachados y por tanto el señor Figueiredo barato y sin vigor, fíjese en su vida, madre, qué nos sirve de ella, el ahijado del farmacéutico, su tío, alegrías minúsculas de saltar a la cuerda o coger mariquitas en los recreos del trabajo del colegio, ayude a su abuelo a coger la pila de los años

–Aquí están todos señor

buscando en el pasado un consuelo que no existía por no existir futuro y la mula con la cola en alto, con salud, trotando en la memoria, siga charlando con ella, no ha muerto, no llore, me la he encontrado tumbada en el establo protestando

–Ya no aguanto

y si por casualidad el animal jura

–Que me pudra en el Infierno si no estoy siendo sincera

no crea a los animales porque los animales mienten, quién no miente, señor, todos mentimos y yo mintiéndole en este instante, por piedad, por costumbre, por ser lo que en el fondo pretendemos de los demás, miénteme lo mejor que puedas y tal vez consigamos paz en el interior de la mentira y mantenernos en la superficie aunque nos hundamos, puesto que nos hundimos sin remedio, es una cuestión de tiempo, miramos a los demás, se nota un brazo que pide socorro y cuando el brazo desaparece el río quieto, qué trae la verdad además de indecisiones, recelos y de ahí aseguro que la mula, con la cola en alto, trotando no en la memoria, en la carretera, y usted encima a sacudidas, guiándola con una cuerda sin necesidad de arreos, la mula que habla con usted, no su hijo desde Luxemburgo que ni una palabra o un apretón de manos, la querida Alice la única persona a la que usted

–Chica

ayudándolo a volver a casa tras los pajaritos fritos y el sol que no calienta pero anima, anímese con el sol, abuelo, anímese conmigo, no estoy en África, estoy aquí, incluso entre chopos de cementerio estoy aquí y lo veo, no se imagine que no lo veo, lo veo, claro que decir veo mentira pero las mentiras necesarias, convénzase de que las mentiras necesarias, el señor Figueiredo sumando

–¿En serio te has casado?

indiferente aunque supiese que algo suyo creciéndome y yo a mí misma

–No crece

sin admitir que crecía, mi carne repartiéndose entre mi hija y yo y aunque repartiéndose aseguro

–No crece

a pesar de los sofocos y los mareos no crece, a pesar de moverse en una bolsa que no adivinaba que tenía no crece, soy Alice y acompaño a mi abuelo a casa, soy Simone y bailo, no crece de la misma forma que no se me hincha la rodilla, para qué un bastón, estoy mejor, cualquier día me pongo las plumas en la cabeza, me lleno de lentejuelas, llego al escenario sonriendo y el señor Figueiredo preguntando a los propietarios de las fincas

–¿Qué tal mis cariñitos?

no la querida Alice, qué querida Alice, nunca existió una querida Alice, nunca existió un abuelo, su nombre Simone, tuvo una madre de Francia que le calentó el temperamento, ni un pelo en común con las portuguesas, tan tristonas, todas ellas madres extranjeras, dónde encuentran los amigos chicas así, la fogosidad, la ternura, nos olvidamos de África por un puñado de monedas, una ganga, y se acabó Angola, no se preocupen del algodón, de la violencia de las tardes, de la guerra, se acabó, el señor Figueiredo soltando el lápiz después de que yo saliera dando fe de que se equivocó en las cuentas por culpa de aquella furcia embarazada que fue al Registro con un mono y el señor Figueiredo mustio en la silla, no trotando con la cola al viento como la mula, entendiendo que cualquier día va a haber uno más corto

–Se acabó

un día idéntico a los demás pero más corto y él ausente el resto del día

–Se acabó

las vísceras en estado de pánico, el corazón una punzada y ojalá no se detenga, yo animando a los parroquianos, y a las demás cariñitos, con el dueño echándome

–Ocho meses de renta por pagar Figueirito

y el corazón sin parar, inalterable, eterno, fui el señor Figueiredo, qué soy hoy día, no es que me guste Simone o me preocupe lo que le suceda, otra cosa de la que no hablo y tal vez al final del día más corto sea capaz de decirlo, tonterías, no lo digo, qué sensiblería abrir la boca, quien esté cerca

–¿Qué ha dicho el hombre?

y no ha dicho una palabra o mejor pidió que lo dejáramos en paz, cuál la diferencia puesto que si dijera lo que quiera que fuese patrañas que entiende la mula del abuelo, nosotros no, ahí está él acariciando al animal llamándolo

–Hija de puta

con una ternura mansa, las narices hinchadas, las cejas una arruga, la manera de respirar lenta, ahí está él

–Pedazo de hija de puta

y el animal satisfecho, el abuelo de Simone cogiendo una vara y pegándole a la mula

–Confiesa que te gusta hija de puta pídeme que te pegue más

un establo repleto de heces y el olor del cuero viejo de la piel, con un sillín colgado de un clavo, la mula comía de un cubo cáscaras que sobraban, maíz seco, rayas de sol donde un saltamontes con esperanza de volver a la viña, el señor Figueiredo cogiendo el lápiz de nuevo, entreteniéndose antes de volver a las cuentas, decidiendo

–Hija de puta todas hijas de puta

y sumando con la misma dificultad con que escribo sin darme cuenta de que escribo, el señor Figueiredo

–¿No puede nada por nosotros?

al que mató mi padre, junto a la cancela, el tal día más corto y mi madre y yo en el escalón, preguntándome si la mula, que entendía todo, lo comprendería, cómo será la pila de mis años que no la siento en las palmas y qué tengo que valga la pena recordar, si mi madre

–¿Cómo estás Cristina?

no la oigo, de la misma forma que si las bocas de las hojas

–Ay Cristina

no hago caso, hago como que sí y no hago caso, me marcho antes de que aparezca el señor Figueiredo entre botellas sonriendo a los propietarios de las fincas

–¿Qué tal mis cariñitos?

y las cariñitos

–No admito tristezas

alegres, mis cariñitos alegres, el abuelo de mi madre

–Chica

y mi madre tan alegre como ellas, mi padre se levanta del ajedrez y me mira de la misma forma que miran los objetos mientras bajo las escaleras al primer piso, donde cada vecino un felpudo diferente y un medallón de cerámica sobre uno de los timbres, Familia Meireles, de la que me llegan restos de discusiones y música, bajo del primer piso al bajo y en las escaleras del bajo macetas a ambos lados con tulipanes de plástico clavados en la tierra, los buzones con el letrero, en tinta china, Publicidad No Gracias, aunque las ranuras llenas de prospectos, abro el pestillo de la calle pulsando el botón por encima del botón de la luz que enciende una esfera tallada en el techo, empujo el cristal grande que proclama Familia Meireles, no, que proclama Para Seguridad De Todos Nosotros, Y Sobre Todo La Suya, Compruebe Que El Pestillo Impide La Entrada De Extraños, llego a la acera, una plazoleta a la izquierda, el cementerio judío a mis aspaldas y el Tajo a la derecha al doblar la esquina, sigo la ladera que lleva a la estación de trenes con una fila de taxis esperando, me dirijo a la taquilla y al llegar mi turno, al preguntarme

–¿Destino?

respondo

–Moçâmedes por favor

porque debe de haber un expreso para Moçâmedes aunque las vías estén en el fondo del mar.

9

Querría que me gustase, madame, pero Dios, que es blanco, no lo permite, no es que gaste su tiempo con los negros, quiénes son los negros, qué son los negros, cómo se trata con ellos, solo no forman parte de lo que considera la vida, no nos creó, nos vio nacer en África con la que tampoco gasta su tiempo, una cosa inexplicable que no le corresponde, surgida por casualidad o desinterés suyo y poblada por criaturas no hechas a su imagen y semejanza, venidas de un lugar incierto para fastidiarle, con gritos desarticulados y ruidos monótonos, junto a ríos que no inventó o en el interior de matorrales que desconoce, criaturas y animales, que evidentemente no decidió que existiesen, devorándose entre sí en una gula perpetua, no por cálculo o instinto de poder como los blancos, como consecuencia de su propia naturaleza, no pedimos, no nos enfadamos, no pensamos, solamente nos comemos y quedan los huesos, solitarios, en la tierra, hasta que el pasto y la prisa de las raíces se los comen a su vez y nosotros, que nunca fuimos recordados, olvidados de una vez, recé durante años, hice penitencia, intenté entender hasta entender que no había nada que entender, ninguna respuesta a ninguna pregunta, una mudez que me molestaba porque en el interior de la mudez estruendos y voces, más estruendos que voces, mi mujer una familia, yo lo que mi mujer llamaría madre y padre y que para mí no significaban madre y padre, era capaz de decir madre y padre pero según las leyes de los blancos, no las nuestras, aunque lo que me aproximaba a ellos no fuese necesidad ni amor, cuando la esposa del jefe de puesto mandaba arrodillarse a mi madre no sentía indignación, únicamente ganas de tragármela como me tragaba todo, la comida, el tiempo, la fiebre, como más tarde me tragué a las personas en la guerra y en la Comisión de las Lágrimas, sin odio, no pasaban de huesos solitarios en la tierra y yo pasto, yo raíces que los convertían de una vez en olvidados dado que nosotros, los negros, nacemos para el olvido, parecido a la luz durante el sueño que está dentro y no fuera de nuestra cabeza, aclarando regiones inesperadas que a pesar de tenerlas no decimos nuestras, en mi caso viejas escuchando la lluvia sin creer en ella puesto que no creemos en lo que sucede, lo aceptamos sin preguntar, quién eres, qué pretendes, qué quieres de mí por no aprender lo que enseñaron los blancos, la fortuna, la ambición, el poder, nos aseguran

–Angola es un país

con eso que llaman fronteras dibujadas por ellos y de acuerdo Angola un país aunque sabiendo que de país nada, un sitio donde se está y listo, querría que me gustase, madame, e ignoro qué es gustar, lo que colocaron dentro de las palabras las cambia, dejan de ser palabras para transformarse en nociones y no hay nociones en nosotros, durante el seminario tuve que aprender a llenarlas de las tales nociones que aprendí de memoria y no tenían sentido, pecado, culpa, expiación, deber, que las viejas desdeñan, conocen el sonido de la lluvia e incluso la lluvia, cuando viví con los curas, se alteró, no un estremecimiento inexplicable del mundo en busca de un equilibrio diferente, un fenómeno sin misterio para los blancos dado que misterio, para ellos, lo que yo no consideraba misterio, como la resurrección y los milagros, cotidianos en un sitio donde todo es sorpresa y entonces, despacio

–Las seis las seis

fui aprendiendo sus códigos, su avidez, su prisa y sobre todo el valor del dinero como si el dinero tuviese algún valor para los huesos solitarios en la tierra antes de que se los coma el pasto y Angola, hasta entonces un sitio sin nombre, un sitio de muertos que caminan en compañía de los vivos, solo que más caprichosos y con más dedos en las manos para agarrar más cosas, empezó a ser lo que no era sin que me diese cuenta de lo que significa el país, Portugal un país no me intrigaba porque nunca fui allí y por tanto Portugal y país una abstracción que no me afectaba, pero estos árboles, estos animales, estos ecos contradictorios que se debatían en mí, juntos en la designación de Angola, constituían un resumen que admitía por inercia sin aceptarlo, aceptaba reducir a los blancos a lápidas y cruces en el cementerio de los curas, hechos para muertos que no hablan con nosotros, se quedan inmóviles en ataúdes, no encima de una tabla, sin recuerdos que les pertenezcan al lado, tazas, amuletos, cómo pueden durar si no escuchan a los demás, creía que yo casi blanco desde que Angola un país, uno de esos sitios, cada cual con su color, impresos en los mapas, puntitos de ciudades y pueblos, Moçâmedes no un puntito, cocoteros, el desierto, el mar, Angola un país o sea yo policías, bomberos, diputados, yo no hambre, sobre todo yo no hambre, no una cabaña entre las chabolas, una casa, yo no tú, yo señor, después del seminario yo señor a pesar del repudio de los helechos por la noche, de día casi no los sentía, apagados, grises, sentía a los misioneros en las clases y el sueño en la capilla, mi cuerpo transido que las hormigas de la fiebre corroían, conmigo pensando

–No encuentro ninguna luz

salvo el negro de los cirios y la claridad de la sombra, la seguridad de que todos durmiendo menos yo y principalmente de no pertenecer ni a Dios, que era incapaz de imaginar a no ser bajo la forma de una venganza airada de saltamontes y diluvios, los rezos en latín y el humo del incienso me aturdían quitándome lastre y obligándome a flotar entre manteles de altares

–¿En cuál me poso?

a medida que los aviones de los portugueses bombardeaban Cassanje y uno de ellos se estrellaba contra un tronco aterrorizando a los mandriles, yo al mismo tiempo un blanco rechazado por los blancos y un negro temido por los negros, mira mi hija hablando con las hojas y las hojas

–Ay Cristina

mira ella regañando a una cómoda o a alguien en la cómoda y mi mujer, siempre con la rodilla, remando hacia la habitación, me da pena, madame, es decir me resulta indiferente que su pierna se arrastre, mira el desinterés de Dios que me acompaña desde hace años y yo en Locusse dinamitando un puente y después en Uíje asaltando una finca, comemos miel de los árboles, comemos grillos, echamos una pastilla en el agua de beber debido a las amebas, ponemos cuerdas para tropezar en los senderos y en el instante en que llegaba el helicóptero para llevarse a los heridos degollar a una centinela portuguesa que salía de los arbustos, casi sin mover la catana, fue el filo, no yo, y esto a

–Las seis las seis

que se movió sola obligando al brazo a acompañarla, nunca me imaginé que una catana tan rápida y después casi limpia como nunca me imaginé que una persona tan blanda, mezclando brazos y tronco, si la encuentran ningún hueso por no haber huesos, arrugas que se doblan y botas que otro, no mi persona, se llevó, poniéndole a cambio las zapatillas deshechas, al revés debido al nerviosismo

–Nunca he matado ¿lo sabía?

es decir la izquierda en el pie derecho y la derecha en el izquierdo que tardaban en entrar, si les complicamos la vida a las cosas protestan de inmediato resistiéndose o rompiéndose, las zapatillas sin cordones que había traído del Congo

–Las traje del Congo

mirándolas con respeto, prefería las zapatillas a las botas del finado que se le veía en la cara, me lo encontré pidiendo limosna en Luanda, descalzo, después de que los blancos huyesen, un hombre viejo, con el esbozo de un traje, sin atreverse a acercarse

–Señor comisario

que se pasaba las tardes en la playa, examinando la arena, con la posibilidad de un pájaro ahogado o unos restos de basura que pudiese comer, informando con orgullo a quien se sentaba a su lado

–Tuve unas zapatillas del Congo

y el Congo, a final de cuentas, una miseria idéntica a la miseria de Angola, la misma resignación y la misma indiferencia que él observaba, también indiferente, como observo a mi hija y a mi mujer, querría que me gustase, madame, pero Dios no lo ha permitido, puedo arrodillarme en la cocina y pedir perdón a los blancos por mentir o robar sin haber mentido o robado, no puedo sentarme a la mesa con ellas sin que me ordenen

–Siéntate

no una invitación, una orden

–Siéntate

pero siéntate en la otra punta, considérate agradecido y me considero agradecido de estar con usted, madame, después de tantas noches bajo la lluvia en medio de las cajas, con la humedad en el forro de la ropa, yo chaqueta y el cuerpo disuelto en la chaqueta, si me abriese la camisa encontraría la sustancia de los muertos que caminan con nosotros, con más dedos en las manos para agarrar más cosas aunque lo que haya que agarrar sean pueblos vacíos, dejamos de existir en la Comisión de las Lágrimas y torturamos a espectros, el sujeto a mi derecha vomitando los ojos

–¿Es esto necesario?

y yo irritado con las personas que interrogo por ser tan débiles, qué gemidos son esos yo que no gimo ni me imagino que vomite ojos un día, no los vomité en Cassanje, no los vomité en Luena, no los vomité al agujerear al compañero de seminario con un palo o mientras cantaba la chica, si por lo menos gritasen de amor, y no gritan, querría que me gustase, madame, pero Dios no lo ha permitido, demasiados

–Enséñamela

en mí y ni siquiera vergüenza, un rubor que sonreía, no tengo emociones de blanco, compasión, piedad, remordimiento, soy negro, no tengo país, tengo un lugar, no tengo corazón, tengo un tambor que no para, sin contar los helechos que me persiguen

–Has pecado

siempre me perseguirán

–Has pecado

y no alcanzo qué es pecado y no lo es, tal vez sea pecado puesto que no solo los helechos, el esplendor de las mañanas de niebla acusándome, mi hija prefiere acusar a la sopera, a la escalfeta, a la nada que la rodea poblada de voces, mi mujer no me tocó, no me toca y el señor Figueiredo, satisfecho de ella

–¿No lo dejas tocarte?

que no la maté por celos o despecho, palabras huecas de nexo como las demás palabras, creo que gustarme, madame, solo palabras, y sin embargo, incluso enferma y anciana, quería, cómo expresarlo, estar con usted en Moçâmedes o que acariciase un punto mío sin llegar a acariciarme, quería que su abuelo, aceptándome sin saber quién era yo

–Chico

mirándome con pupilas que me taladraban sin luz en dirección al frutal y por tanto soy un naranjo, señor, un manzano, las higueras negras y el secreto de las ramas, si me inclino sobre usted en el cementerio seguro que se fija en mí o sea un negro maniatado por la corbata y las mangas, él a quien nadie visita y para qué visitar a los muertos si no dejan de insistir

–¿Cómo estás?

con interés por los vivos

–Eres el marido de mi nieta ¿verdad?

me apetecería ser mula para que me insultasen con pasión y no me insultaban con pasión, me informaban, en la Comisión de las Lágrimas, este muere, este no muere y casi todos morían, los que no morían en la Prisión de São Paulo morían en las zanjas, aquel es portugués, péguenle, me acuerdo de la finca Tentativa, me acuerdo de Grafanil, de entrar en el hospital, tras la independencia, disparando a los enfermos, una enfermera retrocedió más allá de la pared

–Yo no

y cada bala una flor roja sacudiendo su cuerpo, la palma tendida hacia nosotros otra flor pero enorme, casi pesándonos en la cara

–Yo no

hasta que caía el tallo del brazo y ella se distraía de las balas permaneciendo en pie, un frasco de suero desapareció del soporte, una bombona de oxígeno explotó, un preso

–Déjenme mirar por la ventana antes de matarme

y miró por la ventana, vio un patio, un árbol cuyo nombre desconocía porque nunca habló con mi hija, declaró, de espaldas a nosotros

–No sé el nombre

volvió a la mesa

–Estoy listo

y aunque no lo crean yo sonriéndole, los dos sonriendo hasta que la cara desapareció en el cemento y el abuelo de mi mujer capaz de insultarlo con pasión acariciándole la grupa, cuál el motivo para que con las mujeres no me pase esto, sonreír, el señor Figueiredo lo hace por mí

–Cariñitos

yo no soy capaz, mi mujer en la pensión

–¿No puedes?

querría que me gustase, madame, la veía marcharse, con las compañeras de la fábrica, de la modista, de la oficina, a las cuatro de la mañana, sin ninguna aurora, de momento, entre lámparas sin bombilla, escuchaba sus zapatos en la piedra, charlas de las que no distinguía las frases, el aleteo del vestido y aunque no lo crea me emocionaba el aleteo del vestido, ganas de cuidarla, impedir que los aviones la persigan en el centro de Cassanje como persiguieron a mis padres y a los otros negros, me acuerdo de las espinas del algodón y de los montes donde lloraban los monos, a la hora en que en el seminario yo

–Enséñamela

al de la cama de al lado ocupando su colchón y él enseñándomela dormido, ni lo aceptaba ni se negaba, se callaba y de inmediato las palmeras y además del crepitar de las palmeras el crepitar de mis huesos en el barracón mojado, el crepitar de la indignación de Dios

–Has pecado

y al decir

–Has pecado

entendí que yo blanco dado que los negros no pecan, nos destituyeron de juicio y cálculo, no miden la vida, se limitan a ocuparla, libres de castigos y críticas, destruyen a quien los destruye y destruyen a quien no sabe destruirlos, correcto, de la misma forma que las gallinas matan a un polluelo enfermo, cuando la madre de mi madre dejó de ser capaz de moverse le construyeron una choza en una punta de la aldea, le dieron huevos, cigarros y un trozo de mandioca y la abandonaron, como espero que hagan mi mujer y mi hija esta tarde, mañana, la semana que viene, antes de venir a buscarme, pasaba por su puerta y la observaba con el cigarro en la barbilla, los huevos y la mandioca intactos, observándome también y así nos quedábamos, como bichos o piedras, hasta que los blancos me llevasen a la fuerza a sus escuelas, sus sentimientos, su imagen del tiempo y de la muerte y su Dios ausente, la única vez que me gustó una persona fue usted, madame, su cuarto de la pensión sobre unos recreativos con billares para los portugueses pobres de las chabolas, antiguos soldados sin empleo, mujeres casi descalzas calentando la sopa acompañadas por mulatos borrachos, una caja de cartón de embalar frigoríficos que servía de mueble, una caja de cartón de embalar lavadoras que servía de mesa, con tres o cuatro latas de conserva encima y un frasquito de perfume que iba llenando de alcohol, sin mencionar los pájaros de la bahía cogiendo pescado, con grandes golpes profundos, unos desde la barriga de los otros, mi mujer a mí

–¿Eres cura?

y el traje, pegado por la lluvia, que se negaba a desvestirse, agobiado con mi desnudez de negro y mi dificultad para hablar, yo delante de usted como delante de la madre de mi madre, cogiendo un huevo o un trozo de mandioca que se le escapaba de los dedos y yo sin ayudarla como no me ayudó mi mujer con la chaqueta y la camisa, sentada en el suelo

–¿De verdad que eres cura?

ella a quien el cura no

–Chica

como el abuelo las tardes de pajaritos en la brocheta, el cura

–Madame

mientras el ahijado del farmacéutico no Madame, Alice, y el tío ni siquiera Alice, un gesto señalando el cercado donde un piar urgente, hablando de eso los animales en agonía me trastornan, el hombre que pidió mirar por la ventana antes de matarlo me asustó hasta el final, cuando vengan a buscarme mi intención es

–Déjenme mirar por la ventana

pero va a preferir salir con ellos en silencio, sin despedirse de nosotros, después de colocar las piezas del ajedrez en el cajón, dividido en dos partes, bajo el tablero, una para las blancas y otra para las negras, igual que en la vida, qué insistencia, caramba, los sujetos que se lo llevarán mestizos pero abajo en el automóvil, al volante, un negro y él recordando a la madre de su madre, con el cigarro encendido, el ojo derecho cerrado y el izquierdo abierto debido al humo, sin encontrar el huevo, no fue capaz de decir

–Más adelante señora

siguió mudo, sintiendo las copas de los árboles y a una criatura dando con la maza en una, no es exactamente el término pero sirve, copa de madera, al ritmo de la sangre, qué martillo tan grande el corazón en las sienes presenciando el esqueleto de la madre de la madre investigando el huevo con dedos que renunciaban mientras los labios, desaparecido el cigarro, se chupaban a sí mismos, siempre el ojo derecho cerrado y el izquierdo abierto, o si no el ojo derecho ya muerto, el director de la Clínica apartando los siglos de la agenda

–A lo mejor existen los milagros

y las palmeras agitándose entre dudas, los helechos, a los que solo irrita el pecado, callados, mi padre pasando de nuevo por la choza y la madre de la madre tumbada, volviendo a pasar y nadie, semanas después ni siquiera choza, unos restos de tabaco en la hierba y después no hierba, pasto y un tallito de un mango naciendo, al acompañar a mi padre a la calle la Comisión de las Lágrimas dejó de haber existido, como la enfermera retrocediendo más allá de la pared

–Yo no

con la palma pesándonos en la cara con una fuerza que era imposible que fuese suya

–Yo no

mientras más balas e instrumentos que caían, máquinas enloquecidas, tableros con vasitos de pastillas pulverizadas en el suelo, querría que me gustase, madame, y no me dejan, demasiada gente corriendo por demasiadas calles buscando refugio, un hueco, un portal y la mula del abuelo de mi mujer pisando todo esto, quería frases y gestos que aprendí mal o perdí, hablarle de su rodilla, del pelo que se le cae, de los cambios en el cuerpo

–¿Así me he quedado?

sabiendo que así se ha quedado y negándolo, al enseñarle a su hija al nacer decidió

–No es esta

furiosa con el balido del llanto y la desnudez arrugada, yo con corbata y chaqueta, como las noches de las cajas, mirándola bajo la luz amarilla de la noche, en una maternidad de blancos que ni siquiera me veían, solo nos ven cuando creen que vamos a matarlos y nos presentan argumentos con la ilusión de que no los matemos, el señor Figueiredo antes de las catanas

–Siempre he sido generoso con su esposa señor comisario

dándose cuenta de los militares y haciéndose el fuerte

–No admito tristezas

dando él mismo ejemplo levantando el tobillo

–Alegría alegría

el señor Figueiredo mordiendo el lápiz de las cuentas

–Si es mujer le pones Cristina

o mejor el señor Figueiredo al cogerlo por la manga

–Siempre he sido generoso con su esposa señor comisario

incluso tras el primer golpe

–Alegría alegría

incluso después del segundo golpe

–Alegría

el señor Figueiredo, abrazado a la cancela, un

–Alegría

pero descolorido, bajito y aunque descolorido y bajito nítido, también la designación

–Esposa

también la designación

–Cristina

y mi hija tirando de una muñeca, tirando de él, el señor Figueiredo, con las cejas pintadas, arrastrándose por el vestíbulo soltando serrín, sin pelillos que disimularan la calvicie, ni autoridad, ni anillos falsos en los dedos, al entretenerme con mi hija ningún señor Figueiredo, solamente la muñeca, querría que me gustase, madame, y no puedo, bien lo intento, el mar de Luanda invisible en la playa, mi mujer en la maternidad insistiendo

–No es esta

y esta, con cuarenta y tantos años, escribiendo nuestra historia en la Clínica, convencida de que era nosotros o solamente imitándonos, cómo se atreve a asegurar que querría que le gustase, madame, de dónde se lo ha sacado, sentarme a su lado y presenciar juntos la mañana que no viene, no va a venir y si llega a venir, aunque no se vislumbre una sola alma que crea que venga, es bajo la forma de

–Las seis las seis

a lo largo de un barracón que Dios deshabitó

–No son esos

mientras

–Las seis las seis

me siguen sin descanso, los arbustos empiezan a definirse, los primeros arcos del claustro avanzan desde la oscuridad acercándose, el tercero roto, el quinto sin columna, estamos en África, amigos, y nada resiste entero, cosas que se hacen polvo, trozos, polvo, tras los arcos la fuentecita seca del patio donde una rana soñaba con gotas improbables, la empleada de la maternidad

–¿Cómo se llama la niña?

y mi mujer mirándome y apartando la vista

–Cristina

aunque el señor Figueiredo se negase a conocerla, apartando el canastillo

–Es tan fea

solo boca y dedos, sin ojos, que me cogía el índice, si hubiese seguido cogiéndome el índice toda la vida ningún cambio, Angola un país para los blancos, no un país para nosotros, los mismo difuntos echando conchas sobre un paño para leer el destino, las conchas

–No vuelves a morir

y no volvían a morir, ocupaban nuestras esteras, los bancos

–Son nuestros

nos quitaban las escopetas para cazar antílopes, si veían a alguna niña cerca

–Quiero esa sobrina tuya

y se la llevaban con ellos al otro extremo de la aldea, un tiempo después las viejas de los partos

–Tienes otra sobrina

sin alegría ni tristeza, si fuese una cabra, por ejemplo, se alegrarían más porque una cabra sirve de fianza para pagos y trueques, una persona no, tras la muerte del señor Figueiredo entré en la fábrica, en la modista, en la oficina donde una negra seguía limpiando los espejos y echando cera en el suelo, todo gastado sin los focos azules y violetas, la música, las risas, me pareció que algunos por allí, olvidados por los clientes como paraguas rotos, y el resto asientos y mesas, se le pone Cristina y mi mujer y las compañeras arreglándose para el espectáculo, con el calendario de un año futuro en la pared que las ayudaba a durar, el director de la Clínica, acostumbrado a la abundancia de tiempo por la agenda de argollas

–Qué interminable todo

pasando una página

–¿Qué día es mañana?

sin entender que la vida, por más que cambien los meses, no pasa de un hoy sin fin, estoy en la Comisión de las Lágrimas, estoy en las cajas de las traseras, estoy viendo a la madre de mi madre, con el ojo izquierdo abierto y el derecho cerrado, por culpa del humo, buscando un huevo, querría que me gustase, madame, pero Dios, que es blanco, me lo prohibió, ellos tienen un país, tú tienes tierra y personas, conoces olores, árboles y las críticas de los helechos, conoces la bofetada del prefecto

–Más deprisa negro

si llegabas tarde al refectorio

–Y hacen curas de esto

su mano en mi cara y sigo consintiéndola dado que un mestizo mejor que yo que soy negro, ignoras lo que significan las palabras patria y orgullo y honor porque ignoras de qué materia las llenan, a lo mejor también interrogatorios, codos detrás de la espalda y escopetas y muerte, cardos lacerando la garganta aunque no se noten los cardos y no se note el miedo, noté los cardos y el miedo en mi mujer, no los noté en mi madre, cuando después del cucharón de la esposa el jefe de puesto le enseñó la pistola y su expresión impasible, corría por el algodón, como los demás, buscando un agujero donde no había agujeros y solo la curva de los hombros temblando porque el miedo no llega a la cabeza, llega al cuello y se detiene, la chica que cantaba no cantaba con la boca, cantaba con todo el cuerpo de la misma forma que hablamos con todo el cuerpo, le dije

–Tienes mucho miedo

y ella, en vez de responderme, cantando, pensaba que más fuerte y mentira, casi un susurro y cantando, los muertos viven pero no cantan y yo vivo y cantando, en la Prisión de São Paulo, no en una choza con tabaco y mandioca y huevos, apoyado en un palo en fila, mi hija tiene cuarenta y tantos años y el director de la Clínica mostrando los milenios de las argollas

–¿Qué importan los años?

cuántos tenías entonces según el tiempo de los blancos, el director de la Clínica levantando la agenda, pesada de toda la edad de la tierra

–Cuarenta años una niñería

aunque a partir de los cuarenta la demencia volviese las cosas más fáciles

y por tanto mi mujer demente, yo demente, querría que me gustase, madame, y no puedo, escuchando juntos las caracolas de Moçâmedes y calculando las mareas en la bahía de Luanda no por la cantidad de cadáveres que llegaban a la playa, ya no llegan cadáveres menos el mío mañana, la semana que viene, dentro de un mes, al otro lado del Tajo, un pedazo de arena en cualquier sitio final, querría que me gustase, madame, y no lo crea porque es verdad, que me gustasen sus plumas, sus lentejuelas, su andar difícil en las traseras de la fábrica, de la modista, de la oficina, con el sueño amparado en el sueño de sus compañeras, Marilin, Bety, Françoise y usted, hasta entonces Simone, volviéndose Alice en la habitación, entre su caja de cartón de frigorífico y su caja de cartón de lavadora en la que coloqué un jarroncito esmaltado que no necesita flores, observamos el jarroncito y descubrimos que flores, en ciertos momentos, cuando no me echaba o el señor Figueiredo no la llamaba

–Cariñito

casi conseguía que me gustase, madame, esto en el caso de que el prefecto no me encontrara en el camino hacia la capilla

–¿Te quedas ahí clavado mirando al ayer?

de modo que cuando no miraba al ayer, madame, la miraba a usted, la rodilla que empezaba a hincharse, las arrugas de las mejillas llenas de crema, las canas disimuladas con tinte mientras hubo, madame, tinte en Luanda antes de que hubiera hambre, ruinas, yo al director de la Clínica

–Mañana no es ningún día

y militares extranjeros, mi madre dándole descanso a la rodilla para que creciera la alegría, edificando una sonrisa, equilibrándola un momento hasta que los labios lo dejan, exhaustos, nadie me aclara qué pretendía Dios de mí y de qué le sirven los negros, los mandó venir de Bailundo, los usa para trabajar en el café, ofrece sus mujeres a los propietarios de las fincas, yo a Dios en la Comisión de las Lágrimas, comprobando los papeles

–Has conspirado contra nosotros

y Él ante mí, sin chaqueta y con la camisa rota

–Mentira

no, sin atreverse a defenderse, por qué razón me perseguiste con

–Las seis las seis

por qué excitaste a los helechos obligándolos a tocar los marcos, por que me diste esta hija que cuenta nuestra historia acumulando falsedades y errores, por qué juras que mi mujer

–Nunca me acuerdo de tu nombre perdona

y no es importante que no se acuerde del nombre, madame, es importante que me consienta aquí sin echarme a la calle, Lisboa un pisito flotando sobre el Tajo, cristales opacos, el felpudo que me va a llamar enseguida, la muerte sin importancia y en el interior de la muerte, mientras navego sobre ella, un albatros, en un círculo precario, cuyos trinos me hacen sentir escalofríos, una trainera que sale o llega, da igual, con el motor fallando, el director de la Clínica criticándome

–Parece contento

y la enfermera

–Que al menos haya alguien contento

y sobre todo, a pesar del albatros y la trainera, el silencio de África de cuando era pequeño y robaba pescado seco para comer en el monte, yo detrás de una cabra que se nos escapó y encontré, entre cajas, en las traseras de la fábrica, de la modista, de la oficina donde la esperé noche tras noche, madame, despreciando la lluvia porque su retrato en el cartel digamos que me invitaba, aunque yo negro me invitaba, intenté decir

–Me gusta

repetir

–Me gusta

y en lugar de palabras le regalé una azucena, la misma que le ofrezco ahora, sin ningún tallo en la mano.

10

Las voces y las bocas de las hojas se han callado dejando en su lugar una claridad donde revolotean pájaros cuyas alas me proyectan en el pecho sombras de recuerdos que surgen, desaparecen y no soy capaz de detener, según, antes de despertar, un perro que ladra en la calle entra poco a poco en el sueño, formando parte de él y cambiando su sentido, ruidos extraños se transforman en grifos, ruido de platos, conversaciones que tardo en aceptar que construyan lo que se llama mañana, cristalizando materiales hasta entonces fragmentados y el perro aumentando, su presencia yo entera mientras me pregunto

–¿Quién soy?

porque desde que las bocas de las hojas y las voces se han callado me pregunto si continúo, he dejado de existir o me he convertido en otra cosa, sin sustancia ni perfil, agua derramada que se mueve en la tarima siguiendo el desnivel de las tablas, conservando recuerdos que se acercan y se marchan, alguien sonriendo pero la sonrisa produce terror, cogiéndonos por el hombro y el hombro inexistente, cuchicheándonos al oído sin que entendamos la frase, es el terror a crecer, de dónde viene, qué pretende, qué hago con él, mi madre en medio de un gesto

–Te sientes mal Cristina

no los gestos difíciles de ahora, hechos de ángulos en los que crujen bisagras, un gesto de antes que le alargaba el brazo, con una armonía de planta, y los clientes para quienes bailaba aplaudiendo, no en la fábrica, en la modista, en la oficina, aquí, las lentejuelas y las plumas de vuelta más las risas y la música, todo esto no en mi cabeza, en el salón, en la cabeza los pájaros que me proyectan sombras en el pecho, hasta entonces los había visto proyectar sombras en las personas y en los animales muertos pero en este momento me pican a mí, no a mi miedo, demasiado escondido en el interior de la carne, en un sitio al que ningún cubo, de esos que se cuelgan en la punta de una cuerda para sacar lodo de un pozo, llega, sacándome el pasado del cajón más hondo de la memoria, otra chica y yo sentadas en un escalón y mi amor por ella del que nunca he hablado, los padres se la llevaron a Lobito y la perdí, el tuberculoso de Cacuaco dándome huevos cocidos, algunos árboles, por ejemplo los eucaliptos a la izquierda del barrio, con los que me siento agradecida por no insultarme o el estremecimiento de ternura en el olor de la resina, niñerías que no valían nada y con quién charlo sobre esto, si las bocas de las hojas entretenidas con el viento y las voces no me escuchan, tal vez haya dejado de existir y me haya convertido en otra cosa pero en qué cosa, África o Portugal qué importa si he perdido los pinares y a la niña del escalón por donde desfilaban hormigas con una obstinación militar, qué sorpresa la cantidad de vida de los bichos pequeños, el tuberculoso de Cacuaco con un huevo en cada mano

–¿No tienes hambre?

apoyado en un trozo de pared mientras un grupo de negros que arreglaba la carretera se reía de nosotros, risas cuyo origen no se encuentra, enfados cuya razón no se encuentra, idas y venidas cuyo porqué no se encuentra, el tuberculoso casi solo gabardina, no hombre, todavía existirán Cacuaco, el trozo de pared y, en Lobito, la niña, conservo el recuerdo del lazo en el pelo y de una pluma de pavo real que deseé que me regalara, al notar que deseaba que me la diera la partió y fue la única vez que conocí la neblina de las lágrimas, la semana siguiente mi padre me dio una pluma con los mismos colores, incluso más verdes, más azules, que rechacé empujándolo como sigo empujando, con la cresta y las plumas alerta, a quien se me acerca, con la actitud de las gallinas que hemos perdido desde que vivimos en Lisboa, como hemos perdido los crepúsculos y los murciélagos que los habitan, mi padre destruyó la finca de tabaco de un blanco repleto de hijos mestizos, mataron a uno de ellos que refunfuñaba y el blanco

–Arnaldo

acariciándole la cara sin preocuparse por el almacén caído y los trastos deshechos a hachazos en el patio, saltaban alrededor trozos de madera y botellas y cálices, el blanco

–Arnaldo

sin fijarse en mi padre, en la época de la guerra le dio de comer y lo escondió en la caseta de las herramientas poniéndole telas de saco por encima y a pesar de eso no pienso mal de usted, señor, no lo pienso, rechacé la pluma del pavo real porque no venía de la niña como espero que mi madre haya rechazado la azucena, cuál la utilidad de aquello, y encima las flores se marchitan, las plumas se secan y nos quedamos con la muerte en casa, en un jarrón y eso, apartamos la nariz y ahí están ellas

–Soy yo

triunfales y discretas, vigilándonos, ni al irse se fijó el blanco en mi padre, apoyó la nuca del hijo en una raíz y charlaban los dos, es decir el mestizo lo oía con la boca inclinada, era el otro el que hablaba, en medio de trozos de palo, y sin embargo no pienso mal de usted, nos comemos entre nosotros, debe de estar escrito en la Biblia y siempre llega el momento de comernos a los amigos, no sé si el blanco, tras un último

–Arnaldo

también se comió al hijo, un soldado introdujo una granada en la caseta de las herramientas, animando a unas tenazas que le rasgaron el hombro, yo mientras sigo deslizándome en una hendidura de la tarima, el tuberculoso de Casuaco guardó los huevos en el bolsillo

–Ingrata

y seguía tocándolos se notaba por las ondulaciones de la finca, qué le quedaba además de los huevos, cuántos blancos insistiendo

–Arnaldo

cuántas fincas, a cuántos metros de profundidad mis abuelos no dejan de escapar de los aviones en Cassanje, cuántas lluvias muy antiguas y cuántos animales misteriosos, centauros, unicornios, sirenas porque, a lo mejor, aquí antes hubo un lago, donde las caracolas de Moçâmedes contaban las olas desde el principio del mundo, el negro Arquímedes, en la barraca delante de la nuestra, vaciaba la pipa golpeándola contra un ladrillo e imprimiendo una rodaja oscura en el polvo, indiferente a los tiros

–Si contase lo que he visto no me creerían

y más allá de esa frase nunca le oí nada más, una sobrina le daba un huesecito de pollo para que se entretuviera deshaciéndolo y los soldados pasaban junto a él sin verlo, el nombre Arquímedes me obligaba a respetarlo a pesar de los harapos que llevaba, Arquímedes impresiona, qué suerte llamarse así, se sacaba una pistola sin gatillo de la túnica, la enseñaba con pompa

–Mi amiga

y la guardaba como si fuese de cristal, no he olvidado nada, no olvidaré nada, conservo la imagen de la pistola, apuesto lo que quieran a que el negro Arquímedes no murió, sigue en Luanda con su pipa y su hueso, contando lo que vio y no le creen, si le sobreviniese una desgracia cuéntenmela con delicadeza, como si dijeran los resultados de unos análisis a un enfermo, despacio lo acepto, muy deprisa me angustio, aguantamos las noticias si vienen gota a gota, todo el mundo lo sabe, podemos emocionarnos o quedarnos clavados en las margaritas a la cabecera, que no alivian pero mantienen la esperanza, qué raro que algunas emociones resistan, intactas, en mí, Arquímedes qué orgullo, solo haberlo conocido justifica mis días, un misionero belga, con sentido de la proporción, lo bautizó de esa forma y dándole un punto de apoyo el negro Arquímedes levantaba el mundo, cómo echo de menos

(¿qué me está pasando?)

el ruido de la pipa al chocar contra el ladrillo, mi padre ninguna pipa, el índice hacia abajo y hacia arriba contra el tablero de ajedrez, mi madre

–Ese ruido me pone enferma

a mí eran los cuchillos derrapando por los platos y cuando eso pasaba, además del escalofrío en la columna, la conciencia de todos mis dientes, desde la corona hasta la raíz y la forma y el sitio, yo capaz de describirlos minuciosamente uno a uno, el derrape del cuchillo paraba pero los dientes tardaban en hacerse pequeños dentro de la boca, iban menguando, contrariados, sacando la lengua, mi madre señalándome el tenedor

–¿Te pasa algo?

sin conciencia de que se me habían poblado las encías, notaba que mi padre igual que yo porque el suspiro de quien vuelve a funcionar

–Dios mío

debía de haberse olvidado del blanco en Dala Samba, muerden la mano que les da de comer, no tienen reconocimientos ni escrúpulos, por qué motivo nos preocupamos de salvajes que no se preocupan de nosotros, quédese con su pluma de pavo real, tírela o métala en el cajón pero no se atreva a dármela y mi padre con la pluma en lo alto como otrora la azucena, solo le faltaba la chaqueta abotonada y la lluvia, lo demás, incluso la timidez, se mantenía, no creo que usted fuese cruel, creo que el enfado de los helechos y el dormitorio del seminario no lo abandonaban, creo que las seis su única hora y el compañero de la cama de al lado la forma del colchón donde descansar del terror, creo que

–Enséñamela

una petición de ayuda, mantenida durante años porque la campanilla no se calla, rasgando la niebla y el interior de las personas con su tos cortante, en las pausas de los gritos venía ella a despertarlo con imágenes de oraciones y de recreos fúnebres, protegido en el claustro contemplando la lluvia, me rompí el brazo en Luanda y yo orgullosa del codo de escayola que para sorpresa mía

(¿qué me está pasando?)

nadie envidiaba y ni el tuberculoso de los huevos cocidos ni la niña del escalón, que no se llamaba Arquímedes y, como consecuencia, la perdí, se adornó con preguntas, no escuché un

–¿Te has caído?

compasivo, un

–¿Te duele mucho?

que me colorease la importancia, la escayola del brazo, para mí decisiva, una vulgaridad en relación con aquellos que no la tienen, colgado de una cinta con un nudo en la nuca, mi madre

–Quieta

tardando en hacer el lazo, siempre necesitó un pulgar mío

–Aprieta ahí

para atar los paquetes, con tanta fuerza que el pulgar quedaba allí y yo con la mano inútil durante semanas esperando a que un nuevo pulgar, ay Cristina, naciera, Jesucristo qué ferocidad en el mundo, qué ha sido de su alegría

–No admito tristezas

señora, qué ha sido de las voces que se alejaron dejando en su lugar un pájaro cuyas alas me proyectan sombras en el pecho, adónde fueron las voces, dónde protestan ahora, si al menos el escalón conmigo las hormigas de vuelta, no estas de Lisboa, entre el fregadero y el fogón, naciendo y evaporándose en una fractura del azulejo, las marrones de Angola con su paso de infantería alemana, a la salida de la finca de tabaco montañas enormes, enredaderas sobre enredaderas estrangulando a los árboles, un espejismo de riachuelo que se secó en la época de neblinas, la tos, muy por encima de mí, de un camarada de mi padre con cargadores a la cintura

–¿Cómo te llamas pequeña?

la tentación de responder, en el interior de una buhardilla donde se sumaba dinero y que ya no existe

–Si es mujer le pones Cristina

y debido a mi padre, aunque no por consideración, no por estima, esas cosas que los negros ignoran, qué saben ellos del mundo, yo callada, sintiendo en él lo que, si fuese blanco, llamaría vergüenza, kilómetros de girasol susurrando mentiras, encontraron al propietario de la finca de Cassanje en el bar, bebiendo cerveza con los compradores de algodón, aquí fuera camionetas, un todoterreno descubierto, el corazón de África creciendo bajo la tierra, mi padre

–Portugueses

y no me llamo, como mi madre, ni Simone ni Alice, ambas ya fallecidas, no se llama igualmente el camarada de mi padre

–¿Ella no sabe el nombre?

y has acertado, amigo, no sabe el nombre, sabe decir Arquímedes, sabe oír el golpe de una pipa contra un ladrillo y no sabe el nombre, la llamamos hija mía y ya está, el camarada de mi padre me subió el mentón con la palma y el reloj que usaba, luminoso, yo pensando para qué sirve el tiempo cuando aquí no hay tiempo, basta una sola página en el calendario y con un único número, el propietario de la finca de Cassanje y los compradores de algodón levantándose de la cerveza

–¿Quién es este negro?

este negro, otros negros con él y escopetas y catanas, trabucos a los que se les metía por el caño plomos y clavos, el tuberculoso de los huevos cocidos apareció y se borró, las mejillas no redondas como las nuestras, excavadas, el borbotear de aceite de la fiebre, fue él, no mi padre, quien se disculpó ante el propietario de la finca

–Lo siento

y después, en medio de la espuma de la cerveza, el ruido y el humo, los bailundos del algodón, comprados en el sur, escapando de las chozas, el pájaro que aletea en mí fuera en la explanada de modo que yo sola, sin un perro que me llamase ladrando, los filos de las catanas rompían vértebras, costillas, un revólver se levantó del suelo y se desmayó en un puño, el prefecto del seminario a mi padre

–Y nosotros que te criamos

con una vara inútil a lo largo de la pierna, cerveza en lugar de sangre, el negro Arquímedes estudiando su huesecito sin fijarse en los cadáveres, preparándonos para la confidencia final

–Si contase lo que he visto no me creerían

mi padre al camarada

–Se llama Cristina

dudando, por respeto a la memoria de su padre, si quemar el algodón, quemaron las camionetas y el todoterreno, quemaron la cantina y el algodón intacto, la niña del escalón a lo mejor se casó, tuvo hijos o está en algún hospital, tratándose no sé de qué, con la humildad de los enfermos, esto sin lazo en el pelo ni pelo, quién sabe, acordándose de Luanda entre los mareos de las pastillas, Dalila, la sospecha de que Dalila en el cajón más hondo de la memoria, ruidos domésticos transformándose en grifos y platos que tardamos en aceptar que sean de verdad la mañana, fueron los soldados los que trajeron gasolina para regar el almacén, tiraron una cerilla a una madeja de pasto, tiraron el pasto contra las tablas y una llamarada instantánea trepó por las tablas, el viento la transformó en humo negro y después cenizas sin peso hacia la llama, el camarada de mi padre

–¿Te llamas Cristina pequeña?

mientras alguien, no sé dónde, exigía

–No admito tristezas

y no estoy triste, palabra, nunca he estado triste, soy negra y aunque me traten mal, con insultos, amenazas, hambre, la rama donde el portugués de la policía política colgaba a los que no hacían gasto en la cantina de la finca para dejarle a deber al propietario, y trabajaban sin paga, me siento bien aquí, basta con que le den cuerda al gramófono para que yo corra la cortina, avance por el estrado y empiece a bailar con las demás, mirando sus piernas para coger el ritmo, los soldados de mi padre no se olvidaron de la horca, cuando el propietario de la finca de Cassanje, apoyado en un codo sin escayola y cubierto de trozos de botella

–¿Por qué?

los cuerpos tanto tiempo a la derecha y a la izquierda, desarticulados, tensos, se dice que orinan y donde cae la orina nacen hierbas que gimen, las he escuchado, muchas noches, debajo de la ventana, quejándose, despierta por sus lamentos porque todo se dirigía a mí en África, no solo las bocas de las hojas, el maíz, las salamandras en el techo, emboscando, con una paciencia de piedra, a los insectos de las bombillas, con un ala fuera de la boca protestando en vano, el blanco protegía a mi padre pero les contaba a los demás blancos

–Se ha ido a Dala Tando

qué dirección había seguido, con miedo a que si lo matasen entre las herramientas los negros lo vengarían estrangulando a sus hijos, su madre no en la casa, sola en una choza, con gallinas sentadas en los pliegues del colchón, los soldados cortaron el árbol de los ahorcados y escupieron encima y los ojos de las gallinas inexpresivos en los pliegues del colchón, no pisaban las hierbas de los difuntos cuyo sonido las paralizaba, explíquenme la razón de tanta crueldad en Angola, mi padre tiró un trozo de rama al propietario de la finca, con cicatrices sin cáscara por donde pasaba la cuerda

–¿Ahora ya lo sabe señor?

y el propietario de la finca, para quien habían terminado las preguntas, no lo sabía, qué cosa, tanto ácido de venganza consumiéndonos, tanta acidez acumulada durante siglos y que ningún perdón disolvía, incluso en Lisboa las hierbas presentes y mi padre interrumpiendo el ajedrez al reconocerlas, fíjense cómo tiembla con los gemidos que no se atrevía a pisar y mi madre

–¿Qué pasa?

como les sucede a los blancos cuando el poder al que los negros no hacen caso y permanece sin propietario, preocupándose

–¿Qué hago ahora?

les huye

(soy negra o blanca, yo, a pesar del señor Figueiredo creo que soy negra)

parecido a un perro en la calle, sin propietario a quien llamar, entrando poco a poco en nuestro sueño, formando parte de él y cambiando su sentido, camino con mi padre por el sendero de Marimba donde un cuartel abandonado y la casa del administrador desierta, el esbozo de una capilla, nadie, los que vivieron aquí en los pantanos de miseria de África del Sur o en los barcos y aviones de Lisboa, incluso hoy una palabra extraña para mí, Lisboa, le faltan caracolas y cocoteros, le falta la isla, en los poblados alrededor de Marimba, además de tierras secas, media docena de personas esperando sin entender que esperaban, el angolar del régulo, mujeres, plantas de cáñamo junto al puesto médico donde gente en cuclillas esperando, a su vez, una salvación imposible, poco les preocupaba cuál, que no vendría, no venía, el sujeto al que un búfalo le reventó el pecho y se expresaba por medio de membranas y sangre, una chica embarazada con la criatura atravesada y uno de los pies, morado, fuera, habré sido un pie como ese, morado, fuera, el director de la Clínica a mis padres

–Si ella al menos hablara con nosotros

y hablara de qué, señor doctor, cuénteme, mi cabeza conoce las frases, mi garganta no, enséñenme qué decir para salir al mismo tiempo de África y de Lisboa y yo lo escribo, letra a letra, por encima de las vuestras mientras la hierba de los ahorcados sigue gimiendo y el pie de la criatura se balancea a medida que una pariente baila alrededor con la convicción de curarla, la enfermera a mi madre, en la maternidad

–¿Es ese su marido?

señalando a mi padre entre cajas que no había, había un lavabo, una mesilla de noche limpia porque nadie mandaba flores y un armario metálico que se destinaba a la ropa aunque mi madre ni lentejuelas ni plumas, mi madre cansada, sin mirar a mi padre

–No

por timidez, por miedo y mi padre confirmando

–No

por ella, la chaqueta un hombro descosido, marcas de otros nudos arrugando la corbata, la camisa traicionándolo

–Falta un botón en el puño

y todos comprobando el puño, si me preguntasen

–En su lugar lo habrías dicho ¿no Cristina?

me vendría a la memoria el señor Figueiredo

–Cariñito

el lápiz que sumaba, la obligación de la felicidad, el abuelo de mi madre

–Chica

tantos episodios a los que no sabía enfrentarme, tal vez me despertase una campanilla para los tormentos del día, un soldado tiró del pie de la criatura y una rodilla inerte, al mismo tiempo que el negro Arquímedes, que creía desaparecido, levantó la pipa, el soldado a la chica

–¿El otro pie?

y ningún otro pie, solo ese, mi madre, arrepentida

–No me molesten ahora

y no la molesto, madre, solo estaba acordándome, de Marimba a Chiquita y después de Chiquita, debido a las minas, el pinchazo perdido, por qué no se puso un botón, padre, y él clavado en medio de la habitación, bajo una lluvia solo suya, menos mal, qué alivio, haber olvidado la azucena, no soy capaz de adivinar lo que piensa y no me gusta usted, creo que no me gusta usted, seguro que no me gusta usted, vivo entre bocas y voces que se alejaron dejando en su lugar, una claridad, pero será claridad o, el pie de la criatura dejó de atormentarme, la ilusión de una claridad, cierro la mano sobre su dedo y aprieto con fuerza, un pájaro revolotea con alas que proyectan sombras en mi pecho, la niña del escalón debe de haberme borrado, mis padres fueron más pobres que los suyos, encima una madre que trabajaba en una fábrica, en una modista, en una oficina

–Alegría alegría

y la gente despreciándonos al pasar por la calle, murmurando no adivinaba el qué o mejor adivinaba el qué, un padre negro que venía buscando la policía portuguesa sin encontrarlo, me acuerdo de que empujaban a mi madre y la alarma de mi abuelo

–Chica

ofreciéndoles la brocheta de los pajaritos para tranquilizarlos

–¿Gustan?

y mirando bajo la cama

–¿Tu mono?

la niña del escalón debe de haberme borrado, no llevaba lazo en el pelo ni era guapa, una vez la tía de la niña la cogió del escalón

–Tu amiga huele a negro

y se la llevó, qué he hecho mal, madre, tal vez nosotras tuberculosas que ofrecíamos huevos cocidos que nadie aceptaba y nos los guardábamos para nosotras mismas en el bolsillo, cada una apoyada en su trozo de pared, guiñando los ojos finos al sol y ahí está la lluvia en Lisboa en los cristales opacos, qué pretende ella de mí, de qué quiere informarme, qué espera que sea yo, ni tormenta ni viento como en Angola, una lluvia mansa, mi padre

–Estoy aquí

dispuesto a caminar hasta la puerta y a abrir la cerradura, convencido de que venían a buscarlo y no venían, cambiaron de planes, lo abandonaron, mi padre listo para ponerse el sombrero

–Quiero ir con ustedes

con el objetivo de imaginar que existía

–Al final existo

el olor de las plantas de la finca de tabaco en mí y mi cuerpo cambiando constantemente, el de las sábanas que conserva no solo el dulce y el ácido de la noche, también mi dulce y mi ácido, tantos olores, mi padre no me llevó a la Comisión de las Lágrimas, se limitaba a

–Las seis las seis

y cuando llegaba el todoterreno, el pájaro que proyectaba sombras en mi pecho las prolongaba, por la pared, gracias a los faros, junto con el perfil de los arbustos, mi madre refiriéndose al payaso inútil, con la corbata goteando

–Es mi marido

desviando la cara hacia el interior de la almohada o de un cercado donde las perdices se agitaban entre los matorrales, no se preocupe que no se fijan en lo que está pensando ni notan a su tío por allí, ninguna enfermera, además, escuchó el frenesí de las plantas en el pasillo, solo tableros con ruedas, la de delante a la izquierda arreglada que hasta funde el acero, llevando la comida estremeciendo bandejas, la partera

–Me da la impresión de que su hija blanca enhorabuena ha tenido suerte

y enseguida el señor Figueiredo en el interior de su voz, hundido entre las sumas

–No cuentes con dinero ni me la traigas aquí

a mi madre que no pensaba en dinero, pensaba en la tristeza del abuelo que ni siquiera la reprendería, las manos hacia delante y hacia atrás a lo largo de las rodillas y la cara aún más inmóvil, cómo era usted, señor, en la época en que distinguía las cosas y la madre de mi madre a mi madre

–Igual

sacando del chaleco la navajita a la que le faltaban trozos de madreperla

–¿Tienes por ahí una caña?

para afilarla sin ruido y sin embargo mareando a los melocotoneros con el filo, ahogando el silbido de los sapos, peñascos repentinos alrededor de la casa, rocas que no había entre ellos y el arroyo con guijarros y basura, los trozos de caña caían en el suelo como caracolitos sin peso, mi abuelo no pidió ayuda para atravesar la huerta, palpaba con la lentitud de las suelas, que oscilan y se equivocan, el camino a casa, o tal vez no le interese el camino a casa, tal vez prefiriese los peñascos o se convenciese de que el arroyo lleno como en un invierno antiguo, antes de que naciera mi nieta, que se llevó dos terneros, girando el uno contra el otro en el lodo, si fuera posible cogerlos con una vara, a pesar de tan hinchados, se les sacaban las tripas y se aprovechaba la carne, mi madre veía al abuelo a su vez girando, cubierto de limo, con los brazos apartados y las botas enormes, el miedo de que, al abrir un mueble, las encontrase una al lado de otra con una crítica mohosa, la aterrorizaba, me acuerdo de que pedía, lista para huir, señalando una caja o un baúl

–Mira si están ahí las botas del abuelo

y no estaban, nunca estaban, la tranquilizaba

–No están

y su cara entre el alivio y la lágrima, clavada en la memoria, su voz una nitidez microscópica

–Chica

ojalá existiesen las botas y ojalá no existiesen, mi madre indecisa, de repente una llamada que me sobresaltó

–Abuelito

y el cuarto de baño cerrado ruidosamente mientras una persona, que no pude distinguir, iba girando de bruces en un resto de agua, al acercarme no la escuché a ella, escuché eucaliptos y perdices y la lumbre de tres palos sobre los cuales goteaban los pájaros, una voz que no conocía

–Chica

y una voz que conocía

–Estoy aquí

no se imagina las cosas con las que cargamos toda la vida y el problema de levantar el tobillo, sonriendo, con todas ellas exasperando nuestra existencia, al volver del cuarto de baño mi madre

–Cállate

a mí que no había abierto el pico, me encontraba por allí, también girando, mi padre a la entrada de la maternidad, arreglándose la ropa, avanzando un paso y el bedel, un mestizo con insignias en los hombros, y orgulloso de las insignias, lo cogió por la solapa, con una severidad ofensiva

–Esto no es para ti

al fondo un ascensor, blancos saludándose y mujeres con bata y papeles urgentes de modo que mi padre aquí fuera, entre dísticos con flechas, abotonándose mejor para intentar adivinar, entre tantas ventanas, la persiana en que estábamos, al confirmar que le empujaban la tabla del huerto de las chabolas, cuatro palmas de pollos y coles, el bedel, con el plato de la cena en la mano, se asomó masticando, esto al empezar el crepúsculo violeta, ya morado en los tejados o sea no solo morado, azul, morado, gris, con estrías verdes y negras y los primeros pabilos de petróleo en los postigos vecinos, al principio solo vio el huerto, donde desaparecían las coles, y un callejón sin salida con un niño ahuyentando a un cerdito, después la tabla caída y en lugar de la tabla un hombre de espaldas, tranquilo, fumando, no, dos hombres de espaldas, el primero fumando y el segundo, con el brazo en la valla, sonriendo al cerdito y después no vio nada más, ni mi padre a su lado, el mismo traje abotonado, la misma timidez y la misma corbata, porque el cuchillo en el cartílago de la laringe lo apartó de todo, tal vez haya visto el cuchillo, no puedo jurarlo, pero, al verla, la perdió de inmediato y por tanto no la vio pero yo se lo digo, un cuchillo de carnicería, de descuartizar corderos, no en forma de sierra, derecho, con treinta y cinco centímetros y medio y mango de madera, en el que uno de los tornillos suelto que sostenían tres o cuatro vueltas de cordel, por tanto el crepúsculo morado, o mejor violeta, ya morado en los tejados y eso lo vio el bedel como vio que no solo morado, azul, morado, gris con estrías verdes y negras, también vio los pabilos y al cerdito, solo no vio el cuchillo en el cartílago de la laringe llamado cricoides dónde he aprendido esto, lo vio y lo perdió de inmediato, solo no vio a mi padre detrás ni el gesto no circular, hacia atrás para ayudarlo a tenderse, sin ruido, en la tierra color ladrillo, el color de África, del suelo, se entendía que más personas masticando en el interior de la barraca lo que el bedel había dejado de masticar, le escurría de la boca y mi padre, por buena educación, se lo limpió con el pañuelo pensando en aquellos que en unos momentos, siempre masticando, se asomarían a la entrada, en el caso de volver a ver al bedel sentiría a los dos hombres en el hueco entre las tablas, al que fumaba y al del brazo, ahora delante, negros como cualquier negro del mundo, con pantalones cortos no violetas ni morados, descoloridos, con camisas llenas de manchas y zapatos, cómo distinguiría la señal de

–Deprisa

a mi padre que caminaba hacia ellos a medida que terminaba el crepúsculo y el número de pabilos de petróleo iba creciendo alrededor, el niño y el cerdito no sé dónde, un pájaro cambiando de copa con una rapidez descoyuntada, incapaz de los movimientos certeros del día, murciélagos que llegaban entre chillidos, abriéndose en forma de abanico sobre las chimeneas de hoja, una mujer masticando dijo

–Delfim

desde el interior de la cabaña pero eso no lo notaron ni los dos hombres ni mi padre, ocupados bajando entre las chabolas hacia la avenida y tirando el cuchillo en un montón de escombros, los pabilos de petróleo inexistentes en la ciudad, es natural que no hayan escuchado un

–Delfim

más fuerte, sandalias en una estera, en la tierra, en una estera de nuevo y deteniéndose en el umbral del huerto, un último

–Delfim

que pareció romperse en medio del sonido, mas voces pero no

–Delfim

en ellas, incredulidad, llantos, un sujeto corriendo hacia el hueco entre las tablas y volviendo del hueco con una lentitud aturdida, una última franja verde y negra desapareciendo y ahí tenemos la oscuridad completa, densa, total y un susurro

–Dios mío

que se tragó el mar lejano.

11

Cuál de nosotros va a hablar ahora, mi madre, mi padre, yo, los tres al mismo tiempo o ninguna criatura por qué no tenemos un pariente o un conocido que nos visite y cada cual, incluso juntos, un sitio diferente, aunque el olor de los cedros, alrededor del cementerio judío, donde nunca vi un entierro, veo al guarda entrar por la mañana con la maletita del almuerzo, respira a nuestro lado, veo al guarda entrar pero no lo veo salir, a lo mejor todos los días un guarda nuevo, sepultándose a sí mismo junto con la maletita, como nunca vi a quien quiera que fuese, además del guarda, acercarse a la puerta, tras la puerta una barbería sin clientes y dentro espejos sin interés por el mundo y una espiral de moscas, un edificio con la fachada de azulejos y un sujeto en pijama rascándose en una ventana introduciendo dedos lentos entre los botones, después un muro, una curva del tranvía sin tranvías y Lisboa entera bajando dando volteretas hacia el Tajo, mezclando toldos y escaleritas hasta las grúas de allí abajo y las gaviotas, a las que nadie da cuerda, entreteniéndose en los escalones del aire con gritos cortos, la otra orilla, más reflejada que auténtica, colores desteñidos y relieves que se confunden, una población cuyo nombre desconozco, sin peso, en la superficie de la espuma, al mismo tiempo habitada y deshabitada como Angola, se cree que nadie y miles de personas naciendo del matorral, cuál de nosotros va a hablar ahora y no hablamos, mi madre pone la plancha en el soporte metálico mientras mi padre raya el suelo con un palito escuchando quejas de negros que se interrumpen los unos a los otros, ellos que se interrumpen siempre los unos a los otros, en los alrededores de Luanda, un carguero, tan desierto como el cementerio, empieza a moverse, en vagares de enfermo de hernias, hacia la desembocadura, qué espera usted, madre, que le dé la vejez, otro gramófono, otro baile, y su cara encerrándose en sí misma, rasgo a rasgo, de modo que ni su abuelo sería capaz de entrar

–Chica

si es que tuvo un abuelo, si es que escribo la verdad, mi madre cogiendo la plancha y soltando la plancha, creí que iba a responderme y callada, no espera la muerte porque no se espera la muerte que llega siempre sola, simpática, disponible

–Tu cuerpo es demasiado pesado para ti yo te ayudo

qué espera, madre, dígalo, porque a pesar de todo esperamos, qué remedio sino esperar, mi padre se marchaba, con los soldados, a lo largo de las vías del tren donde el pasto más alto, de vez en cuando una camioneta de blancos, mostrando arbustos temblorosos con los faros, de vez en cuando un suspiro en los árboles entretenidos en sus pensamientos, de golpe y porrazo nos dormimos y lo que nos sale de la boca no pasa de fragmentos de una verdad misteriosa sin relación con la vida, incluso de día, como hoy, todo extraño, qué nombre, tras el de Cristina, es el mío, el señor Figueiredo

–¿Cómo que no soy Figueiredo?

buscando un espejo para tranquilizarse

–No he cambiado nada

y sin embargo inquieto, una granada explotó en las traseras descolocando las cajas, le robaron el gramófono y las botellas, rompieron las fotografías de la entrada, expulsaron a la negra de la cera ahuyentándola a culatazos, los propietarios de fincas huidos a Portugal, las compañeras de mi madre, perdidas en las chabolas, entre polluelos y viejos, perseguidas por criaturas descalzas

–Blancas blancas

no les tiraban terrones

—¿No puede nada por nosotros señor comisario?

y los soldados sí podían, cada uno en su momento, sin cerrar la puerta de una barraca deshecha, toma esta raíz de mandioca y este trapo, espérame aquí y no volvían, cuál de nosotros habla ahora que no soy yo, lo aseguro, ni mi madre ocupada con la plancha, ni mi padre atento a los pasos en la escalera, ni las voces, enmudecidas para siempre, aclárenme quién habla, no me abandonen entre ruidos sin nombre y lenguas mezcladas, el padre de la niña del escalón quitándomela

—No te quiero con mestizas

y ella, cada vez que se cruzaba conmigo

—Mestiza

huyendo de mí, una compañera de mi madre limpiando la tierra de los hombros, otra llorando en cuclillas, otra con un vestido de flecos afirmando con pompa

—Soy rica

levantando un tobillo delgado

—Alegría alegría

desequilibrándose, agarrándose a una viga, seguía sonriendo, repitiendo

—Alegría

enmudeciendo de repente con la mano aplastada en la boca, inclinándose en un llanto o en un vómito, mi madre agarrándome de la muñeca

—Más deprisa

y nosotras dos tropezando con piedras mientras las palmeras de la circunvalación crepitaban sobre nosotras y el aceite del agua de la bahía se coagulaba con restos que devoraban los pájaros, no algas, no cosas vivas, sobras de barreños y de cestos de mimbre, toda la alegría a nuestro alrededor, hecha de llantos y vómitos

—No admito tristezas

edificios saqueados, establecimientos sin escaparate, las terrazas desiertas y a pesar de ello la alegría porque no admitimos tristezas, el olor de la bahía en descomposición y sin embargo contento, en lugar de los árboles decepados rastrojos sueltos, la niña que me llamaba

–Mestiza

demasiado lejos para que la encontrase la nostalgia, de niña me regalaron un avestruz de plástico, se tiraba de la palanquita de la cola y se le abría la barriga y allí estaba la pelota de ping-pong o el bolindre, no me acuerdo bien, de un huevo, creo que un bolindre, las pelotas de ping-pong demasiado grandes, se devolvía el bolindre al animal, se le ponía la cola en su sitio y la barriga cerrada, el problema era encontrar el bolindre que rodaba debajo de los muebles y yo tumbada en el suelo mirando bajo el armario

–¿Dónde está el bolindre?

cuya falta me fastidiaba más que la ausencia de la niña, mi madre y mi padre a gatas buscando conmigo, con el brazo ciego palpando

–¿Dónde se ha metido la mierda del huevo?

con miedo a que se lo hubiera tragado un agujero, lo metían dentro del avestruz

–Cuídalo bien que no vuelvo a buscarlo

mi madre limpiándose con un cepillo, mi padre con las manos, mi madre

–Toma el cepillo que así te ensucias más

y yo pensando, por momentos, que tenía una familia, yo alegría alegría sin llantos ni vómitos, que me agobiaba la niña, antes de que volviesen las voces era feliz, palabra, mi madre, roja del esfuerzo de levantarse, peinándose con los dedos

–Debo de parecer un espantapájaros

mi padre lavándose una rodilla hasta que mi madre se apoderaba del cepillo

–Siempre has sido un desastre dame eso

tan desastre que un domingo, y recuerdo que domingo porque mi madre rezaba a la Virgen a falta de misas, criticándonos

–Os trae sin cuidado Dios ¿verdad?

pisó al avestruz que se aplastó con un crujido, el bolindre giró enfurruñado hacia una esquina del salón y desapareció definitivamente, en cuanto la idea de Dios entró en casa helechos contra la ventana, por qué no lo lleva a la Comisión de las Lágrimas, señor

–Has conspirado contra nosotros

y, por una vez en la vida, alguien culpable en la Prisión de São Paulo, o lo entierra en Quibala con los demás presos, por qué no deja de torturarse debido a una campanilla que no se acuerda de sí misma

–¿He sido una campanilla?

en un seminario que dos o tres estaciones de lluvias derribaron a mi madre

–¿Qué es eso?

y yo

–Nada

puesto que nada de hecho, ni iglesia ni imágenes ni dormitorios, pasto como en todas partes en África y una jauría de perros salvajes al trote, esperando un hilo de olor que los guíe, desenterrando a los muertos, si la caza escasea, como desentierro difuntos que robo a mi madre y a mi padre porque no sé cuál de nosotros tres habla ahora, mi madre cogió los restos del avestruz con la escoba y el recogedor y los tiró al cubo, no volví a tener juguetes porque quien los pisaba era yo, asustada con la vida que tenían, al darles cuerda, y empezar a agitarse y a temblar o, en el caso de que no se agitasen ni temblasen, las amenazas ocultas en su quietud, ojos de cristal que previenen

–Ay de ti

decididos a atacarme cuando estuviese durmiendo, la violencia que se esconde en las muñecas, en cuyos labios de baquelita dientes enormes esperando, un deshollinador que caminaba balanceándose hasta chocar con la pared y seguía caminando, caído de lado, moviendo los pies en el vacío, dispuesto a atacarme si lo levantase, criaturas, de apariencia inofensiva, que nos odian, por no mencionar al gato bordado en el cojín

(no hay gato que no sea un cojín con uñas bordadas)

disimulando la crueldad de las garras, acabé con el gato

con un cuchillo y mis padres sin entender que los protegía a ellos y a mí, el director de la Clínica

–Forma parte de su delirio

y en esto las personas corriendo perseguidas por deshollinadores de uniforme, usted, por no ir más lejos, es un hombre o un deshollinador, padre, si se quita la chaqueta le veo la llave en la espalda, se le da vueltas y se pregunta, se irrita, condena, al volver a casa, en su todoterreno de los soldados, la llave no funciona y acaba por caerse de lado, después de chocar contra la pared, perseguido por los aviones de Cassanje, el prefecto del seminario y la furia de los blancos, sudando en las sábanas o en un montículo de tierra que lo protege de las bombas, sosteniendo los párpados con los dedos para que no lo despierten a

–Las seis las seis

de una mañana imposible de soportar con su carga de exposiciones perennes del santísimo y misas, su abuelo descuartizado en medio del algodón y una libélula saliéndole de la lengua, un primo que se desliza, hecho ropa, desde la percha de sí mismo, o sea un par de clavículas que duran un momento antes de deslizarse, con la barriga cosida por un trazo de balas, una mujer ofreciendo sus propias tripas a nadie, en un gesto de ofrenda, con mi padre escapándose por la plantación hasta que una vieja

–Ven aquí

se tumbó sobre él entre los tiros de pistola de los propietarios blancos de las fincas, para los que los negros se negaban a trabajar sin cobrar, la sangre de la vieja en la espalda de mi padre, entrando en su carne del mismo modo que la lluvia, las seis, las seis y mi padre deseando que la vieja lo protegiese toda la vida, el cuerpo de ella cada vez más pesado, la frente contra su nuca, las piernas enredadas en las mías, el compañero de la cama de al lado en el seminario así, las linternas de los blancos aquí y allá en los arbustos, azuzando a los perros, uno vino a olisquearlo respirando con fuerza, el propietario apuntando con la linterna

–¿Qué pasa Leão?

le arrimó el hocico a la rodilla y lo dejó, un perro pequeño, sin raza, apiadado de mí, la única criatura de Dios que hasta hoy me ha tratado con amor, quién soy yo para mi mujer y mi hija, me siento enfermo, fíjense en la delgadez de las nalgas, he hecho un agujero en el cinturón y ya necesito otro, tengo que agarrarme los pantalones para andar por casa y me los iré agarrando hasta la otra orilla del Tajo, cuando vengan a buscarme, tirando de ellos hacia arriba, debería de haber desaparecido en Cassanje, crucificado en las espinas del algodón por cuidar, la esposa del jefe de puesto dispensó a mi madre

–Necesito a esa de ahí

no para que trabajase en la cocina, con el propósito de tener una persona que humillar, pide perdón, arrodíllate, friega lo que está fregado y deprisa, mi madre y yo, por la noche, viendo las peleas de las salamanquesas, no dije

–Madre

es obvio, la policía de los portugueses amarró al régulo de Canssanje, con el mentón lacerado por un látigo, lo tiró en una furgoneta y nos quedamos viéndolo hasta que se evaporó en un desnivel, reapareció más adelante, se desvaneció en la última colina antes de la carretera, y nosotros sin ni siquiera levantarnos, un blanco a uno de sus negros

–No me mires a la cara

y el mango de un sacho obligándolo a doblarse, al día siguiente mi madre me llevó al seminario y mucho después de que la furgoneta desapareciera todavía escuchábamos su motor, incluso ahora, en Lisboa, sigue el motor, como la Comisión de las Lágrimas, interrogando y juzgando, avanzábamos por la Prisión de São Paulo apartando presos y los estudiantes que vinieron de Europa en la Casa de Reclusión, en el seminario perdí los árboles, las llanuras y a las personas, gané blancos con faldas abotonadas que me señalaban a Cristo agonizando en la pared, intentando coger los clavos de las manos con los dedos curvados, docenas de Cristos sin que ningún avión ni ninguna ametralladora los persiga, un día de estos me ordenan

–Túmbate ahí

en una playa sin pájaros, tal vez barracas con sábanas tendidas en las cuerdas, una línea de jaras y yo delante de las olas que se amontonan sin retroceder y se quedan por allí con sus algas y sus palitos, tal vez un ahogado, es decir yo ahogado, yo un cadáver de gaviota, aunque los pájaros no tengan espesor, y una mancha de sol removiéndolo todo

(¿a quién le importo?)

hace muchos años le regalé a mi hija un avestruz de plástico, se tiraba de la palanca de la cola, las portezuelas de la barriga se abrían y soltaba un bolindre, intentaba adivinar qué saldría del bolindre cuando madurase, una avestruz pequeñita, un segundo bolindre, un ruidito microscópico

–Enséñamela

que tardó en recordar, encogido bajo la negra vieja en esta playa frente a Lisboa donde la mancha de sol se apagará y un discurso en las hierbas, creo que mi hija espera algo de mí por el modo como se aleja del lugar donde estoy, con movimientos bruscos de canario que se cambia de posadero, el corazón con más prisa que cualquier reloj donde el tiempo es una angustia veloz y sin fin, arrastrándome hacia donde están mis padres, mi abuelo, casi toda la gente que conocí y se mueve en los charcos del pasado, por ejemplo mi mujer sonriendo no a mí, no me sonríe a mí, a alguien que no veo o prefiero no ver, querría que me gustase, madame, y no puedo, soy negro, mi hija preguntando cuál de nosotros habla ahora, existo en su cabeza para que pueda existir, ella y las caracolas de Moçâmedes, orejas transparentes que escuchan, mi mujer echando de menos la fábrica, la modista, la oficina, la pensión donde dormía y los hombres inclinados sobre ella con caras donde cabía entera, echaba de menos el olor de los blancos, tan diferente al mío, que la marea, mi hija sigue en Luanda, junto con los muertos que se hacen líquidos en la calle, ahí vuelve la furgoneta del régulo, ahí vuelven los presos de Quibala amortajados en las fosas y yo buscando a los que me expulsaron de la iglesia y encontrándolos uno a uno, llamaba a su puerta a

–Las seis las seis

volvía a llamar, esperaba, a veces un niño y yo

–¿Su padre?

a veces una empleada negra y yo

–¿Tu patrón?

y susurros dentro, una tardanza en que se agitaban objetos, se oían pequeñas caídas, alborotos amortiguados, un pijama con los botones mal abrochados y pelos despeinados que pestañeaban en la luz tardando en reconocerme, abriendo al azar cajas de recuerdos llenos de episodios en desorden, un triciclo, la víspera de la boda, la enfermedad del padre, de nuevo el triciclo pero torcido, desprovisto de sillín, reconociéndome al fin sin la seguridad de que me reconocían, arriesgando un presentimiento, como en el colegio, y a propósito de colegio la regla inmensa de la profesora

–Responde el número quince

recuerdos que se enmarañaban cambiando de sitio, los blancos, inseguros

–¿El hijastro del régulo?

yo benévolo como doña Gracinda, con el crucifijo al cuello, cuyo hijo pilotaba aviones, la esposa rubia del procurador dejó al marido por él y el marido ni pío, admiramos al hijo, del brazo de la esposa del procurador, pasmados, yo, tal como doña Gracinda, ayudándolos

–¿Se acuerda del cura?

dedos apartando pelo

–¿Qué padre?

detrás de los dedos retratos, muebles y cortinas volviendo lentamente al día, de vez en cuando no la esposa rubia del procurador, una mujer gorda, fea, comparada con la otra todas las mujeres gordas y feas, pestañeando mechones en el pasillo sin luz

–¿Qué pasa?

alfombras, jarrones, los primeros sonidos de la cocina que es por donde empieza el mundo, no empezó con la separación de las aguas, empezó con un fuego de gas que calentaba cazos, sábanas que se alejan, cuerpos con los que se viste la gente, medio persona medio sueño, y el medio persona gaseosa, cuál de nosotros habla ahora, hijita, me ha salido hijita por casualidad, no era mi intención ofenderte, perdona, tal vez yo, tal vez tú, tal vez los tres al mismo tiempo o nadie porque no tenemos parientes o conocidos que nos visiten, cada uno de nosotros, incluso juntos, en un sitio diferente aunque el perfume de los cedros en el cementerio judío respire a nuestro lado, los blancos repitiendo

–El cura

mientras el piloto se les esfumaba de la memoria, antes de subir al aparato se ponía un casco de terciopelo y la esposa del procurador a la que él, con bufanda, saludaba con el guante, con su vestido a rayas y manos unidas

–Qué guapo

una lágrima de orgullo cambiando de pestaña y el escote hinchando volúmenes que los mareaban

–Qué guapo

a lo mejor el episodio más importante que contenía el cofre de la nostalgia, aún tan claro, vaya, la esposa rubia del procurador

–¿El cura?

empujándome sin compasión hacia la zona del triciclo y de un balón de fútbol que reventó y ya no me interesa, se le daba una patada y tropezaba un metro, aplastada, incapaz de llegar a la portería, acabé regalándosela a un negro que la aceptó como un tesoro, les gustan las porquerías, los tontos, doña Gracinda enganchaba el mango del bastón en la tabla de la mesa

–Niños

y nosotros callados por ser madre de nuestro ídolo que gesticulaba al pasar cerca del jardín del procurador, agitando copas y descubriendo el porche, la esposa equilibrando el peinado que el viento de la hélice sacudía en una tempestad viril

–Qué guapo

depositando besos en la palma abierta y lanzándolos al avión que se alejaba mareando al barrio y levantando las piedras de la acera y nosotros con la esperanza de coger a uno de ellos, rojo de carmín, incandescente, ligero, siempre hay besos que se pierden y por tanto los alumnos, cada cual en su dirección, buscando, sigo encontrándome, hoy que todos fallecieron hace siglos, rastreando un beso, mi mujer, que casi no se pinta y cuyo escote no se amplía nunca, mustia

–Pareces tonto

con la falta de elegancia que me envenena los días, se queja del hígado, de los huesos y de la cabeza pero nunca enferma, el doctor, quitándose el estetoscopio, informa con satisfacción

–Nos entierra a todos

y yo odiándolos a ambos, nunca fue rubia, nunca fue delgada, nunca fue resultona, ningún vestido a rayas, cosas anchas que cuelgan y ahí está ese negro tímido, abotonado, ridículo, con dos negros andrajosos detrás, uno de ellos con una cicatriz desde la ceja hasta la mejilla y el otro con la mitad de la cara quemada y un cigarro maleducado en los dientes, qué se espera, con los brazos a la espalda y cualquier cosa en las manos, el primer negro, el ridículo

–Yo era el cura ¿se acuerda?

mientras el automóvil del tratante de ganado, más caro que el mío, giraba reluciendo pintura nueva, un automóvil con cuatro años como mínimo y aspecto de recién comprado, dejando un rastro de humo que nos va a envenenar a todos, ojalá mi mujer lo respire aunque estoy seguro de que si le pusiera la boca en el tubo de escape se levantaría con mejor salud, el estafermo, por mí se la daba ya al negro, horizontal de paciencia, sin estirarme los dedos para no quedarse con ellos colgando, balanceándose en la manga, el negro con buenos modales

–Yo era el cura ¿se acuerda?

como si

–Yo era el cura ¿se acuerda?

una cuestión importante, qué es un cura si lo comparamos con la esposa rubia del procurador, del brazo con un casco por la calle, años después, ya crecido, yo a doña Gracinda conducido por el bastón camino de la carnicería, el mismo que todas las mañanas enganchaba por la empuñadura en la mesa

–¿Qué le parecía la esposa del procurador doña Gracinda?

y doña Gracinda no una respuesta, un garabato con la puntera

–¿Ya se te han desenredado los ríos en la cabeza?

que era su forma de evitar el asunto, el negro tímido, abotonado, ridículo

–Yo era el cura ¿se acuerda?

y sin embargo, a pesar de los buenos modales, el sujeto me inquietaba, un no sé qué que asomaba en los ojos, retrocedía se acercaba de nuevo, no diré insolencia ni desafío, una lucecita que no intentaba ocultar ni exhibir, no servil, sereno, no humillándose, normal, mi mujer más cerca, sin entender la independencia de los mechones

–¿Qué pasa?

probablemente la única frase de la que es capaz en esta vida, los payasos que acompañaban al cura, y nunca vi por aquí, monos del norte, creo yo, más pequeños, más débiles, la misma lucecita retrocediendo y acercándose de nuevo el no sé qué que me inquietaba aumentando

–¿Qué buscan estos?

la esposa del procurador, que se había marchado con el avión, acabó volviendo en la camioneta pero abatida, gastada, sin pelo rubio ni besos, las manos unidas y el

–Qué guapo

perdidos, e incluso así, al escuchar un aeroplano, temblaba de esperanza, el marido que la había aceptado por limosna

–Para dentro ya

levantando el índice, antes sin ninguna autoridad, con una vehemencia terrible, metió a una putita de dieciséis años en casa y era con la putita con quien paseaba los domingos avisando en el café

–Tengo a esta guarra en el cuarto del fondo por limosna

la putita con un vestido a rayas, no la esposa que hacía la comida y planchaba para ellos, dicen que el hijo de doña Gracinda, gordo, ensanchándose en el sofá de una terraza, sin bufanda ni casco ni guantes, los gestos lanzados desde el aire con un estruendo de motor, se casó con la sobrina de un abogado en Benguela, le costaba respirar, ensartaba el cuenco de la palma en el pecho, sacaba el corazón estudiando el mecanismo

–¿Creen que hace gárgaras?

y lo colocaba con cuidado en la suavidad de los pulmones, el doctor

–Una de las ruedas dentadas se torció con estas gotas puede ser que se enderece

y doña Gracinda un garabato con la puntera, interesándose por los clientes de la carnicería

–¿Ya se te han desenredado los ríos en la cabeza?

de camino a casa con una pierna compasiva protegiendo a la otra porque nacieron en épocas diferentes y la más vieja necesitada de consuelo, en esto me vino a la cabeza que hace unos diez años un cura negro de hecho, llegamos a la iglesia y, en lugar del monseñor Osório, un negro encaramado en el altar, discurseándonos en su lengua equivocada y nosotros arrodillados delante de él recibiendo la comunión de una pata oscura que profanaba la hostia, si Dios es blanco, cómo hay quien no lo sepa, viene su retrato sobre la nube, en la portada del catecismo, cómo se puede aceptar que un negro, en la confesión, oiga pecados que no le corresponden, mande penitencias, bendiga a los difuntos y qué hacer sino echarlo con una patada que es el idioma que conocen, si intentamos explicar lo que quiera que sea se me alargan con venias

–Sí sí

y no corrigen un pito, mientras que con el dolor algo de lo que les enseñamos les queda, basta pensar en las mulas, que tras un latigazo en el momento oportuno nos entienden, no hay mejor maestro que el miedo, es un hecho que todos aceptan, lo que me molestaba de este negro era el no sé qué en los ojos que me despertaba no exactamente miedo, una antena de alerta que iba de él a sus compañeros, el de la cicatriz y el de la cara quemada con el cigarro en los dientes faltándome el respeto, los brazos detrás de la espalda con algo en las manos de modo que dijo

–¿Eras tú el cura?

pensando en la escopeta demasiado lejos, contra la pared de la oficina, le había echado aceite en la víspera y le metí dos balas en la recámara para tranquilizar a mi mujer, no yo que no necesito tranquilidad, soy imperturbable, mi mujer

–¿No hay peligro de que ese chisme se dispare?

mirando el arma sin atreverse a acercarse lo que solo prueba que tranquila, reaccionan al contrario de lo que sienten, tienen hilos desconectados, es su naturaleza, igualitas a los negros, tardan tiempo en educarse y a propósito de negros el tímido, el abotonado, el ridículo

–El cura era yo

con una vocecita mansa que me tocó timbres y me atormentó el estómago que hasta ahora, afortunadamente, no me ha engañado nunca, el estómago sugiriendo a través de una punzada, una acidez

–Pídeles un minuto y ve a buscar la escopeta

esto a

–Las seis las seis

de la ligera neblina, con las plantas del arriate en desacuerdo con el estómago, serenas, quietas, nada de punzadas o acidez, engañándome como me engaña todo fuera de mí, personas, animales, periódicos, soy un crédulo, no exactamente estúpido pero crédulo, aunque mi mujer se incline por estúpido

–En tu lugar sería rica

ella que no conseguía enredar, cuanto más desenredar, los ríos en la cabeza, y el negro tímido, abotonado, ridículo, pidiendo con delicadeza

–Póngase a gatas señor

no en el porche, abajo, en la tierra, yo a gatas en la tierra por orden de un negro, el de la cicatriz se quitó las manos de la espalda y un cuchillo con él, el del cigarro una pistola mientras cerraban la puerta hasta el chasquido del pestillo y las macetas en los escalones crecieron ayudándome a distinguir florecillas que hasta entonces no había visto e insectos del tipo de saltamontes, pero no saltamontes, posados en los tallos, cómo se modifica el mundo cuando arrimamos la nariz, la agitación de insignificancias que creíamos inertes, el frenesí de vida, el del cigarro me empujó escaleras abajo, cuál de nosotros habla ahora, no con violencia, simpático, mi madre, mi padre, que ni yo admitiría de otro modo

–El comisario ha dicho a gatas señor

yo con cincuenta y nueve años, he echado mal las cuentas, doña Gracinda, perdone, yo con sesenta y un años, díganme cuál de nosotros habla ahora, a gatas en los arriates, chocando con el patinete de mi hijo pequeño, un mongoloide mentecato, los tres al mismo tiempo o nadie, con el primer acné de la barba, o de prácticas reprobables, ardiendo en las mejillas, y por culpa del acné, no sé si contagioso, le prohibió besarme, solo le interesan los sellos, por favor aclárenme cuál de nosotros habla ahora, que encaja en un álbum, encerrado en la habitación ocupándose de ellos o de las tales prácticas malsanas, al espiar por la ventana solo lo encontraba de pecho para arriba, con una lupa en la mano izquierda y la derecha libre, o sea probablemente los sellos y las prácticas malsanas al mismo tiempo, el tiñoso, si hay algo que yo no tolere, o mejor, si hay cosas que no tolero son el disimulo y el pecado, el negro del cuchillo

–Muévase más deprisa señor

y las aristas de la gravilla dañándome las rodillas y agujereándome la piel, sentí un clavo, o lo que me pareció un clavo, rasgando la tela, además cara, del pijama, no seda pero parecido, una sustancia blanda que me provocó un escalofrío, tal vez un sapo o las heces de la perra que se descuida en todos lados en los momentos que le quedan de masticar el felpudo, indiferente a las personas y protegida por mi mujer que la heredó de una tía de quien no heredó nada más salvo ese trasto ambulante, que defiende creyendo defender a la familia, trasto que por la pinta que tiene nos va a sobrevivir a todos, el negro del cuchillo me entusiasmó las nalgas con el pie descalzo

–He dicho que se mueva más deprisa señor

y me muevo más deprisa con otro pie en la espalda y otro pie en la columna, el del cigarro me aplastó el ombligo contra las ramitas

–Ahora arrastrándose

y las aristas en el pecho, en el ombligo, en los muslos, mi mujer mirándome, en bata, por un hueco de la cortina y mi hijo pequeño, el de los sellos y las prácticas, surgiendo del costado con un asombro que me pareció sospechoso, lo pagará más tarde, una pizca de alegría

(¿quién dijo

–Alegría alegría?)

por llamarle imbécil a cada rato y corregirle los modales a la mesa con una palmada pedagógica en la nuca, al contrario que doña Gracinda que no nos pegaba en el colegio, nos miraba con compasión

–Qué lío esos ríos

yo arrastrándome a

–Las seis las seis

y una campanilla tocando en una zona de helechos, yo hacia el portón que el negro tímido, abotonado, ridículo, abrió con la misma precaución con la que había cerrado la puerta, como si un gesto más brusco pudiera romperlo

–Haga el favor de arrastrase por la calle señor

no enfadado conmigo, casi amigable, tierno, inclinado sobre mí en un susurro cómplice

–Recuerda haberme pegado ¿verdad señor?

haberme pegado, haberme roto la sotana, haberme abofeteado, señor, el señor y los demás, señor, con los que ya he hablado, solo me faltaba venir aquí, imagínese, el negro del cuchillo me abrió la chaqueta del pijama, cortó el elástico de los pantalones, me pasó la navaja desde los tobillos hasta la cintura y yo desnudo, el pie insistiendo en las nalgas

–Arrástrese como debe ser no se quede ahí parado señor

y ya ni tierra ni arriates, alquitrán, goma de neumáticos, polvareda, la claridad de

–Las seis las seis

encendiendo una de las aceras, lo más alto de las viviendas, la cumbre de los árboles, encendiéndome a mí a quien el negro tímido, abotonado, ridículo, aprobaba

–Muy bien señor

a medida que yo, con la esposa del procurador en la cabeza, me acercaba a un beso.

12

Y si todo fuese mentira, lo que contaba mentira, lo que fingía no sentir mentira, lo que el director de la Clínica llamaba su enfermedad mentira, no había bocas, ni hojas, ni voces hablando, ni Luanda, ni Moçâmedes, ni Lisboa, ni el padre buscando papeles porque quitando la mesa, la cama y la estera en que la acostaban no había muebles, no charlaba con nadie, a lo mejor no la veía tal como ella no lo veía porque no lo miraba, algo en el padre, anterior a las palabras, pidiendo

–No me vean

y de hecho no lo veían, como mucho un sombrero aplastado que olía más al padre que todo el resto del padre y debajo del sombrero, o entre el sombrero y las botas, ni cara ni cuerpo, cómo me llamo, quiénes son ustedes ahí, alguien vendrá con nosotros, a informarnos

–Vámonos todos

y vámonos adónde, qué es dónde, dónde está dónde, qué otros sitios conocemos más allá de estos edificios, de estas calles, de estas plazoletas, del Tajo, por fin, en que termina la vida, he decidido que este libro va a acabar dentro de poco, qué falta por escribir, nunca tuve un hombre salvo aquel que me encontré una vez en las escaleras y en lo alto la claraboya con marcos de hierro, rojos de óxido, con señales de palomas, a veces se siente a una dando vueltas por los cristales a los que se pegan plumas que disuelve la lluvia, no un vecino dado que conozco a los vecinos, es decir no los conozco, sé quiénes son y basta, el anciano del andador que tarda siglos en levantarse escalón a escalón, primero las cuatro gomas y después el armazón metálico transportando los pies muertos en zapatos todavía más muertos, la mujer que insulta al marido en una tempestad de loza donde los trozos se transforman en platos y bandejas, no al revés, tras la tempestad de loza pasos que retroceden chocando con los marcos de las puertas, en los pasos codos protegiéndola

–¿Qué es eso Fernando?

caídas, despeñar de sillas y en el vacío tras las caídas y las sillas un gemido

–Perdón

el cochecito del bebé con una pareja invisible detrás, solo culo y una molla de la cintura, se interpreta que una pareja puesto que dos angustias asomadas entre colgantes con sonajeros, la pareja con miedo a una tragedia

–¿Crees que respira?

y yo preguntándome cuál de ellos va a contarle a los negros de Angola que vivimos aquí, el andador, la loza, el cochecito, al hombre que tuve me lo encontré en el descansillo leyendo los contadores del agua en el instante en que una nube sobre la claraboya del techo, una sombra anulando los vestigios de las palomas y el óxido de los marcos, los sonidos del taller seguían en la manzana de al lado y no tiros porque no tiros en Lisboa, bandazos de tranvías, después de la nube en la claraboya una segunda nube, más pequeña, que lanzó los marcos contra nosotros, un hombre de la edad del mío, un hombre de la edad de mi padre aunque blanco, claro, no me acuerdo de lo que pasó después, me acuerdo de que el hombre se guardó el bloc y el bolígrafo en el bolsillo y de un anillo con una piedra roja, la claraboya libre de nubes, del vacío tras las caídas y del gemido

–Perdón

de las cabezas, asomadas sobre mí, de la pareja invisible

–¿Crees que respira?

la mía, mi madre despiojándome las arrugas de la falda

–¿Ha pasado algo?

y yo quieta entre el aparador y el sofá, no sentía nada, no me apetecía nada, si tuviese un abuelo

–Chica

y no lo tengo, tengo pasto, aldeas, un presagio de mar, el de la bahía de Luanda que gracias a Dios no me abandona, ganas de pedirle a mi madre

–¿No hay unas perdices para prestarme?

para no oír dentro de mí lo que soy incapaz de decir, perdices cayendo entre los matorrales y cuellos sin fuerza que se cuelgan del cinturón, el andador tirando del anciano

–Vamos

y los zapatos muertos en los escalones, no sabía que se podía morir entre las rodillas y los pies y el resto todavía vivo, se le notaba el esfuerzo en la frente, eran las cejas las que tiraban del cuerpo, usa las cejas para llevarte a tu habitación, Cristina, afortunadamente las bocas de las hojas no

–Ay Cristina

calladas, la rodilla de mi madre escalones igualmente pero era ella la que los hacía, el mío, mi padre sin prestarme atención y sin embargo, estoy segura, no estoy segura, creo que entendiendo pero entendiendo el qué si el barullo de las perdices lo cubre todo, sigo viva, tranquilícese, sigo aquí, el hombre bajando las escaleras nervioso

–Ha sido usted no yo casi no la he tocado se lo juro

y por tanto usted con el señor Figueiredo solo eso, madre, una zona de nosotros queda dividida al medio y después pasa, para qué

–Cariñito

para qué

–Enséñamela

y agobios, arrepentimientos, lágrimas, en el cementerio judío por la noche un olor dulce, no imaginaba que los olores tuviesen ecos y los tienen, ahí están a mi alrededor, si cojo una sopera o un cazo soy solo la sopera o el cazo, Cristina no existe, hay frases que empiezan a aparecer, convirtiendo lo que digo en evidente, pero cuando voy a escribirlas desaparecen, traigo noticias incompletas, no toda la verdad, la ambulancia que no deja de arder o la chica cantando, los helechos del seminario me persiguen, el director de la Clínica escuchándolos

–No podemos dejar que se vaya así

el enfermero

–¿Cómo se te ha ocurrido esa historia del hombre?

y yo en un cuarto con una cama y un armario metálico, un patio con plátanos y un gato acicalándose con la lengua, yo en Benguela tras la independencia, con todos los trenes del mundo en la estación, criaturas que bailaban, tambores, mi madre sin dejar que me levantara

–Tienes fiebre

y por culpa de la fiebre la seguridad de que mi cuerpo se había deformado, miembros larguísimos, el tronco demasiado corto, un corazón minúsculo renunciando entre tropezones, encontrando la cadencia, perdiéndola de nuevo y un despertador enorme del que distinguía cada tornillo, cada ruedecilla, cada muelle, mientras que mis tornillos, mis ruedecillas y mis muelles ahogados en un limo de tos, recuerdo a una mujer abrazada a un retrato ante un ataúd abierto, esto en Moçâmedes y mi madre dándole unas flores en silencio, ni consuelo ni abrazos, dándole flores en silencio, recuerdo que me daban pastillas y que el ruido del despertador hacía las voces inútiles, la fiebre olas ácidas que me mareaban, recuerdo pedir

–No dejen que me caiga

y la mezcla de sueño y lucidez alternándose en mí, incluyendo en ella los trenes, los tambores y las criaturas que bailaban, sentía el trayecto de las pastillas, en el tubo que era yo, hasta desaparecer por la zona del ombligo, el tío de mi madre pasó meses paralítico, llamando a la abuela de mi madre

–Te estoy viendo Natércia

aunque apuntando con la nariz al sitio equivocado, donde la pared necesitaba un arreglo, por la noche se escuchaba la protesta de las tejas siempre que un mochuelo paseaba sobre ellas, ya nacen con las gafas dentro de los ojos, esos, no necesitan lentes, comen orugas, sombras, serpientes, se comen mis dedos, anidan en agujeros cómo me apetece a veces, cójanme con más fuerza, no me dejen caer, en aquella época las hojas todavía no bocas ni voces en mi cabeza, mi padre

–No es mi hija

y en cuanto mi padre

–No es mi hija

un objeto se desprendió de una estantería y escuché, en el asentimiento de mi madre, un tren que pitaba, ahuyentaban a los blancos hacia Luanda y gente vagando al azar por el monte, sin atinar con la carretera, cargando fardos y bolsas, los civiles de la aviación de Cassanje, que nos bombardearon en el algodón, sin poder salir, los juntamos en un compartimento del muelle

–Espere en esa sala señor que se va en el próximo barco

y de la sala a las fincas en una camioneta de militares, mi padre

–No es mi hija

y nunca me importó, me dio el dedo para que se lo cogiera, me regaló el avestruz, lo imaginaba sonriendo cuando me encontraba de espaldas, eso se nota en la columna, no es necesario verlo, no me era indiferente, me era indiferente, lo acepto, para no cansaros más, qué no me era, no lo digo, lo digo, no lo digo, esto penoso, no digo que me era indiferente y el director de la Clínica

–A pesar de todo hay algunos afectos mantenidos

nos llevaron, en una camioneta militar, de vuelta a Cassanje, afectos mantenidos y él ayudándome

cogiendo el bolindre, me lo ofrecía en la palma rosa y del otro lado negra, es mi padre, soy mestiza, yo a mi madre

–Soy mestiza

mi padre tranquilizando a los pilotos

–Falta poco señores

cuando algunos puentes con grietas se arreglaban con tablas y el despertador enorme

–No me dejen caer

mi padre, no mi madre, mi madre

–Si es mujer le pones Cristina

sin preocuparse por mí, el algodón no maduro, cerrado en las corolas y erizado con pinchos, se escuchaban las raíces, se escuchaban los tallos, un sujeto distraído esparció halcones por el aire, algunas casas intactas, con caras de piedra caliza, mandadas desde Portugal, en las columnas de los pórticos, negros que venían a esperar a la explanada ayudados por muletas, casi nada de mandioca y las cantinas vacías, mi padre sin poner la rampa para que saliesen los aviadores

–Tengan la gentileza de bajar señores

y ellos cayéndose y quedándose en el suelo, antes de conseguir levantarse, probando cada hueso, intentando un pasito con cojera, algunos a mi padre

–¿Cuánto dinero quieres?

o

–¿Te gusta mi pulsera te gusta mi anillo?

no en el brazo o en el dedo, en la palma

–¿Te gusta mi anillo?

mi padre

–Agradecido señores

y entregando las pulseras y los anillos a los militares, sin contar las llaves que tal vez abriesen el espacio y abierto el espacio qué se encuentra después, carteras donde más dinero, retratos, papeles, la primera mancha negra de lluvia, el primer relámpago, pájaros a ras de las corolas que se les veía la lengua, una ametralladora en una colina, una ametralladora en la explanada y los soldados, sin prisa, encajando las cintas, todo amable, sereno, excepto un blanco que empezó a llorar, por qué llorar, señor, si de momento no ha pasado nada malo, preparamos las armas y eso es todo, conviene tener las armas ajustadas, verdad, por favor no se asuste, cálmese, no solo los aviones de acá para allá en el centro de Cassanje, mi tío bajando, con una flojera de tejido, de la percha de los hombros que tardaron en caer después de él y una vieja, tendida sobre mí sangrando, que se volvió más pesada cuando la cabeza se apoyó en mi nuca, su pulgar un gusano que se encogió y se detuvo, mi padre a mi madre

–Es mi hija

y si me hablan del señor Figueiredo, lo que pedía aplaudiendo

–Alegría alegría

no me molesta, me llamo Cristina porque mi padre, me llamo Cristina y listo, una tercera ametralladora, que tardó en afinar, en el ángulo de un hormiguero, la humedad de la lluvia todavía ausente, solo el escalofrío en el pasto, relámpagos que no se oían, se evaporaban a lo lejos, mi padre a los pilotos, con pena de no poder darle una gabardina a cada uno

–Bueno ahí están los aviones de vuelta empiecen a correr señores

y si todo fuese mentira, lo que cuento mentira, lo que finjo no sentir mentira, lo que el director de la Clínica llama mi enfermedad mentira, quién soy yo, quiénes son ustedes, alguien vendrá hasta nosotros

–Vámonos ya

y vámonos ya, qué alivio, pero adónde, qué es dónde, dónde está dónde, qué otros lugares conocemos más allá de estos edificios, de estas calles, de estas tiendas, más allá de las ventanas opacas, donde todo termina, es decir donde decidí que termina este libro y la ametralladora en el ángulo del hormiguero empezó a sonar, después la de la explanada, después la de la colina, los aviadores corrían por las líneas de algodón y lo que yo veía era un andador con las patas de goma que se levantaba, escalón a escalón, llevando a un anciano, una mujer insultando al marido en una tempestad de loza en que los trozos se transformaban en platos y bandejas, no al revés, tras la tempestad de loza pasos que retrocedían chocando con los marcos de las puertas, en los pasos codos protegiéndola

–¿Qué es eso Fernando?

caídas, despeñar de sillas y en el vacío tras las caídas y el despeñar de sillas un gemido

–Perdón

lo que yo veía, en lugar de ráfagas, era un cochecito de bebé con una pareja invisible detrás, asomado adentro entre colgantes con sonajeros y la pareja preguntándose en un susurro de tragedia

–¿Crees que respira?

y creo que respira, no se muere, qué tontería morirse, los blancos de los aviones pintados con pintura roja, pero vivos, mientras los negros les quitaban la ropa, la lluvia se paró y los pájaros de vuelta, pesados por el agua, lentos, si mi padre

–Tengan la gentileza de levantarse

ellos otra vez de pie, algo oscuros por el barro, con dificultad para despertar, masajeando la espalda pero otra vez de pie, pensando y si todo fuese mentira, estoy en mi casa, estoy vivo, no me manden a Lisboa mendigando un pasaje, en medio de negros que me roban en el aeropuerto o en el muelle, tengo un hijo mulato, tengo dos hijos mulatos que no me tratan por

–Padre

me tratan por

–Señor

y no trato por nada, trabajan para mí y aunque los vea no los veo, cuando uno de ellos, no estoy seguro de si el primero o el segundo, murió de fiebres, el año pasado, no mandé un cordero a su madre para la fiesta del óbito, reparé en los timbales y mi mujer observándome, no se atrevió a preguntar

–¿Vas a verlo?

levanté el mentón y ella

–Disculpa

en el interior del croché, inundando el mundo de tapetes y pensando en Lamego donde los abuelos agonizaron de hambre masticando aceitunas de granito con un becerro que les daba calor en invierno, en el piso de abajo, rodeado de heces y cebada y moscardones, si volviera a casa más tapetes en el aparador y en el respaldo del sofá, los pilotos felices

–Alegría alegría

saludando a los soldados

–Lo de Cassanje fue hace ya tantos años amigos ¿quién se acuerda?

o del avión que se estrelló contra un tronco y no dejaba de arder, debe de haber ardido durante siglos y a pesar de cenizas llamaradas en las cenizas, una de las alas se soltó de la cabina para consumirse sola, si la esposa del procurador soñase una lágrima que se cambia de pestaña sin quedarse quieta nunca, parecida a un dedito en una escala de piano, ahora esta tecla, ahora aquella, cada vez más aguda

–Dios mío

y los ríos enredados, en su cabeza, en un nudo que no desataba ni doña Gracinda, de qué sirven los nombres de los ríos, doña Gracinda, qué hago con ellos, desemboca en Vila Nova de Mil Fontes, desemboca en Caminha, vine aquí de pequeño, si no tuviera Angola, y ya no tengo Angola, no tengo tierra, a veces una carta de Portugal y qué se responde a los extraños

–Ha muerto tu madrina

pero qué madrina, me acuerdo de una criatura tirando del cubo del pozo, no me acuerdo de sus rasgos ni de la voz, como no me acuerdo de mi madre

–Señora

que perdí igualmente, llegué aquí a los diez años con el hijastro del sacristán a quien recomendaron

–Si es necesario le pega

para trabajar en la finca de un pariente lejano que al contrario que el hijastro del sacristán

–Si es necesario le pega

y no lo hizo, me pegaba sin que se lo hubiesen recomendado, burlándose de mí

–No tienes ni cuerpo chico

hasta que a los dieciséis años, antes de que cogiera un bastón, lo tronché con la azada y él, en vez de enfadarse, me sonreía desde el suelo

–Parece que ya eres un hombre

él al capataz

–No lo toquen

por un extremo de la boca, se calló satisfecho

–Ya no me necesitas

le limpié la sangre del cuello, ayudé en el funeral y me casé con la hija, seguro que él contento

–Métemela en vereda chaval

y la hija ni pío, guisos de cordero y tapetes, de vez en cuando mi suegro en confidencia

–Átala en corto hijo mío

y fue la primera vez que una persona, muerta o viva, me trato por

–Hijo mío

me enseñó lo que sé, a meter a la mujer en vereda, a atarla en corto, a plantar algodón, a tener hijos mulatos sin preocuparme de ellos

–Con la negra de la madre ya tienen bastante no les des confianza

y no les di confianza ni creí en las personas, creo en el viento de las ramas y en las nubes del este, creo en el sacho, mi suegro

–Cree solo en el sacho porque solo el sacho te sirve

y es verdad, solo me sirve el sacho, el sacho, la escopeta y una moza de ocho años que me encontré en septiembre y metí en la cocina, cuando una cosa que no entiendo, y no es el corazón, empieza a doler sin motivo, aviso a mi mujer

–Te quedas ahí quietecita

subo con la moza, me acuesto y palabra de honor que mejoro, digo

–Siéntate en la colcha

y solo con verla mejoro, digo

–Sácame la carreta del burro

y ella, aunque sin entenderlo, la saca, digo

–Echa el cubo al pozo

y que me quede ciego si el cubo no desaparece allá abajo y yo contento, no necesito que se tumbe conmigo, me basta saber que la moza allí y mejoro, mi suegro

–Esto a veces duele hijo mío

y no sé bien a qué se refiere pero le aseguro que duele, una idea de pinares, una idea de nieve y además sucia, la nieve está siempre sucia, y nostalgia de la nieve, yo agradecido al negro que me trajo a Cassanje

–Me hiciste un favor

y doña Gracinda, que aprendió el mundo entero empezando por los ríos, levantando un poquito el bastón, que era su forma de estar de acuerdo con nosotros, de manera que me siento en paz, doña Gracinda, y ahora, después de muerto, tengo que visitar Caminha y ver desde una roca cómo se confunden las aguas, las olas abajo y las gaviotas conmigo, cuénteme más sobre los ríos, también viajan en carguero a los diez años, trabajan en las fincas, comen aceitunas de granito con un becerro que les da calor, rodeado de heces y cebada y moscardones, mi suegro no responde a esto, se recoge a pensar porque siento su índice en el bolsillo del chaleco que fue siempre señal de razonamiento, la uña contra la finca, raspando, raspando, mi padre subió a la camioneta con los soldados, las ametralladoras desmontadas en las cajas, los negros, curvados bajo la lluvia, en un temporal de algodón, tallos y madejas grises que desaparecían en la tierra, si se acabó la mandioca cómanse el algodón, cómanse los bichos de los senderos, cómanse a ustedes mismos y adiós, no se imaginan cuánto de mí me he ido comiendo hasta hoy, tiros, campanillas, mañanas penosas a

–Las seis las seis

en las que el inicio de una luz cruel se junta a la vara del prefecto

–Pellejos

el claustro acercándose y el horror de la capilla, los curas cantaban en el interior de mi vientre, removiendo recuerdos que prefería olvidar, no me dan pena los blancos del algodón, los presos en la Comisión de las Lágrimas ni los que corren por Luanda en dirección a las chabolas, tal vez, no me siento seguro, tal vez mi hija y el señor Figueiredo

–Si es mujer le pones Cristina

tal vez mi hija Cristina que habla de nosotros, mi padre subió a la camioneta con los soldados y sigue escribiendo, ten paciencia, como yo sigo volviendo a Luanda equivocándome, volviendo atrás, empezando de nuevo, hasta que por fin las cataratas, la carretera, otras camionetas de soldados, barreras donde nos firmaban papeles poniéndoles encima un sello sin tinta, bendecido por la continencia de un teniente con galones clavados, alfileres de señora, en una camisa civil y después, pasado mucho tiempo, automóviles sin motor ni puertas, los primeros barrios de chabolas, las primeras calles, el cambio de tonalidad del aire al acercarse a la bahía, algunos difuntos, claro, y en mis ojos todavía Cassanje, algodón que los parásitos impiden que crezca y el deseo de que todo fuera mentira y no es mentira, el director de la Clínica

–No crean a su hija

el director de la Clínica

–Imaginan los pobres

imaginan a doña Gracinda colando el té de la tetera con un colador, cogiendo, con la cuchara, trozos de hojas en la taza y poniéndolos en el plato justo en el borde, si las hojas no se despegaban usaba la uña del meñique, doña Gracinda a quien, a su vez, los ríos empezaban a enredársele en la cabeza, tuve un periquito llamado Nelson, no tuve un periquito llamado Nelson, tengo que buscar en medio de los tratos a ver si una jaula y si la encuentro qué prueba la jaula, prueba que una jaula en medio de los trastos y eso es todo, no prueba que un pájaro y mucho menos que Nelson, en todo caso el nombre Nelson despierta, aunque pálida y remota, una chispa en mí, mi marido Arménio, mi hijo Herculano, no tuve novios, tal vez Jorge, puede ser, no, qué significan dos citas y un beso en la oreja, alumnos Nelson tampoco, ríos de nombre Nelson no conozco ninguno ni aquí ni en el extranjero, a lo mejor me he hecho viejo, mi madre le enseñó una jaula de alambre a mi padre, con un pájaro azul y amarillo andando de lado en el posadero, las patas demasiado grandes para el volumen del cuerpo

–Me han mandado esto de regalo ¿qué nombre se le da?

mi padre a vueltas con los papeles y el algodón de Cassanje acribillado por las ametralladoras mientras los blancos intentaban correr tropezando en raíces, manchas de lluvia y las desigualdades de la tierra pero ninguna cicatriz de bomba ni el cadáver del tío que se deslizó de la percha de las clavículas y por tanto todo mentira, algo en mi padre pidiendo

–No me vean

a cuántas personas mató, padre, y quién lo matará un día cada vez más cercano cuya mañana está llegando, idéntica a las demás por fuera pero que sabemos

–Es esta

porque en el interior el olor de las jaras hasta la franja de una playa cualquiera, casi nada de arena, algas translúcidas que se enrollan en los pies, me pregunto si en el centro de Cassanje algas que también se enrollan dado que los aviadores no conseguían andar, se arrodillaban intentando librarse de ellas, caían de bruces, se levantaban, mi madre

–Si nadie dice cómo prefiere se queda Nelson

y doña Gracinda, aliviada

–Ahí está

satisfecha consigo misma

–Todavía no he envejecido

buscando una puntita o un nudo por los que desenredar los ríos, el Sado desemboca en Setúbal, aquí tenemos un principio, vamos a empezar por Setúbal pero qué es el Sado y qué es Setúbal en África, conocen la miseria, el hambre y artistas con lentejuelas y plumas levantando el tobillo en sótanos de mala muerte, señores Figueiredos aplaudiendo en los ensayos

–Alegría alegría

cuando en sus caras ninguna alegría, cómo pago esta letra, cómo satisfago esta deuda, una de las artistas embarazada que no me sirve para nada, va a tener una hija blanca y el negro con el que se casó aceptándolo, qué remedio, lo aceptan todo, sonríen agradecidos, obedecen y de repente, quién me cuenta lo que pasa, tres ametralladoras en el algodón en Cassanje y los blancos a su vez

–Señor

luchando con las algas en medio de la finca, mira nosotros de rodillas, sin tampoco quejarnos, mira nosotros

–Siempre me cayeron bien

la catana en mi cuello junto a la cancela con solo una bisagra que no abría ni cerraba, se limitaba a estar, las otras bisagras se soltaron o las devoró el óxido, todo es devorado en África, nada dura, mira Simone señalando un periquito, con una de las garras rota, y doña Gracinda palito y cordeles

–Vamos a ver si tiene arreglo

mi madre

–Si nadie dice cómo prefiere

y nadie decía cómo prefiere, qué prefieren los negros

–Si nadie dice cómo prefiere se queda Nelson

una copa con agua, una copa con garbanzos, doña Gracinda renunciando a los ríos

–No soy capaz

con el apoyo del bastón en el sofá, rodeada de objetos de los que olvidó el origen y retratos de personas de familia convertidos en extraños, conjeturando

–Debe de ser mi marido debe de ser mi hijo

y ni marido ni hijo, el marido más achaparrado, el hijo más fuerte, quién ha puesto a estos, que no me pertenecen, ahí, en qué casa estoy, dónde estará la cocina, dónde estará mi habitación y al entrar en la habitación a quién me encuentro, tal vez a mí, como era hace veinte años, expulsándome

–Se ha equivocado de piso tía

qué le pasó a Nelson, pero sería Nelson, el animal, que se me evaporó de la memoria, conservo un trozo de Caldas de São Jorge, anterior a África, que se resume en un resto de calle y una celosía desierta y qué sé yo si fueron mías, una voz pausada que anuncia

–El cuadrado de la hipotenusa es igual a la suma de los cuadrados de los catetos el cateto A, el cateto B y la hipotenusa C, dibujados en un margen del periódico, esto no en el colegio, en casa, creo que debido a que la palabra hipotenusa y la palabra cateto le agradaban como a mí la palabra Nelson, nosotros a la mesa y mi viejo, con respeto, sacando la servilleta de la argolla

–El cuadrado de la hipotenusa vaya expresión

a medida que una segunda cinta en la ametralladora de la explanada y el trípode saltando con la cadencia de las balas, cuando huimos el periquito se quedó en Luanda, no con una copa con agua y una copa con garbanzos, una taza y una jarra para que, suponía mi madre, durase más tiempo, aunque su abuelo, si lo cazase con habilidad, lo clavaría en la brocheta, doña Gracinda acabó el té, dejó la bandeja en la mesita junto al sillón, al coger el apoyo del bastón el bastón se calló y cómo hago ahora, probó con la zapatilla y el bastón más lejos, tuvo miedo de perder el equilibrio al inclinarse hacia delante, quiso levantarse pero ni las piernas ni los brazos le respondían, pensó en deslizarse por los cojines y los cojines la retenían, decidió ir a gatas pero cómo si el suelo tan lejos, el bastón, inalcanzable, como mucho a un metro, la celosía de Caldas de São Jorge iba y venía en la memoria, en una de las venidas trajo un San António de azulejo que olvidó en la venida siguiente, qué ha sido del San António, Virgen María, quedaba la voz del padre, redonda, enorme

–El cuadrado de la hipotenusa vaya expresión

arrastrando gravemente la servilleta en las rodillas

–Ha habido grandes hombres ¿lo sabías?

mientras doña Gracinda, quieta en el sofá, se conformaba

–Me quedo aquí qué remedio

concluía

–Me quedo aquí para siempre

de modo que la encontrarían mañana, la semana que viene, dentro de un mes, qué sé yo, derecha en su asiento, a vueltas con los ríos.

13

Cuando tomo las medicinas desaparecen las voces, sustituidas por un vacío donde navegan escombros que cuando creo cogerlos se me escapan, rostros de paso, pero de qué criaturas, hablando de mí y apuntándome con el mentón, por qué me conocen, cómo me conocen, dónde los he visto antes, algunos

–La hija de Alice

no la hija de Simone, la hija de Alice aunque nadie sepa que mi madre Alice en Angola, Alice muerta más el abuelo y la aldea, ni un peñasco de muestra o un becerro que perdió la cuerda al resbalarse en un callejón y al final el

–Alice

imaginación mía, díganme otro nombre que me ayude a encontrar el significado del vacío, medicinas de nuevo

–Las que se ha tomado no son suficientes

y menos rostros, menos atención hacia mí, menos criaturas

–Alice

un techo con bombillas apagadas, a mi izquierda la persiana bajada, la sospecha de que me remeten las sábanas

–Venga que se ha dormido

y se alejan por el pasillo donde insiste un teléfono, todo tan diferente de Angola, tan extraño, el hombre que contaba el agua en el descansillo del edificio al principio

–¿Qué es esto?

y después la ropa que se abre y las facciones torcidas en una sorpresa esférica, yo a él, o mi padre a él, en un ruido de helechos, no de los arrullos de las palomas en la claraboya ni de las manivelas oxidadas de las nubes

–Enséñamela

en el instante en que la noche da lugar a una cosa que de momento no es día, ni madrugada con su garantía de luz, ni los armarios cambiados en el dormitorio, cómo hacen mientras dormimos, sin tiempo para ocupar disimuladamente el sitio que les dieron, por lo que se refiere al hombre puedo jurar que no se siente sea lo que sea más allá de huesos que se apartan y se juntan de nuevo, ojos mortecinos en una cara sin vida y después los ojos solo pánico bajando la escalera, la puerta de la calle cerrándose deprisa, pasos que corren sin entender que corren, corriendo más al entender que corren y al correr más se pierden

–¿Dónde estoy ahora?

y después silencio nadie ha estado en el edificio y no es mentira, es verdad, nadie ha estado en el edificio, yo preguntando, los helechos callados, y las plumas de las palomas empañando los cristales

–¿Qué ha pasado exactamente?

es decir restos de helechos pero lentos, sin fuerza, que no tienen que ver conmigo, durante el día, en el seminario, ni rastro de ellos, señores, el enfermero soltándome

–Se ha dormido

y me despierto no en la Clínica, con pastillas, horarios y las visitas de los demás que me observan y miden, mi padre casi nunca, mi madre los domingos

–¿Cómo estás Cristina?

sin más palabras que

–¿Cómo estás Cristina?

porque se acabaron las palabras, no hay, adónde habrán ido las palabras, el director las escondió en el cajón junto con la grapadora, mi madre, sin acordarse de mí, examinando la rodilla y la rodilla

–¿Crees que voy a morir?

porque cada trocito nuestro egoísta, miedoso, los que ya murieron deseándose vivos

–Mira cómo me muevo

y éramos nosotros los que los movíamos, ilusionándolos, tan fáciles de convencer

–Te mueves como antes te lo aseguro

ellos demostrándose unos a otros

–Cristina tiene razón me muevo como antes

los ojos de mi madre también muertos, si el señor Figueiredo se la encontrase no respondería a su saludo, se encogería

–¿Perdón?

hojeando lo sucedido pasando de página sin darse cuenta

–¿Perdón?

se acabó la felicidad, se acabó la alegría, queda una pregunta

–¿Perdón?

que no se aguanta en los labios, va cayendo con el balanceo de las hojas que tardan en caer y además no caen, se posan, el señor Figueiredo levantaba el sombrero en un saludo vago sin ningún

–¿Perdón?

en él, tal vez un gramófono en un sótano, tal vez una cortina pero que no se abría para mi mujer hoy día y por tanto

–¿Perdón?

cortesías de difunto ocultando la envidia de los vivos, sin preguntar a mi padre

–¿No puede nada por nosotros?

porque nosotros se acabó, la fábrica, la modista, la oficina donde dormían negros expulsados por los incendios de las chabolas, una niña, un anciano sin brazos

–Límpieme con su brazo señora

y nosotros sin atrevernos a tocarlo, después de las pastillas despertaba no en Lisboa, en Angola, con la ferocidad de los insectos y el olor de la tierra burbujeando sin necesitarnos, en qué momento acabó la Comisión de las Lágrimas, padre, y volvió a casa, cuando no había nadie más en África y la Prisión de São Paulo solamente ecos de ecos, mi madre

–¿Por qué tenemos que marcharnos?

sospechando que el abuelo no

–Chica

evitándola, nadie para recibirla salvo viudas de luto y una vaca llorando, arrastrando la panza por el suelo porque no le habían sacado la leche, Portugal vacas heridas en las calles y personas que se apartan de nosotros, un carguero de Senegal hacia Marruecos, el comandante negro contando los billetes, sin preocuparse por los papeles falsos y los sellos que no sostenían la tinta

–Tu mujer se queda conmigo

mi padre y yo en el compartimento de las máquinas y mi madre arriba, de vez en cuando el comandante la empujaba insultándola con la energía del vino, de vez en cuando la oía reírse como en tiempos del señor Figueiredo, delante del espejo detrás de botellas y vasos y propietarios de fincas que desaparecían en su vestido

–Muñeca

desaparecían por el escote y mi madre, de lentejuelas y plumas, fingiendo que no sentía las manos y escapando de un beso o si no eran las máquinas del barco, que nos movían las tripas, las que se reían de ella, recuerdo negros girando palancas y al piloto danés que me cerró una manzana en la palma, la guardé durante años envejeciendo en la despensa como envejecen las personas, es decir arrugas y manchas y no roja, marrón, y no marrón, negra, yo sin jardín donde enterrarla tirándola al cubo, me acuerdo de una vigía que la risa de mi madre ampliaba

–No admito tristezas

y de bolsas que se amontonaban a nuestros pies cuando subían las olas, del comandante abrazándola en Marruecos antes de entregárnosla

–Pueden llevársela

y de mi madre pellizcándole la oreja en un ligoteo que no le conocía

–Cariñito

de manera que ligue ahora si puede con la rodilla enferma, quitarle el bastón y ordenar

–Baile

mi madre apoyada en el fregadero

–Cristina

yo repitiendo

–Baile

y algo de agradecimiento en la indiferencia de mi padre, si una catana, una escopeta, un revólver ella de bruces en el linóleo y yo trepando a la camioneta de vuelta a Luanda, odio sus plumas, sus lentejuelas, su abuelo

–Chica

coja un cercado de perdices y piérdase en el cercado con Marilin y Bety, desaparezca en los arbustos, quédese por ahí piando, usted es mi padre, padre, entienda que no he tenido madre, he venido de usted, si es mujer le pones Cristina de modo que si le apetece cámbieme el nombre o quíteme este de blanca, por qué no puso a mi madre a bailar en la Prisión de São Paulo, por qué no la levantó para hacerla caer en el cemento del suelo, el director de la Clínica fuera de sí con la lentitud apresurada de los sapos, cada pata de fieltro desordenando papeles, cada ojo independiente del otro, hay personas así, hechas de fragmentos que no se ajustan

–¿Intentaste estrangular a tu madre con una cuerda?

no a mi madre, a Simone en el barco de Senegal y en la fotografía del cartel, ofreciéndoseme, en Marruecos otros papeles, otros sellos, el cónsul portugués, con una hélice rodando en el techo cambiando el calor de sitio, aceptando los diamantes

–Voy a fingir que creo que son auténticos

un mar de cartones aplastados y un viento con polvareda envolviéndonos en un remolino de miseria, todo tan lejos de Angola donde al menos se muere mientras que aquí solamente se adelgaza, un hombre con un ratón al hombro le soltaba un discurso a nadie y yo echando de menos Moçâmedes donde las caracolas cuentan las olas por nosotros, se llega pasados muchos años, nos las ponemos al oído, preguntamos

–¿Cuántas olas?

y ellas dicen bajito el número

–No se lo digas a nadie

con la seguridad de que doña Gracinda deshilando los ríos, durante años el avión del hijo no dejó de rodar sobre mi cabeza, saludando con un guante al pasar a mi lado, ayer, por ejemplo, noté el ruido del motor y él buscándome en el patio de la Clínica

–¿Qué ha sido de la hija del negro?

sin que lo escuchasen los enfermeros como no escucharon a mi padre entendiéndose con la policía de Luanda en el momento en que empezaron a vigilarnos la casa y a tirarnos piedras a los cristales, de momento no ametralladoras ni bazucas, el aviso de un lechón degollado en el jardín y el todoterreno del ejército ausente, fotografías de interrogados en la Comisión de las Lágrimas clavadas en palos, las últimas granadas se llevaron a los últimos presos y nosotros sin nadie al otro lado de la mesa conspirando contra nosotros, decidimos interrogar a los escoltas y al final interrogarnos los unos a los otros, nos traicionaste en Cazombo, nos traicionaste en Cabinda, por qué asaltaste la radio, dónde compraste las armas, si el timbre de la puerta mi padre a nosotras

–No abráis

docenas de sombras en el muro, una niña de mi edad esperando en la puerta, no llamando, inmóvil entre los árboles, ofreciéndome la mitad de una muñeca y mi padre interponiéndose entre la muñeca y yo

–No te muevas

cuando la niña se marchó la muñeca apoyada en la valla con actitud colérica, mi padre la enterró sin ayuda de mi madre

–¿No te da miedo coger eso?

acompañada por un surtidor de plumas y una cresta de gallo, casi nadie corría por las chabolas, casi ningún tiro salvo algún que otro revólver por la noche pero siempre hay revólveres por la noche y tras los revólveres gente mirándose con un asombro satisfecho

–Estoy vivo

me acuerdo de un macho cabrío trotando por la avenida con un badajo anunciando

–Las seis las seis

un cura me abofeteó al equivocarme con el latín

–Negro idiota

la vara del prefecto

–¿No has oído las seis?

el compartimento de los castigos, sin un banco

–Pide perdón a Dios porque lo has ofendido

por sacar un huevo del gallinero, en el cementerio los huesos de los misioneros llegaron a la superficie con ansias de volver, en África todo sube de la tierra para buscarnos, soy tu tatarabuelo, tu prima de Quanta, el cuñado de tu tía, fallecí una semana antes de que tú nacieras, alguien tiene una pipa para dejarme y seguro que la muñeca en la misma valla hoy día, con su único ojo que me persigue hasta aquí, cuántos quedaron en la Comisión de las Lágrimas tras juzgarnos mutuamente, cerraron la Prisión de São Paulo y quién vive allí, las bocas de las hojas volvieron a empezar a hablar, mi madre al director de la Clínica

–No fue así

mientras las bocas de las hojas cada cual con su historia y solo las caracolas de Moçâmedes de acuerdo conmigo, lo que me interesa, desde que llegamos de África, es la muerte de mi padre y por tanto diga a la gente no importa el qué, señora, cargue con su rodilla por la casa que no me encuentra nunca, el Tajo llegará a los marcos cuando suba la marea y las navajas de los peces nos pincharán, nos pincharán, mi madre al director de la Clínica

–Después de escuchar tantas tonterías ¿la cree?

y una jeringa venida de no sé dónde viajando hasta mí

–Tranquilita

sin que mi padre lo impidiese, explíqueles cómo llegamos a Lisboa, señor, oyó al comandante negro

–Tu mujer se queda conmigo

no lo oyó, recuerdo sus vómitos, y el aceite, y los fardos, los graznidos de los pájaros alrededor del navío que parecía desplazarse sobre piedra triturada, qué es capaz de hacer una niña de cinco o seis años que no entiende el mundo, al menos ustedes, los negros, no se preocupan de la gente, si todo lo que muere vuelve aquí arriba con un vigor nuevo, gesticulando y torciéndose, para qué preocuparse, verdad, en la Comisión de las Lágrimas hubo un mulato que respondía a las preguntas bailando, mirándoos, hasta que un soldado le rompió el tendón del tobillo para obligarlo a sentarse y el mulato a usted

–Tú no sirves

de modo que el segundo tendón, los tendones de las muñecas, los tendones de las rodillas, el mulato deslizándose de la silla

–No sirves

a pesar del esfuerzo de las nalgas, una corbata como el señor, un trajecito, pero la corbata y el trajecito rotos, una cartílago a la vista y el cuerpo que seguía bailando, o sea temblando hacia la derecha y hacia la izquierda a lo mejor debido a los dolores, a lo mejor debido a la

–Alegría alegría

se puede cortar una cara con una cuchilla y todos los nervios al aire, grasa más clara, grasa más oscura, coágulos morados y los coágulos

–No sirves

había combatido a los portugueses en el este y perdido dos dedos desmontando una mina, se los guardó en el bolsillo por si se terminaba la mandioca, los ofreció a su alrededor

–¿Quieren?

y se los comió cuando se perdieron en Lucusse junto a un puente minado, fue su sangre de negro, no la de blanco, que se entretuvo chupando las falanges, al llevarlo a la Prisión de São Paulo la corbatita se le torció y a medida que se lo llevaban arrastrando el mulato a ustedes

–Nos vemos cualquier día

un día que casi llega al llegar aquí, el Tajo alcanzará los marcos cuando suba la marea, mire las navajas de los peces en nuestras vísceras, agujereando, agujereando, mire los motores de los navíos sobre nuestras cabezas, en las calles de Luanda las patrullas de la tropa con las luces apagadas, cuando tomo las medicinas desaparecen las voces, sustituidas por una angustia en la que flotan episodios que cuando creo cogerlos se me escapan, rostros del pasado pero de qué criaturas, hablando sobre mí apuntándome con el mentón, por qué me conocen, cómo me conocen, dónde los he visto antes, me da la impresión de que ellos

–La hija de Alice

no la hija de Simone, la hija de Alice aunque nadie sepa que mi madre Alice en Angola, si preguntan a las compañeras de la fábrica, de la modista, de la oficina

–¿Alice?

una pausa de extrañeza

–¿Cómo?

aunque cada una de ellas un cercado de perdices y una aldea sin nombre, viñas esqueléticas, frutales diminutos, campesinos siguiendo el desorden de las golondrinas en una tarde sin fin, no se meten en la brocheta por pertenecer a Dios, hacen nidos de barro, se alimentan de barro, traen barro en el pico y sin embargo pertenecen a Dios y si pertenecen a Dios qué Dios es este, confiesen, en enero el viento modifica el granito, los parientes, al contrario que África, sin volver a la superficie, se hunden en las tinieblas, retratos de los que solo se veían las manchas, un águila en un olivo, con grandes manos hinchadas, hambrienta de conejos en su tranquilidad malvada, qué quería que fuese su vida, madre, cuando era pequeña la mujer de su tío se ahorcó en un barrote y su tío

–¿Y esta?

sin sacarse los puños de los bolsillos que es un modo de diluir la desgracia, un capitán visitó a mi padre

–Ten cuidado

los zuecos de la mujer de mi tío colgando uno al lado del otro, no se veía el resto del cuerpo, y mi tío tocándolos con la punta del dedo

–¿Y esta?

un pollo aleteó de forma intermitente dándole en el mentón, el capitán

–Márchense

se posó en una tabla juntando las plumas de alrededor, si fuese hembra y adulta no existiría ningún gallo para saltarle encima en un salto instantáneo y renunciando enfadado, el último desapareció en un caldo cuando el abuelo de mi madre enfermó del riñón flotante, el señor Figueiredo usaba una boquilla brillante y un sombrero cuya ala le anulaba la nariz, el ala se entretuvo estudiando a mi madre

–Si querías ser artista has venido al mejor sitio

es decir un sótano en un callejón lejos de la bahía, en una manzana de edificios antiguos invadida por los negros, un agujero de paredes sin pintura disimuladas con espejos, en el guardarropa una dama con gafas benevolentes, probablemente la esposa del señor Figueiredo, y una puerta cerrada proclamando Gerencia, detrás de la puerta seguro que una escoba en un hueco y el señor Figueiredo sin quitarse el sombrero, con la ceniza de la boquilla reproduciéndosele en el pecho, sacó un papel de un cajón

–¿Al menos sabes leer?

mi madre con miedo a firmar, el capitán

–Márchense rápido

penando en cada letra porque la punta huía, no hay nada más difícil de sostener que un bolígrafo, se alteran, se envuelven en la mano, se escapan, se cree que ligeros y pesadísimos, se cree que pesadísimos y saltan, en lugar de una curva se dirigen de repente, y nosotros detrás, al final de la línea, el capitán

–La Comisión de las Lágrimas nunca ha existido ¿entiendes?

ni Quibala, ni fosas, ni el Ejército pegando tiros, el señor Figueiredo arrebañando el papel

–¿No fuiste a la escuela?

no fue a la escuela pero le enseñaron a dibujar su apellido y su nombre, no se acordaba de su tía, se acordaba de los zuecos, de su tío

–Adelaide

y ninguna perdiz en el cercado, las matas tranquilas, solo una chica, la hija de la cuñada, descalza y con las uñas sucias y él sin acordarse de que la había mandado esperar entre los píos y las hojas, más píos que hojas o a lo mejor los píos hojas, arbustos hechos con gargantas de pájaros que ramifica la aurora, quién asegura que no somos árboles, no somos arroyos con voz, la de mi tío quebrándose

–Adelaide

porque un viento interior le sacudía el alma, al sepultarme se llevan un cerezo o un guijarro, no a mí, qué forma tendrá el corazón de las cosas, cada jarrón respira, cada mesita siente, le pareció injusto que los zuecos en el cementerio con el resto, qué estúpido juntar lo que está vivo y lo que está muerto en la misma caja en la tierra, al bajarla con cuerdas la voz, hasta entonces oculta, que vivía en la voz de él

–No

por desconocer las frases de lo demás que sentía, mi madre, desde el otro lado del hoyo, intentando encontrar ecos de perdices en el habla de los cipreses y solamente ramas, un gorrión en un cedro, una bomba de agua subiendo desde el interior de sí misma con un esfuerzo de tornillos que imploraban comprensión, no auxilio, lo que hacen los objetos para que les prestemos atención, la mujer del tío de mi madre lavando ropa y el director de la Clínica a mis padres

–Ya está mejor tranquilos

la mujer del tío de mi mujer vistiéndose, era zurda y para evaluar sus gestos era necesario un espejo, con el espejo delante ella igual que nosotras, sin espejo tan confusa como la parte escondida de la luna que ciertas noches nos revela bahías y lagos, caminos que deben de conducir a Dios, o sea un pabilo que se apaga en un hueco de la sierra, le echan más aceite y se despierta

–Creé el mundo hace tiempo

no le echan aceite y la oscuridad de los pinos sustituye al cielo y al infierno, los ángeles dejan de competir con los mochuelos cazando lagartijas, se cuelgan de un alero, el capitán a mi padre

–Están buscando a los demás

que se matan sin zuecos pero con un tiro en la nuca y una camioneta volcada en el río, los ojos de los cocodrilos lentos hasta que un remolino despedaza una camisa o un pedazo de pantalón y la Comisión de las Lágrimas desvaneciéndose en el fondo de arena, somos un país, no un sitio, ya no hay África, amigo, mi tío renunciando a la mujer y yo existiendo de nuevo, vuelven a aparecer los cercados, vuelven a aparecer las crías, huevitos moteados en una concavidad de los tallos

–Espérame allí

el pabilo de Dios en su círculo de corcho pero quemado, sin valor, el señor Figueiredo observando el desatino de las líneas

–Está más o menos déjalo

y tras las rayas un Alice esquemático o imagina que un Alice esquemático, quién viene a fastidiarnos en este rincón del mundo, una botella de cerveza o una mujer de vez en cuando y los negros de la Inspección se tranquilizan, cómo debo llamarte

–Si es mujer le pones Simone

perdón

–Si es mujer le pones Cristina

te llamas Simone, me ha venido ahora sin esperarlo, qué tal, Simone como las francesas ricas él que no había conocido ni una francesa en la vida pero está el cine, están las revistas, quién no ha oído hablar de París, una torre con miles de cabarets alrededor, dónde encontró los zuecos la mujer de mi tío yo que siempre la había visto con botas y un pañuelo en la cabeza del que salían unos mechones, cada cual con su forma de ser y su propio proyecto, su padre murió con un rastrillo en el pecho y la madre se marchó con el propietario del rastrillo a otros peñascos, me aseguraron que los jabalíes, en aquel tiempo, trotaban por las cuevas, mira esos dientes ahí abajo y las pupilas enfadadas, el capitán a mi marido

–Más de la mitad de la Comisión de las Lágrimas ha desaparecido amigo

no solo en la camioneta del río, uno de cabeza en la pila de lavar la ropa y la lengua flotando como un pañuelo de despedida, hay quien ve en la mandíbula soltando burbujitas

–Apiádense de mí

y nosotros distraídos de las peticiones de las burbujas, otro un clavo en medio de la frente, explicando

–No ha sido nadie

otro de bruces intentando conservar la propia sombra en las palmas, la sombra se hacía más pequeña y él

–Ya ni sombra tengo

las compañeras de mi madre

–Al menos no te sientas en la cuneta

sonriendo a los tractores donde negros con pantalones cortos con miedo a acercarse y a que nos viese un blanco, tan inesperados, los negros, conocemos las reacciones de los perros, no conocemos las suyas, de qué raza son, no son personas, no son animales, quien los entienda que lo diga y nadie mueve un dedo, hay quien cree que sí y duda y lo deja, sentarme en la cuneta y volver a Luanda en una furgoneta con un problema en la cadera, la carretera repleta de mochuelos aplastados, las plumas llenas de sangre, mientras la ciudad, vamos a llamarle ciudad aunque no sea ciudad, ciudad es Bragança o Viseu, filarmónica, coro y cieguitos abanicándose con el periódico tomando el fresco en la plazoleta, mientras la ciudad coronada de tejados y luces que temblaban hirviendo

–Márchense rápido

al quitarse el sombrero el señor Figueiredo una arruga en la frente y la cara indefensa

–No hagan nada por favor

las comisuras de los labios levantándose solas recomendando alegría alegría él que no tenía ninguna, si lo cogiésemos en el regazo se dormiría apoyado en el pecho

–Cariñitos

después de los zuecos de la mujer de mi tío me pasaba que me despertaba en la oscuridad con su llanto, no quejas, no lágrimas, los remos de los hombros moviendo el silencio, lo sentía abriendo un grifo o hablando con alguien, como sentía el limonero del jardín con lamentos de barco y por la mañana el tronco en el mismo sitio, qué extraño, yo que lo imaginaba camino del pueblo, a lo mejor se arrepintió y ha vuelto, mi tío terminaba durmiéndose en el umbral con un suspiro lento, su sorpresa al despertarse por la mañana

–Mira sigo

y claro que sigue, señor, todos seguimos, fíjese en los difuntos que nos escoltan, somos cientos lo ve, no nos faltan ni los que emigraron a Luxemburgo, mirando asombrados estos esbozos de coles y estas piedras oscuras

–¿Vinimos de aquí?

y ahí estoy yo volviendo hasta ustedes en una furgoneta con un problema en la cadera que tuvo compasión de mí, me acuerdo del comerciante anciano desentendiéndose del volante, lleno de manos que fallaban

–¿De dónde eres chica?

quería desembarcar en Portugal para morir debajo de las mimosas, emocionado con los cucos

–Los cucos no me sueltan

hinchándose de emoción con la idea de los pájaros

–Lo que daría por estar allí ni que fuese un minuto

un minuto bajo los cucos en los árboles escuchándolos cantar, una de las manos subió hasta el mentón, aguantó un minuto el espejismo, bajó, desanimada

–Al contrario que los demás pájaros los cucos no paran

llega la media noche y empiezan en coro alrededor de la casa, pensamos que en este tronco y corremos hacia este tronco, pensamos que en aquel y corremos hacia aquel, no nos damos cuenta de que no hay tronco sin cucos, niña, ni siquiera se callan por Navidad, no es solo en primavera o verano, cuando el calor suaviza las gargantas, es todo el año, sabía, noviembre y cucos, diciembre y cucos, enero y cucos, mi padre

–No los caces ¿entendido?

y no los cacé nunca, hasta el final me llevaba un trípode al jardín y cerraba los ojos con las palmas en las rodillas de los pantalones, el viejo, si la madrastra lo llamaba

–Estoy con los cucos desaparece

y mi madrastra

–No se cansa de esos bichos

como no me canso de su recuerdo, hay quien prefiere jilgueros e interrumpo enseguida la conversación, qué jilgueros, cállate, algún ave se compara con los cucos para endulzarnos, cuando a mi padre se le endureció el oído reveló a mis hermanos

–Solo me dan pena los cucos

y nosotros de acuerdo

–Tiene razón señor

y tenía razón, el granuja, ochenta y tres años y razón, es necesario cabeza, mi madre entre dos sacudidas de neumáticos

–¿Cuánto daría ahora por oír los cucos?

y las cejas del comerciante anciano incrédulas por una felicidad así, observando un trípode vacío en un jardín y docenas de troncos que cantaban para él, el comerciante anciano intentando limitarse, sin conseguirlo, a una sola palabra, una única palabra que contuviese todo, el padre, la madrastra, los hermanos, una nuera soñolienta, los melocotoneros que preparaban las flores con una delicadeza afectada, esto en África

–Márchense rápido

mi marido quemando papeles, mi hija hablando mal de nosotros, los negros cada vez más cerca, una escopeta, una catana, una pistola y la rodilla que me duele, el blanco se apartó de un perro, Luanda muy cerca, y su voz en un secreto, no alto, no con fuerza, en un secreto para que ni él mismo lo oyese

–Daría la vida entera niña.

14

Acepté venir a Lisboa para proteger a mi hija que no es mi hija y a mi mujer que nunca fue mi mujer, una blanca no puede ser mujer de un negro ni aunque jure que sí y esta nunca juró que sí, una blanca siempre mujer de un blanco, mi mujer mujer del blanco que la mandaba bailar y la vendía a los otros blancos en la fábrica, en la modista, en la oficina, dormía a mi lado y eso era todo, a ella, como a todas las blancas, la mareaba mi olor, en una punta de la cama, no tocaba mi almohada, no tocaba mi ropa, intentaba no tocar nada que me perteneciese y, si tenía que tocarlo, la nariz con los agujeritos minúsculos

–¿Por qué le doy asco madame?

ella casi apretando los agujeritos con dos dedos y quitando los dedos al comprender que me daba cuenta

–No me das asco

pero se apartaba al pasar, no lavaba mis cubiertos ni mi plato, se quedaba mirando los restos del pollo

–Qué dientes tenéis qué envidia

mirándome la boca, asombrada

–Me han contando que se los limpian con un palito

acurrucados en el cuarto de baño, no de pie como nosotros, se miran al espejo, se ríen contentos de que otra persona en el cristal

–Soy dos

quién repite los gestos de quién por encima del lavabo, aquel allí o yo, estuvo en el seminario donde debería haberse convertido en persona pero volvió igual y no volví igual, dejé de creer en Dios al encontrarlo, y después sus mujeres con los niños a la espalda, y después los hijos que ni lloran ni se alegran, nos miran sin mirar o si no nos miran demasiado ensartándonos en ellos, queremos ser nosotros y no somos capaces, encerrados en el interior de los negros, acepté venir a Portugal con la idea de protegerlas a las dos, no a mí, qué más me da morir en África o en Lisboa aunque eche de menos los mangos, en Marimba, por ejemplo, una pequeña colina en el centro de Cassanje, una hilera, enorme, entre la Administración y el puesto médico, jamás vi tanta cantidad de noche en un árbol como en los mangos al sol, el cuartel de los portugueses, en el polvorín del cuartel todavía media docena de granadas, en la Administración un negro solo que seguía escribiendo lo que nadie leería

–¿Qué estás escribiendo?

y él señalando la línea con la uña

–El inventario señor antes de marcharme

es decir la silla en la que se sentaba y la mesa donde apoyaba el cuaderno porque nada más en la casa, recuerdo un carnero, a la entrada del cuartel, que dormía de pie, y sillones hechos con tablas de barril caídas por la lluvia pero lo que mejor recuerdo son los mangos y los frutos brotando en noviembre, la barca para atravesar el río tirando de cuerdas, viejos a los que los años dejaban las manos inútiles

–¿Qué se hace con los dedos?

veo que encogen y se enderezan, el resto lo he perdido, qué más me da morir en África o en Lisboa si no fuera por los mangos, el negro terminó de escribir, cerró el libro, lo colocó en el centro de la mesa, cogió la chaqueta de un clavo, cerró la puerta con llave, se guardó la llave en el bolsillo, bajó las escaleras entreteniéndose en colocar una maceta fuera de sitio, dijo

–Buenas tardes señores míos todo ha quedado en orden

y empezó a andar por la senda, no por el medio, por el borde, apartando el pasto, hacia Malanje, si se encontraba con un charco lo rodeaba arremangándose los pantalones, si un agujero de una mina se detenía a observarlo y lo pasaba de un salto y me pregunto cuántas semanas empleó en llegar a la ciudad, a lo mejor media docena de paredes oscurecidas por la pólvora en medio de ruinas y él sacando una corbata del bolsillo del chaleco, orgulloso de que por fin todo en orden, cuántas veces, en Lisboa, donde los arbustos no arden, arde por ellos la rodilla de mi mujer, cuando aumenta la hinchazón de la pierna y mi mujer pensando, alarmada, que el señor Figueiredo la despide, me vienen los mangos a la cabeza, no la Comisión de las Lágrimas ni la gente que corre entre gritos, los mangos de Marimba y el negro inventariando el mundo para dejarlo en condiciones, qué más me da morir en África o en Lisboa

–Márchense rápido

cuando la luz y el ruido oprimen por dentro y el tiempo un único día perpetuo, incluso antes de los tiros mi cuerpo rasgado, es decir yo fuera de mi cuerpo viéndolo caer por una rendija entre la consciencia y la nada, las olas, en la playa al sur del Tajo, se alejaban en silencio y además no olas, recuerdos difusos que en simultáneo me pertenecían y no tenían que ver conmigo, mi dedo apretado en la mano de mi hija que se abría lentamente, consintiendo que me alejase, no más grande que una pajita en el reflejo del agua, mi mujer a un lugar sin color que suponía que era yo

–¿Has oído alguna vez cantar a los cucos?

pájaros vulgares por los que un comerciante anciano cambiaría la vida entera, mientras me acompañasen los mangos no me sentiría infeliz a pesar del capitán

–Márchense

estuvimos juntos en Bié con una salamandra en la habitación y al cogerla helada, uno de los dientes que envidiaba mi mujer, allá atrás, dolía, probé con el dedo y un martillo abrió de golpe los huesos de la cabeza en un relámpago que me cegó, los negros aguantan el dolor, no se quejan, recuerdo una broca destruyendo molares sanos con un zumbido tan agudo que se me escapaba el sonido, un portugués con la cara hinchada por las culatas

–Todo esto me lo van a pagar

el consejero del Presidente disculpándose ante la señora de la embajada

–¿Quién le ha hecho daño a un amigo?

y mis compañeros ensanchando los brazos

–Ya nos llegó así

no oiré cantar a los cucos, cómo serán los cucos, mira los halcones cerniéndose sobre un polluelo y alzándose de nuevo, el consejero del Presidente

–Hay que tener cuidado con los blancos

y yo cuidado con mi mujer blanca, se quedó conmigo para no morirse de hambre en las chabolas o con una navaja en el costado, si se la hubiese llevado el propietario de alguna finca dónde viviría, cuánto tiempo hace que la mano de mi hija no me coge el dedo, el director de la Clínica

–Según avanza la enfermedad no sé si los reconoce

y si nos reconoce no habla con nosotros, como mucho una palabra perdida cuyo sentido no entiendo, y apaga la luz o se reduce a un rincón escondida en los hombros, mi mujer

–Cristina

y sus ojos lejos, el director de la Clínica a mi mujer

–Su hija ya no puede hacerle daño a nadie va perdiendo la inteligencia poco a poco

y yo con unos restos de mangos en el alma, deseando volver a las calles mutiladas de Luanda, al polvo de la tierra roja, al ímpetu de las plantas, a los insectos cepillándose las alas en un tallo, mi padre sentía el maíz sin verlo como vivíamos juntos sin vernos, no me acuerdo de la barraca, me acuerdo de las venas de las manos, tan quietas que me preguntaba si él vivo hasta darme cuenta de que el anular y el meñique temblaban, no se notaba si respiraba o no, si pensaba o no, para él las cosas no existían, en la Comisión de las Lágrimas no me preocupaba la muerte, medía la sombra de las nubes cuando la tierra se elevaba hacia la oscuridad, mi madre

–Tu padre ha muerto

aunque el anular y el meñique siguiesen temblando, lo tumbaron con la ropa que llevaba y el gorro que nunca lo vi sin él, hicieron un agujero, en el que se agitaban grillos, más allá de los cultivos, y un instante después mi madre tendiendo sábanas, esto antes o después de los aviones en Cassanje, no sé, sé que las voces no paran, cinco o seis al mismo tiempo, de mujeres, de hombres, también de extranjeros, yo

–¿Qué significa eso?

y ellos, llenos de sílabas, seguían hablando, ellos con radios, con armas, explicándonos, o sea uno que hablaba portugués explicándonos, ignoro si existimos o si existe Angola, si lo que he dicho de mi padre pasó en realidad, si estuve en Jamba cuando al, cuando matamos al, cuando matamos al hombre, dos israelitas con nosotros, un americano y los grillos sin descanso en los cuerpos de los muertos, rayas azules en mapas, rayas verdes, aldeas casi intactas, banderas con un gallo negro en el tejado de una balconada colonial, con sillones caídos y botellas vacías por los escalones, una pista de aviación que el pasto empezaba a esconder, retratos del hombre, con una boina roja, que la lluvia iba haciendo desmayarse, cajas de conservas francesas, una lámpara, en una choza enorme, encendiéndonos brillos, una mezcla de miseria y lujo y yo con ganas de pedir a los grillos, no a esos que se arrastran, a otros más grandes, con antenas

–No le hagan daño a mi padre

las radios de los extranjeros también antenas y mi madre calculando el sentido de las nubes, casi carreteras, no senderos, los senderos después, donde camionetas sin motor, todoterrenos quemados, un automóvil, como la bandera del gallo, al que le arrancaron los neumáticos, un general y un coronel mirándonos desde el interior del automóvil en la paz estancada de cuando no les cierran los párpados y los mastican las hormigas, en Angola se mastica todo empezando por las personas, en Quibala los presos sacaban a los muertos y los roían, el zambo, en el escalón de la oficina, de acuerdo

–Tienen hambre

y de inmediato los helechos alrededor de mi padre

–Has pecado

huellas entre los matorrales, huellas en la arena, si encontramos el río antes que ellos repartimos armas también en la otra orilla, los soldados escupían en los retratos y pisaban el gallo, el general y el coronel empezaban a hincharse, ni una vena en las manos, padre, como las suyas, mi mujer encantada con la lámpara de techo, con las lágrimas tintineando

–¿Has visto?

y la luz descompuesta en mil colores como la claridad en las copas de los árboles, el señor Figueiredo ninguna lámpara, una bombilla en una trenza del techo, qué más me da morir en África o en Lisboa aunque eche de menos los mangos de Marimba, una hilera, quince o veinte, más de veinte, los he contado, veintitrés entre la Administración y el puesto médico que era una casita con el porche sobre pilares de ladrillo, no tengo tiempo de escribir sobre eso a no ser que la puerta abierta, una camilla de metal y un cubo, tal vez un mueble, no estoy segura, estoy segura, un mueble y en las baldas del mueble tijeras, qué rápidas las voces, espérenme, tijeras y pinzas, murciélagos piando con dientes de niño

–Qué dientes tenéis qué envidia

despiertos en los árboles, el negro de la Administración escribiendo esto conmigo

–¿Qué estás escribiendo?

y él señalando la línea con la punta

–El inventario señor antes de marcharme

repartimos armas en la otra orilla bajo el canto de los cucos y el comerciante anciano feliz, no fue necesario dar la vida entera, amigo, ahí tiene sus pájaros, uno de los extranjeros en la otra orilla con la tropa, calculando el lugar de las ametralladoras frente a una balsa pequeña, nunca encontré gallos negros en África, solo amarillos y sucios, apartando a las gallinas para picotear el suelo, nosotros a este lado en una especie de sen, me gustaría despedirme de los mangos, quedarme allí un ratito y ya está, en una especie de senda, encontramos un hilo para tropezarse en un claro del pasto, vimos el ingenio, una culebra se me agarró a la bota y solo la dejó al aplastarla con la culata, el rector del seminario

–¿El negro aprende algo?

mi madre me visitó una vez, no descalza, venga, con zapatos, un pañuelo en la cabeza, claro, pero con una especie de falda, o lo que pasaba por una falda, o lo que, a pesar de todo, los curas tomaban por falda, venga, venga, no esperaba eso de la negra, quién la enseñó a ser respetuosa, quién la enseñó a ser gente, en el fondo no tienen la culpa, nacieron así, con una pizca de suerte Dios, siempre tan raro, se despierta de buen humor y los atiende, debe de haber venido a pie más de un día y dormido en los matorrales o en un poblado al azar, sin estera ni jícara, solo el palo y la hierba, comiendo de un cesto en el interior de la falda, no la atendieron, me pidieron que fuera al portón y allí estaba ella sin mirarme, me miraba un cura detrás de mí, mi madre levantó el brazo en lo que no llegó a un gesto, un temblor con el meñique y el anular de mi abuelo, bajó el brazo y se marchó, torcida sobre sus zapatos, mientras yo no pensaba en ella, pensaba de dónde habría sacado los zapatos, imaginando que el jefe de puesto los habría olvidado al huir, en cuanto estuvo lejos de nosotros seguro que se los quitó o tal vez no se los quitó, no lo sé, en homenaje al seminario siguió con ellos hasta casa, qué tal los zapatos, señora, qué tal se siente tan chic, el cura detrás de mí

–¿Quién es?

llevando con él la grasa del refectorio y las mañanas de helechos

–Has pecado

yo sin volverme hacia el cura

–Una negra

viéndola de rodillas en el suelo de la cocina, y viéndola de nuevo, de rodillas, cerca del río, al colocar el trípode, el extranjero

–Tú más a la izquierda

yo más a la izquierda bajo el sonido de los cucos que el viento dispersaba, no

–Las seis las seis

las dos de la tarde, las once de la mañana, no interesa, ponemos el oído en tierra y escuchamos pasos lejanos, veinte personas, treinta, tal vez cincuenta, no voces, no

–¿Quién es?

pasos y yo con el brillo en la cabeza, aunque apagado iluminándome por entero, camas de verdad, muebles, fundas de almohadas caras y polvo, uniformes almidonados en una cómoda, fotografías del hombre dándole la mano a blancos, señalando un helicóptero, acariciando un cañón, en el palacio del Gobierno, en Luanda, o con mucha gente encorbatada alrededor de una mesa, el hombre, con nuestro Presidente, sonriendo, no la sonrisa de los blancos, la sonrisa de muchos

–Qué dientes tenéis qué envidia

de los negros, qué más me da morir en África o en Lisboa, para qué

–La Comisión de las Lágrimas se ha acabado

para qué

–Márchense rápido

según subía del río la neblina y los troncos menos claros, un animal a mi lado sin que me diera cuenta, al intentar verlo los restos de arbustos cada vez más lejos igual que Luanda lejos y mi mujer lejos, nosotros en la orilla del río o a un lado del sendero, lleno de cascos, garras y también huellas de botas, coge mi dedo solo por un instante, hija, ten paciencia, y el dedo solo, apoyado en el gatillo y solo, no ha habido un dedo tan solo como el mío aquel día, un terrón haciéndome daño en el ombligo, un insecto verde posado en el caño rascándose la cabeza con las patas de atrás, la atención que prestamos a las cosas cuando tenemos miedo, al propio cuerpo y a las cosas de alrededor, al terrón, al saltamontes y a una rayita de sangre de la maquinilla de afeitar en la mejilla del director de la Clínica, al jabón líquido del lavabo, una esfera de cristal donde se balancea una gota viscosa, un primer escolta del hombre que daba la mano a nuestro Presidente, ambos satisfechos en el marco, un segundo escolta más lento, no recuerdo a mi madre diciendo mi nombre, se limitaba a esperar que la siguiera y por cierto me pregunto si habré dicho

–Cristina

sin creer que haya dicho

–Cristina

o haya dicho

–Simone

mi hija que no es mi hija y mi mujer que nunca fue mi mujer, una blanca no puede ser mujer de un negro aunque jure que sí y esta nunca juró que sí, una blanca mujer de un blanco y esta mujer del blanco que la mandaba bailar y la vendía a los demás blancos de la fábrica, de la modista, de la oficina, dormía a mi lado y eso era todo, la mareaba mi olor, en una punta de la cama, no tocaba mi almohada, no tocaba mi ropa, no tocaba nada que me perteneciese o si tenía que tocarlo su nariz diferente, dos agujeritos minúsculos

–¿Por qué le doy asco madame?

un tercer escolta con una automática alemana no bajo el brazo, al hombro, con el caño hacia atrás y mi mujer

–No me das asco

apartando el cuerpo al pasar, tres escoltas más y el hombre en medio de ellos, más delgado que en los retratos, no con el uniforme almidonado, con camisa blanca sin algunos botones, cuánto tiempo hace que comían miel sacándola con el cuchillo, cuánto tiempo hace que animales, tallos, hojas, buscar una aldea para la noche, no encontrar la aldea, agruparse contra el frío como abejas, intentar la radio y silencio, es decir chasquidos y zumbidos y la seguridad de que estaban localizándolos porque un movimiento de reloj al fondo, mi madre tan ridícula con sus zapatos y yo al cura, avergonzada

–Una negra

entendiendo que mi mujer no tocase mi almohada ni mi ropa, que se apartara al pasar a mi lado y yo comiera en la otra punta de la mesa usando dedos que nadie apretaba, poner el índice en la otra mano y apretarlo yo, el único recuerdo que no me ha abandonado son los mangos, además del terror de que

–Las seis las seis

empezaba a dispararse al oír el silbato y no escuchaba el silbato, escuchaba cada raíz, cada matorral, el agua tras la forma de ranas construidas de barro, se coge un trozo gelatinoso de barro, de repente con ojos, más escoltas, uno de ellos cojo, con un trapo atado en la tibia, cuántos días para llegar a casa, madre, si es que llegó a casa y al llegar a casa puré de mandioca y la santa de barro, con los escoltas una mulata acompañada por un hurón que empezó a ponerse nervioso al ver quiénes estaban, el hombre se dio la vuelta y en el instante en el que se dio la vuelta una de las ametralladoras del otro lado del río trabajando antes del silbato, el extranjero que hablaba portugués

–Ningún tiro en la cara ningún tiro en la cara

mi escopeta se liberó de mí y disparó por su cuenta, si pudiese le regalaría la lámpara, madame, y no pude, supongo que se cayó poco a poco con el tiempo, los ganchitos de alambre, los colgantes, los reflejos dorados, el negro de la Administración metió el bolígrafo en el bolsillo y cerró el libro

–Ya está

los escoltas daban vueltas inquietos entre los propietarios de las fincas del café, con el señor Figueiredo al mando

–Alegría alegría

el extranjero que hablaba portugués

–Ningún tiro en el gramófono ningún tiro en el gramófono

mi mujer y la mulata, abrazadas por la cintura, con el tobillo levantado, agitando lentejuelas y plumas, un tiro en la grupa del hurón, un tiro en la cabeza y el animal, también bailando, probando un paso sin conseguir el paso, retratos del hombre, con el gallo negro en el pecho, en Lusaca, en Huambo, en Europa con blancos solemnes y sus dobles, deformados como las imágenes en los charcos, en tapas barnizadas de mesas, la mulata soltó a mi mujer

–Ningún tiro en la cara

y se arrodilló con actitud de rezar, uno de sus hombros desapareció, le tembló la barriga, el cura detrás de mí

–¿Quién es?

a medida que el hurón la miraba y dejó de mirarla y seguía observándola, o sea las pupilas se ausentaron permaneciendo allí, el negro de la Administración

–Con permiso

bajando las escaleras sin saludarnos, el director de la Clínica consultando una ficha

–Estupendo estupendo

con la sombra de los plátanos viajando por el

–Ningún tiro en la cara

hace un momento me he equivocado, no el negro de la Administración, la enfermera que entraba

–Con permiso

para buscar en los ficheros y la sombra de los plátanos en el

–Ningún tiro en la cara

también de ella, al cerrar la puerta, a la salida, sin saludarnos, el de la mulata en los cañizos y el señor Figueiredo riñendo, el hombre empezó a correr hacia mí al mismo tiempo que chillaban las radios y las voces de mi hija reprendiéndose las unas a las otras, cómo decirlo y tengo que decirlo

–Si es mujer le pones Cristina

voy a decirlo, el hombre hacia mí, no corriendo, incapaz de correr, hacia mí solamente, clavado pidiendo algo que no se entendía, con tanta voz en el

–Ay Cristina

refunfuñando, traía cinturones de tela de colores, pintura roja en el

–Ningún tiro en la cara

miel envuelta en hojas, una cantimplora que se soltó, no oigo bien, por qué motivo se marcharon, vuelvan, de la cadera, una cantimplora que se soltó de la cadera, el hombre no de bruces ni de espaldas, de lado, mitad en el agua y mitad en la hierba, con un codo atravesado en la frente, meditando, la mulata de bruces, el hurón de bruces

(¿he dicho que la mulata de bruces?)

quise bloquear la escopeta y no encontré el seguro, lo hizo por mí el extranjero

–Estos negros

mientras los soldados empujaban a los escoltas buscando amuletos, medallas, dinero, de pequeño me ataron una pata de halcón al cuello, recuerdo al régulo con un surtidor de plumas y a las mujeres abriendo a las chicas, en una choza apartada, con una espiga de maíz, recuerdo manchitas de sangre por el poblado, cortarme la piel del, cortarme con una cuchilla y echarme una pasta por encima, pusieron al hombre en una tarima, con la mirada turbia, coagulada en uno de los párpados, en la renuncia de las hojas si cesa el viento y en este momento las camionetas del Ayuntamiento pasando por la calle porque vibran las ventanas, mi mujer dándose pomada en la pierna inclinada en el sofá, en las lápidas del cementerio judío, con palomas en los alrededores y atravesado por gaviotas cuando cambia la marea, las llamaradas serenas que desprenden los finados, en las lápidas del seminario ninguna llamarada, jarritas de agua marrón a las que les faltaban las flores, a veces iniciales, a veces un nombre, casi nunca una fecha, cruces de madera con los palos rotos, al visitarlo, años más tarde, buscando al prefecto que me pegó, la capilla y el dormitorio estropeados, ni una tabla en el suelo, ni un solo helecho, en la única columna de la puerta mi madre esperando y yo entendiendo, por fin, lo que entonces no me dijo, como no se lo digo a mi hija con la esperanza de que un día, las palmeras, no olvidar las palmeras, ella también me entiende, las palmeras, no lo olvido, empezaron a crepitar a la entrada del claustro, al menos seguían allí, no encontré la campanilla, encontré un grupo de gatos salvajes mordiéndose los unos a los otros en lo que fue la zona de recreo, una vez, en Quando-Qubango, persiguieron a una gacela hiriéndole los tendones, tienen las crías en cavidades, parecidas a esta donde me encuentro ahora, aullando hacia dentro mientras me busca la mirada turbia, se escapó durante meses con aquella mulata y aquellos escoltas, soy un gato salvaje, hija, protestando en silencio ante este río que no conozco, protestando a tu madre, protestándote a ti, no cogí al prefecto, me cogí a mí

–Enséñamela

cuando los ruidos se alteran antes de la mañana y una especie de frío en las tripas del calor, un helicóptero recogió a los extranjeros que avanzaron hacia él sosteniendo sus sombreros, nunca estuvieron allí, nunca mandaron sobre nosotros, nunca persiguieron al hombre, hablaban por la radio en su idioma, el que traducía a sus compañeros

–No nos conocen ¿verdad? no nos han visto ¿verdad?

y no los conocemos ni los, y las palmeras más fuertes, ni los hemos visto, señor, cómo me enmudecieron las palmeras, la mulata collares de cobre, pulseras, cosas caras de blanca rica convertidas en harapos, yo solo con ella entre el pasto y el río y, por primera vez con una mujer, un deseo de

–Enséñamela

yo quitándole los harapos, paseando por su pecho, por las caderas, por las piernas, trayéndola hacia mí como el de la cama de al lado a pesar de la sangre, de las costillas cambiadas, de la bala que salió por delante del cuello y la garganta un sebo gris y las primeras hormigas, los pies también con argollas porque le quité las botas y besé los tobillos, los talones, los dedos, porque mi mano en sus muslos no encontrando, encontrando, un gallo, idéntico al de las banderas, tatuado en el ombligo, con el pico abierto, cantando, y yo cantando con él, yo en sus muslos perdiéndola y encontrándola de nuevo, yo señalando con el cuchillo el sitio donde empezaba porque mi uniforme no se abría, porque me sentía lo que debe de ser emocionado, no tengo tiempo de pensarlo pero creo que debe de ser emocionado, la impresión de ser expulsado a la luz o la oscuridad total y de que surja, de repente, la revelación de Dios porque consigo llorar, porque las palmeras muy fuertes, porque te amo, ay Cristina, yo siguiendo la línea del cuchillo y el pico abierto del gallo recibiéndome entero y cerrándose sobre mí, no vientre, tierra mojada y blanda y gorgojos y piedras, no son los helechos los que respiran, soy yo, su cara intacta, solo saliva seca y algunas postillas de tierra, uno de los brazos se doblaba, el otro mutilado, no sentí los huesos del pecho, sentí músculos blandos, no sentí agobio ni rechazo, no me sentí un perro salvaje, sentí el sonido de cartulina de los buitres en los árboles, los cuerpos gordos, pacientes, el gargarismo de los pulmones bajo el gargarismo de las plumas, el soldado esperando que me levantase para ocupar mi sitio y no se lo prohibí, me callé, no pasé a su lado con la vara del prefecto

–Las seis las seis

caminé hasta el río para que el agua en la piel, ramitas a la deriva y restos de cáscaras, enterramos al hombre y los escoltas al entrar en los matorrales después de quemarlos, no enteros, en pedazos, con la intención de impedir su vuelta, limpiamos los surcos de la tierra y los restos de las armas igual que mi mujer y mi hija limpiarán este apartamento sin mí y mi mujer se marchará a pesar de la rodilla, arrastrándose con el bastón para que el señor Figueiredo se la encuentre en cualquier esquina

–Cariñito

o el abuelo la llame desde el jardín

–Chica

y ambos atraviesen la huerta, el abuelo

–Has tardado en llegar chica

sin darse cuenta de su edad hoy día, no solo la rodilla, la dificultad para ver los frutos en los árboles, la familia

–Alice

y ningún gramófono, ninguna pluma, ninguna lentejuela, un delantal con pinzas de la ropa en los bolsillos, restos de cuerda, enredos, mi mujer

–Ha sido el tiempo

y los de la familia, aún más gastados, eligiendo los dientes por los que pasan las palabras, enfadados con ella por consentir que el tiempo, tenazas oxidadas, mesas de camilla inseguras, la alfombra deshilachada, las perchas vacías tintineando en el armario, la familia no personas, marcos en la pared, una señora con la raya al medio, un sargento, muy tímido, triste, quedan los peñascos, una bicicleta a la entrada, la escopeta del tío, nadie si visitara la casa, una cafetera caída que la señora de la raya al medio y el sargento levantaron del suelo, mi mujer

–¿Dónde están todos?

escondiéndose en la cara mientras el director de la Clínica a ella y a mi padre, rascándose la palma con una uña sin prisa

–No sé qué le ha dado que parece más viva

es decir mi mujer en la silla del despacho y mi hija, más viva, volviendo a Luanda, conmigo, en las camionetas del ejército, si estirase el dedo tal vez me lo apretara pero no estiro el dedo, sigo inclinado sobre la mulata cerca del río, emocionándome y asombrándome de que emocionado, la impresión de ser expulsado hacia la luz o la oscuridad total, de que me surja, de repente, la revelación de Dios, a través de los pies con pulseras, porque le quité las botas, le besé los tobillos, los talones, los dedos, mezclados con las primeras hormigas, no encontrando, encontrando

–Enseñámela

un gallo idéntico al de las banderas, tatuado en el ombligo, cantando y yo cantando con él, el director de la Clínica a mí

–No es solo su hija usted también se ha animado

y tiene razón, doctor, también me he animado a pesar de la sangre y de las postillas de tierra en la cara, a pesar del brazo mutilado y de la cartulina de los buitres en los árboles, del gargarismo de los pulmones bajo el gargarismo de las plumas, yo en el río y agua en la piel, ramitas a la deriva, cáscaras, yo a la mulata

–Enséñamela

más alto a la mulata

–Enséñamela

tan animado, doctor, que en cuanto los soldados se giraron hacia mí repetí

–Enséñamela

no en secreto, no bajito, con fuerza como un animal, un jabalí, un búfalo, una palabra, un ternero, con una alegría triunfal.

15

Las pocas veces que salían a comprar, en la tiendecita de la señora gorda, seria debido al problema de la espalda y de luto en homenaje a disgustos antiguos, a lo largo de la acera por donde nadie corría, nadie huía gritando ni había disparos, la madre sacaba la argolla de las llaves del bolso, buscaba en el montón tintineante la pequeñita del buzón, la metía en la cerradura de la puerta abollada, de lata, entre las puertas abolladas, de lata, de los vecinos, sótano dcha, sótano izq, bajo dcha, bajo izq, 1.° dcha, 1.° izq, 2.° dcha, 2.° izq y 3.°, sin derecha ni izquierda, el desván, bajo la claraboya de las palomas, donde vivía un pintor con melena de artista, que exponía sus cuadros los domingos apoyándolos en la valla del parque de Parada, casi siempre vistas de Lisboa con gatos, giraba la puertecita abollada y nunca ninguna carta, folletos de propaganda de tarimas flotantes y de viajes al extranjero, con fotografías de monasterios y playas, la tarjeta de un instalador de marquesinas, otra de reparaciones de electrodomésticos veinticuatro horas al día también fines de semana llámenos, pero nunca ninguna carta, ninguna postal, a quién le importábamos, mi madre quitaba la publicidad y se quedaba con ella en la mano, parada sobre la rodilla enferma, con lo que me parecía el nombre del abuelo o del señor Figueiredo dibujados en la boca, mirándome con un desamparo en el que se adivinaban plumas y perdices, los restos de los que estaba hecha su vida, polvo de recuerdos en los que encontraba consuelo para tanta noche mal dormida y tanto gramófono que le desafinaba los calambres, mi madre sin creerlo

–Nada

cambiando las catedrales y las playas por la calle donde los edificios de al lado envejecían sin quejas, con la mercería y el café, con la sombrilla desteñida, sobre la única mesa de la terraza, alrededor de la cual un niño pedaleaba en su triciclo, los peñascos no le escribían, la huerta no le escribía, las compañeras de la fábrica, de la modista, de la oficina calladas, ella superviviente de un mundo caduco, abandonado en la orilla más lejana de un lago seco y del que le llegaban vestigios atenuados por el tiempo, el ánimo del doctor de la rodilla

–Esto marcha

o la señora del 1.° dcha, de quien podría ser amiga, cambiándola por el rosario en la radio, fuese lo que fuese ayudándola a mantenerse en la cresta de los días, sin Angola persiguiéndola con sus poblaciones a las que llegaba de noche, desembarcando del vapor del tren, con una lentitud fantasmal, al encuentro de capataces que obligaban a los negros a arreglar las carreteras y dos o tres amanuenses del Estado copiando minutas en una oficina perdida y mandándolas a la secretaría de la provincia donde se las comían las polillas en el sótano, con la tinta poniéndose violeta que es el color del desinterés, capataces y amanuenses presenciando los bailes con los ojos puestos en la altura de la espuma en los vasos, caimanes a la deriva, en una corriente de cerveza, que la acariciaban ausentes y se marchaban mudos, pagando no con un billete, con monedas, sacadas de diferentes bolsillos, en medio de navajas y facturas, contadas con la prisa de llegar al final de los alumnos en la escuela, esto ya vestidos, de repente más jóvenes o más viejos de acuerdo con el porcentaje de resignación que vamos gastando y anula el futuro, los que escaparon de los soldados y deben de estar por ahí, en Lisboa, en un mirador sin carabelas en el Tajo, haciendo minutas con el índice en las rodillas pero sin una cerveza aguantando los huesos, vivían en cuartos de alquiler, mendigaban con insistencia jubilaciones luchando con impresos complicados sin que las secretarias

–Firme en esta cruz a lápiz

los viesen, respondiendo al teléfono

–No te me aparezcas más

rechazando las justificaciones del aparato que nos traía a los oídos un croché de mentiras cuyas agujas se contradecían enmarañando el asunto, y los impresos abandonados en el mostrador con sus respuestas de crucecitas, la madre delante del buzón

–¿Nada?

y qué quiere, señora, hemos dejado de existir si es que hemos existido, entiende, está claro que nada, ni de las rocas ni de los pajaritos estoy segura, cuanto más de Moçâmedes y las lentejuelas, inventaron todo para engañarnos, quién sabe incluso si un negro allá arriba a quien llama mi marido y a quien llamo padre, tal vez cuando volvamos el apartamento desierto y ni aquel olor de África en el que se agitan palmeras, tal vez, al llegar con la compra, la hostilidad de los compartimentos que critican nuestra ausencia, un grifo, mal ajustado, goteando enfados, no gotas, un cajón, hasta entonces fácil, que se niega a abrirse, porque la manga de una blusa entallada, Dios mío la facilidad con que se ofenden las casas, baúles que se nos resisten, las cortinas frunciendo el ceño, la ampliación de los ecos y los vecinos tan presentes, en el techo y en el suelo, bajo la forma de pasos, martillos, discusiones, la madre y ella, sin dejar las bolsas, aturdidas por la venganza de los objetos, la radio de la señora del 1.° dcha que vociferaba el rosario, el cura con acento del norte y después una multitud de voces de mujer, por qué motivo solo mujeres respondiendo con lentitud devota, el apartamento tranquilizándose poco a poco, todavía hostil puesto que una punta de la alfombra doblada, lista para hacerlas tropezarse, que puse derecha con el pie

–No nos molestes

y las tiras bordadas mezcladas que desesperaban a la madre, las quería paralelas, derechas, el jarrón en medio de una mesa que necesitaba barniz, poner las bolsas en el fregadero y ordenar la compra, las conservas y el arroz a un lado, los botes de limpieza al otro, uno de los dedos de los guantes de goma metido hacia dentro, se corregía apoyando la base del guante en la boca y soplando con fuerza hasta que saltaba el dedo, apuntando a un azulejo agrietado en el que nacían hormigas que se saludaban con rituales japoneses, toques de antenas, venias, reflexiones, pausas, las bolsas de plástico vacías dentro de otra bolsa de plástico, al lado del cubo de las sobras forrado también con una bolsa, rodando un cuarto de círculo cuando se tiraba de la puerta debajo del fogón, exacto como un planeta en su órbita lubricada, en el fondo de las bolsas cáscaras y huesos prehistóricos y nunca ninguna carta, solo los sobres de la luz y del gas y el recibo de la renta con una firma floreada de príncipe antiguo aunque el propietario se expresara con gruñidos que se hacía necesario ajustar los unos a los otros, había momentos en que me parecía que mi madre contenta de que le llegaran las facturas porque el nombre en los sobres le aseguraba que seguía viva, no exactamente le aseguraba, le hacía sospechar, si la carta escrita a mano lo creía más, estuve en Angola tantos años que me perdieron aquí y no me refiero a Lisboa, quién me conoce en Lisboa, en un sitio entre pinares y huertas, lo que fue una capilla, ahora ovejas dentro y un cascabel de vez en cuando remarcando un insomnio, un animal venido por unos instantes a la superficie de un sueño y que se sumerge enseguida en una inercia de ahogado, la chimenea que no calentaba, freía y el tío cabeceando en su banquito que era el único columpio que había tenido en su vida, la tía que el marido entrega al abuelo, al día siguiente de la boda, por no estar completa

–Su fruta tiene bicho

y no comía con ellos, le daban el plato y se acurrucaba en el arco del horno, con el sombrero en la cabeza tapándole la cara, el abuelo y el padre fueron con la escopeta detrás del cura que desapareció entre las rocas, no sé si lo encontraron, sé que la pala tardó en volver a su gancho, iguales a los negros, al final, solo que ni canturreos ni fugas y la abuela de mi madre con botines de sacristía, la Guardia no dijo nada, el regidor tampoco, se limitó a aconsejarles, con una frase casual, que taparan con matorral el trozo de tierra movida, en el camino del pueblo, que la Guardia reforzó, sin diálogos inútiles, con media docena de guijarros, antes de emigrar a Francia el marido vino a saludar al abuelo, con la boina contra el pecho, y fue la única vez que le dio la mano a otro hombre sin que ninguno de ellos viese la fruta con bichos en el arco del horno, una mañana tardó más tiempo en orinar en las traseras aunque la supiesen cerca caminando entre melones, se fijaron en que el clavo de colgar la escopeta vacío, sintieron el alboroto de las gallinas que se hizo más fuerte después del tiro y nadie se movió, cuando las gallinas se calmaron el abuelo al padre

–Escóndeme esa fruta donde entierran a los perros

o sea en el olmo pegado al cercado porque las raíces se beben los huesos deprisa, pasada una semana, con los temporales de noviembre, no se sabía el sitio, el padre durante la comida, con una patata clavada en el cuchillo

–No se sabe el sitio

y el abuelo ni se dio el trabajo de apartar la frase con la manga, catando desilusionado los nabos de la sartén

–Han encogido

sacándose un tallo que se eternizaba en la boca

–Me estoy quedando ciego

con la misma mansedumbre con que le hablaba a la mula y sombras en lugar de muebles, cuando los muebles se evaporan su sombra sigue, anunciando con humildad

–Fui una camilla fui un chinero

y las personas adivinadas por perfiles que se movían, nunca ninguna carta, qué le pasó a la familia, creyó que nadie en los peñascos y el gallinero vacío, creyó que una noche eterna un poco más allá de Lisboa, el abuelo

–Tan oscuro

sin acertar con la sartén, el enfado de la voz

–¿Cómo están los manzanos?

cuyos frutos solían iluminarse uno a uno y ahora apagados, adivinaba a la nieta por una punzada de consuelo en el interior del cuerpo

–Chica

el padre al abuelo, sin mirar al frutal

–Van creciendo

o fue mi madre que lo supuso al responder

–Van creciendo

el padre alterado por el tiempo con una crueldad sin prisas y en esto mira este diente que falta, mira esta arruga nueva, una sensibilidad al frío, una pereza en el estómago, cuyos tornillos sin rosca no eran capaces de moler, los gestos que desobedecían con pena

–Disculpe

avergonzados de sí mismos

–Hago lo que puedo se lo aseguro

y no podían, el padre disculpándolos

–Déjenlos

cambiando y descambiando los pulgares, cómo van de mano en mano los muy bandidos, se desesperaban por usted ahorrándole la necesidad de indignarse por ser ahora tan poco, el abuelo intentaba el oculista de la feria y las sombras se hacían espesas, le ponían un melocotón en la mano sin que reconociese el color, la vida un puño que se cerraba reduciéndolo a una brocheta de pajaritos ardiendo sobre dos palos, la nieta una voz imposible de localizar

–Señor

o el brazo que servía de guía al brazo y las mejillas mojadas sin que los demás lo notasen, dos rayas paralelas en el interior de la piel, deseo de saber

–¿Cómo es ahora Alice?

y para qué saberlo si Alice no existía, sustituida por plumas en un estrado inseguro, cuando llegó el cuñado de Brasil, en la época en que el tiempo aún no lo había devorado, fue a esperarlo a la ciudad, automóviles, estatuas, el castillo donde encallaban las nubes, brazos fuera de las ventanas entre exclamaciones y pañuelos, un sujeto con boquilla repitiendo

–Irene

de marco en marco y marchándose con un último

–Irene

sellándole la boca con un lacre de desilusión, el cuñado con las mismas rayas paralelas en el interior de las mejillas

–No he traído nada Hernâni

excepto una suela que chocaba con la acera a medida que la otra caminaba y la expresión torcida, mientras la locomotora sacudidas y vapor e Irene ausente, el sujeto de la boquilla tirando a la basura las flores del jarrón, dudando antes de tirar también el jarrón, acurrucándose en un taburete del salón, no en el sofá de costumbre, inclinado hacia delante con actitud de visita

–¿Y ahora?

y ahora se acabó, amigo, renuncie a Irene, quite la segunda almohada de la cama, meta sus zapatillas en el armario y por qué no la viuda de la farmacia o la señora de Correos pesando cartas en la balanza, también pariente de Irene, recuerdos en común, borricadas, picnics e Irene de vuelta, no una persona, un nombre, lo que duele en la memoria son los nombres, no las criaturas allá dentro, mi hermano, que murió de niño por una fiebre tifoidea, Quinzinho, y el Quinzinho provoca un escalofrío, Joaquim Manuel Pereira dos Santos, Quinzinho, Quinzinho

–¿Está lloviendo ahí fuera?

con un susurro insoportable que nos trastornaba a todos

–¿Está lloviendo ahí fuera?

qué frase tan horrible, está lloviendo ahí fuera, hasta hoy el sujeto de la boquilla emocionado con la lluvia dado que la lluvia falanges esqueléticas en un pliegue de sábana y en la cara del padre la máscara de las palmas, el sujeto de la boquilla dos años más joven que Quinzinho y además de eso Quinzinho de marzo y él de septiembre, dos años y cinco meses, una eternidad en los niños, procurando alegrarlo arrimándose a la ventana

–Ya no llueve hermano

y Quinzinho sin oír, abandonado en el interior de sí mismo, los difuntos disminuyen pero la nariz aumenta, habrá alguna explicación para ello en la enciclopedia de la estantería, las palmas del padre dos agujeros para ver y detrás de los agujeros una impresión mojada, la madre poniendo la cuchara del caldo en el cuenco y una vez allí temblando más todavía, contar a la señora de Correos, tan minuciosa en el peso, que la muerte una cuchara de vuelta al cuenco del caldo, solo eso doña Pátria, una cuchara no reposando, agitándose sin fin, la señora de Correos dejando un encargo

–Tonterías

y podía ser una tontería como podía ser que la viuda de la farmacia, con el pecho de palomo hinchado, más sensible a Quinzinho, por lo general las señoras amplias un alma de algodón, dispuesta a absorber con paciencia todas las fiebres tifoideas, todas las máscaras de palmas y todas las lágrimas del mundo mientras que Irene, con las costillas lisas, sin paciencia para desgracias, en materia de problemas, ya me basta el presente, tu hermano murió hace por lo menos cincuenta años, ten sentido común, y después Quinzinho qué ridículo, un viejo de tu edad emocionándose

–Quinzinho

en el caso de media docena de gotas en el tejado, afortunadamente la viuda de la farmacia repartía las glándulas en el mostrador

–Todos tenemos nuestros dolores es así

con una mirada de soslayo a la estampa del finado, entre las estanterías de los medicamentos, que lo marchitó un poco, el finado, también vasto, midiéndonos con un fatalismo serio, qué alternativa tenía él, dispuesto a repetir con la esposa

–Todos tenemos nuestros dolores es así

no en bata y sin blusa por debajo como ella, que permitía adivinar cordilleras y abismos, difuminándose en un óvalo hasta confundirse con el blanco de la película, el cuñado del abuelo no trajo nada de Brasil

–No he traído nada Hernâni

salvo la suela que chocaba y la expresión torcida, duró un tiempo animando a los espárragos de la huerta hasta que la suela que andaba chocó también y se despeñó a lo largo del canal de riego impidiendo la digestión de las plantas, lo comprendieron por el desorden del agua en el escalón del porche, una maceta que se balancea, amenaza con caerse, se cae y la alfombra de alambre sumergida, qué significará la sonrisa de la viuda del farmacéutico al empleado echando ácido bórico en una botella, atrás, que no sonríe en respuesta, solo un aviso con las cejas, dentro de una semana o dos una carta de Irene, una despedida sin justificaciones ni disculpas y la voz empañada de Quinzinho en mi voz

–¿Está lloviendo ahí fuera?

yo, sin la máscara de las palmas de mi padre en la cara, recorriendo el apartamento con una extrañeza difícil, el salón, el pasillito, la habitación, más allá del balcón de la habitación el Centro Médico de Salud con el anuncio luminoso que palpita, la fecha, la hora y diez segundos más cada vez, diez segundos más, diez segundos más, entre las fechas, los minutos y los segundos la propuesta Mida Aquí Su Colesterol, una constelación de luces en las casas próximas que fallaban una a una y él presenciando cómo avanzaba la noche sin Irene, poniendo un vaso de agua, tapado con un platito, en la otra mesilla de noche, con un deber rutinario, cuántas veces lo despertaba Irene, alargándole el vaso vacío, indecisa entre dos realidades, ambas improbables, la del sueño y él, la del sueño promesas de felicidad, él ninguna promesa, para que llenara el vaso en la cocina, encontraba una zapatilla con el anzuelo del pie, la punta de la segunda se escapaba por debajo de la cama, donde un zapato lejano y los restos de una escoba, el sujeto de la boquilla ganas de

–¿Por qué no pones esto en orden?

y en lugar de

–¿Por qué no pones esto en orden?

el terror a perderla, cojear palpando en las tinieblas, ahora zapatilla ahora piel y cuando piel la seguridad de una cosa agarrada al talón, una pinza del pelo, un trozo de pegatina, un insecto muerto, que no me atrevía a ver ni a quitar, volvía con el vaso lleno, intentando mantener el agua horizontal, guiado por una lamparilla tenue, en este caso rosa con volantes, cuyo interruptor chisporroteaba, al encenderlo, una amenaza asesina, hasta que una criatura despeinada, con la nuez arriba y abajo, entregó el vaso de vuelta en una dirección cualquiera, no la suya, cayendo en el colchón con prisa por volver al sueño del que el sujeto de la boquilla no formaba parte, estupefacto, como de pequeño frente al mar, encuadrado en un misterio que no comprendía, el sujeto de la boquilla abandonado en la habitación, sumándose a los andrajos de imágenes que las olas de la mujer iban dejando en la arena, apagar la lamparilla rosa que le lanzó una chispa feroz, tengo que arreglar estos cables, que me he salvado de milagro, volver a la cama, ayudado por las rendijas de claridad en los huecos de la persiana, arreglar también la persiana, donde un fragmento de las horas de la farmacia mantenía, imperturbable, su pulso cardíaco, incluso sin Irene sigue habiendo horas y me pregunto si después de mí todavía horas, el tiempo de los demás que no me afecta, primos lejanos, solo vistos en los funerales de tías lejanas, heredando el contador, los cubiertos, la acuarela de los barcos, con manchas de humedad, que perteneció a mi padre y su orgullo

–Es francesa

francesa y con marco de talla que aumenta su valor, lo que viene de Francia, Dios mío, perfumes, ropa íntima, carmín, las cremas de las señoras, con el talón en el lavabo para lavarse las piernas, hasta los cepillos con que se peinan, doblados hacia delante, recogiendo después el pelo del suelo, informando, con un agudo de pánico

–Una prima de mi abuela era calva ¿lo sabías?

buscando calvicies en el espejo, los primos con la nariz en la acuarela

–Tiene manchas

el examen panorámico del relleno del piso

–Así así

y los empleados de un hombre que compraba así asís amontonando aquello, incluso mi servilletero de plata, incluso la cajita de tortuga de la madrina con comandantes en la familia, en una camioneta en la que los cajones agitaban sus protestas huecas, el sujeto de la boquilla contemplando el relleno con el ojo indignado

–¿Así asís yo?

mientras los segundos de la farmacia proseguían sin descanso, la señora de Correos, parándolo en la puerta

–¿No tiene nada más que hacer?

con una aspereza de lija que le hizo daño en el alma, rayas paralelas en el interior de las mejillas, Quinzinho

–¿Está lloviendo ahí fuera?

y estaba lloviendo fuera, el sujeto de la boquilla dos años más joven, además Quinzinho de marzo y él de septiembre, dos años y cinco meses, una eternidad para los niños, una eternidad hoy de la que ni la viuda del pecho hinchado lo conseguía salvar, aunque el pecho acarreaba una tolerancia de algodón lista para absorber con paciencia todas las fiebres tifoideas, todas las máscaras de palmas y todas las lágrimas del mundo, el sujeto de la boquilla hasta por la mañana en los marcos, observando la farmacia sin considerar la hora, ciego como el abuelo

–Tan oscuro

sin acertar con la sartén ni con la puerta

–¿Cómo están los manzanos?

cuyos frutos se solían iluminar uno a uno y ahora apagados, sentía la presencia de mi madre por una

punzada de consuelo inútil en el interior del cuerpo, un

–Chica

que le salía de la boca sin darse cuenta

–¿He dicho chica?

el padre al abuelo, sin hacer caso al frutal

–Van creciendo

o fue mi madre que lo imaginó respondiendo

–Van creciendo

el padre alterado por el tiempo y en esto mira este diente que me falta, qué le ha pasado al diente que ayer todavía lo tenía, seguro, de piedra, la sensibilidad al frío él que se reía del frío, el estómago, que si fuese necesario digería herraduras, tardando en librarse de la cena, con tornillos gastados moliendo en vano, yo a mi madre

–¿Tenía realmente que ir a África madre?

la memoria que desobedecía con pena

–Disculpa

avergonzada

–Hago lo que puedo amigo

y no podía, la pobre, probaba con más fuerza, con las venas marcadas en el cuello, el padre per

–¿En serio que tenía que ir de verdad a África?

el padre perdonando

–No te preocupes

cambiando y descambiando los pulgares, la rapidez con que mudan de mano, se desesperaban con él ahorrándole la necesidad de irritarse por ser tan poco, tenía de verdad que ir a África y dejarlos desamparados entre peñascos y tojos, mira los pinares y sus voces de censura

–¿No crees que has sido ingrata Alice?

nadie la prohibió, nadie protestó, el paquete para Angola sin un pañuelo en el que sonarse, no se suenan, las rayas bajan por dentro de las mejillas, no por fuera, si al menos consiguiera volver a empezar desde el principio y el señor Figueiredo no

–Cariñito

un fulano que si se lo encontrara en la calle ni se fijaría en él, lo que no falta son tontitos con los ojos bien abiertos, cuanto más decrépitos más descarados, dónde vamos a parar, si el señor Figueiredo no

–Cariñito

y mi madre, con tanta infancia en los ojos, aceptando el

–Cariñito

ninguna fábrica, ninguna modista, ninguna oficina que le dé empleo, un sótano con focos polvorientos y un escenario difícil, el señor Figueiredo autoritario, con los ojos menos abiertos que esas cosas no duran toda la vida, se desmayan con los años

–El tobillo arriba venga venga

mientras el abuelo volvía de la huerta solo aplastando hortalizas que se oía la protesta de los tallos, por qué tanta gente corriendo, madre, tantos gritos, mi padre en las traseras, abotonado, humilde

–Madame

ella que no había visto nunca negros en la aldea y no se acostumbraba a ellos, todos idénticos, sumisos y al final no sumisos, malvados, además del baile una sonrisa que costaba combinar con los tobillos levantados, demasiadas cosas sin que se dispersara la cabeza y la cabeza de mi madre se dispersó toda la vida, ahora esto ahora aquello, ahora el gallinero y la escopeta, ahora el tío de las perdices y ninguna carta, señora, cuál la sorpresa, a la una no saben escribir y a las dos se olvidaron de usted, ocupados con el sacho, el rastrillo y el único ternero que poseían, atacado por la enfermedad, con las patas débiles y los cuernos colgando, despreciando la comida, el pintor en el desván con su melena de artista puesto que para los artistas, ocupados con una angustia interior que los aleja del mundo

–Concéntrate en mí

lo demás un rollo brumoso, los domingos exponía los cuadros apoyándolos en el parque de Parada, casi siempre vistas de Lisboa con gatos, él que odiaba los gatos y los perseguía con las patas del caballete, el pintor tampoco ninguna carta, fue la ausencia de cartas la que la hizo acercarse a él, ambos observaban las catedrales y las playas de las agencias de viajes por no hablar de los instaladores de cerramientos para terrazas y de los especialistas en electrodomésticos veinticuatro horas al día incluidos fines de semana, ambos sin creerlo

–Nada

mi madre al pintor

–Una carta ayudaría

porque las cartas ayudan, parece que no y ayudan, noticias del ternero, de la vecina que se rompió la clavícula, de un parásito encarnizado en el níspero, ocupado en roer no las frutas, el tronco, de modo que este año ni flores, cuanto más pequeñas desgracias que se estimulan con lo que traen de vida, el pintor sobrinos en la periferia de Lisboa, no, más lejos, en una ciudad con fábricas, negocios fuera de horas, mucho trabajo, rollos cuando vencen las letras y por tanto era natural que se olvidaran de él vendiendo manchas de color los domingos, a la hora de cenar volvía a casa para comer el qué, pinceles metidos en botes de mermelada sin mermelada o vasos vacíos a los que se les pegaba la pintura, añadiéndoles postillas de enfermedades de la piel, una cama que olía a trementina y a aceite, algo del abuelo de mi madre en él, un

–Chica

sin

–Chica

que se inventaba mi madre porque necesitamos inventarnos sea lo que sea, para aguantarnos, en un simulacro de equilibrio, en el hilo inestable de los días, mi madre

–¿Tiene familia señor?

el pintor, reducido a la orfandad de las manos, subiendo las escaleras hacia la claraboya, una o dos palomas en el cristal, con las patas nítidas y los cuerpos desenfocados, arrullos dispersos, plumas hechas de filamentos que se pegaban al óxido, aún de día en lo alto y ya oscuro aquí abajo, las noches de Lisboa peores que las de Angola, más capaces de meterse en los intersticios del alma preguntando

–¿Tú eres Alice tú eres Simone?

insistiendo en la pregunta como la lengua persiste en una muela que sufre, ahí está ella recorriéndola, comprobándola, midiéndola, no las otras muelas, esa, mi madre abandonándome en el apartamento

–Espera ahí que ya vuelvo

asegurándose de la puerta

–No vas a hacer ninguna tontería ¿verdad?

el cuerpo en el descansillo, solo la cabeza dentro

–¿Verdad?

escuchándome desde el felpudo, tranquilizándose a sí misma

–Como mucho un minuto

izándose con el bastón hasta el 3.° sin dcha ni izq, tocando el timbre, mirando las palomas en la claraboya, tan cerca, esperando que la recibiera el pintor, en medio de vistas de Lisboa y pistolas de pintura, hasta que volvieran las perdices al anochecer, piando al unísono para llamarla.

16

El todoterreno dejó de estar a la entrada, disminuyeron los tiros, nada ardía en la playa, una o dos ráfagas de ametralladora pero sin carreras ni gritos, la madre doblando y estirando la pierna

–Tengo algo aquí

y aunque caminase de la misma forma

–Tengo una piedrecita en la rodilla

atravesando a la hija con una cara que se hacía astillas al llegar a la pared

–Incluso sentada me duele

examinándola con la mano

–No soy capaz de coger la piedra qué raro

a lo mejor debido al tiempo o a una postura en la cama, hay momentos en los que sueño que vuelo, doy un salto y ya está, veo el polvo en lo alto de los muebles, cualquier día me despierto con ganas, cojo la escalera y los limpio, maletas, sombreros, la cafetera vieja que juraría que había regalado y al final no regalé, cojo la escalera, aunque solo sea por la cafetera de los sueños, y si la encuentro tengo una pataleta pero nunca cogió la escalera, nunca limpió los muebles, se quedaba abajo planchando o entreteniéndose en el jardín pensando en qué, a cada rato la mano en la rodilla, a cada rato una sonrisa porque saltaba a la cuerda en el pinar y las copas enternecidas

–De lo que es capaz la niña

la niña en Angola con la hija y el marido, una sombra entre sombras cruzando el portón y marchándose con los demás, detrás de faros que iluminaban cabañas, hacia la carretera de abajo sin que nadie se despidiese de él, al llegar de África se encerraron en un pequeño edificio frente al cementerio judío, casi a caballo en el Tajo, pisos que se empujaban antes de bajar a pique hacia el agua en la que los gansos de plástico de las traineras echaban humo por el pico y pájaros dibujados por niños evitaban grúas, la madre probando la rótula

–A cada rato la piedrecita de la rodilla me arde

de la misma forma que a cada rato el padre en una camioneta de soldados, perseguido, durante unos metros, por el arrebato de los perros, que volvían multiplicándose contra un montón de ladrillos mordisqueándose las pulgas del lomo, antes de la madrugada uno de ellos se alargaba arañando el silencio con las uñas de un aullido y un gallo le respondía ofendido, la cafetera vieja, lo comprobé más tarde, en lo alto del armario y desde entonces me dan miedo los sueños pero gracias a Dios no vuelo, soy del tipo de huir de un animal enorme sin conseguir escapar de él porque se me hunden los pies, mi familia pasa a mi lado y no me tiende el brazo, todo desaparece y yo sola, recuerdo su voz al sacudirme

–Deja de gritar

el hombro que me aprietan se lo come el animal

–No me coman el hombro

y la sorpresa de comprobar que el hombro intacto, la tela del pijama sin marca de dientes, mi ropa, como siempre, mitad en el asiento y mitad en el suelo, la mitad del asiento una actitud de ahorcado, la mitad del suelo fusilada por escopetas antiguas, uno de los zapatos de lado y el segundo derecho, enfurruñados el uno con el otro, olores domésticos acentuados por unas zapatillas que se arrastran y yo no persona, una voz en su cabeza o una de las criaturas que se amontonaban en la playa esperando a que se las llevasen, poca gente en la Prisión de São Paulo, unos militares, unos negros, el padre y los compañeros quemando papeles y qué hacer con los traidores que quedaban, las cafeteras viejas encima de los muebles que al contrario de lo que pensaba no existen solo en los sueños, al final están ahí, creía haberla regalado y sigue allí, con la resistencia quemada y la parte de arriba torcida pero allí, presente en nuestra vida llena de presencias en las que no reparamos, una hebilla en una copita y el sacapuntas de la infancia en el cajón, con un trozo de madera pegado a la cuchilla, que no nos atrevemos a soplar en homenaje a lo que fuimos un día

–No te acuerdas de mí

creemos que no y sin embargo nos acordamos, teníamos siete, ocho años, había un pisapapeles al que se le daba la vuelta y al ponerlo derecho una espiral de láminas de nieve alrededor de un esquimal más grande que su choza de hielo, tanta tos autoritaria a nuestro alrededor, tanta pierna cruzada debajo del periódico, con un trozo de piel entre el calcetín y el pantalón, buceadores desilusionados subiendo desde las noticias

–Así no vamos a llegar

y no vamos a llegar adónde, poniéndose las gafas en la frente y los ojos desprotegidos, desnudos, necesitando una ruedecita que los enfoque para que puedan vernos, si giro mi ruedecita dejo de ver el sacapuntas, que era verde, y ahí está la Prisión de São Paulo, salas donde los traidores esperaban la ocasión para hacer sus timos y las últimas granadas con la idea de impedir testigos, la Comisión de las Lágrimas una creación de canallas, qué ambulancia ardiendo, qué fosas en Quibala, el padre en casa, atento a los ruidos del jardín y no pasos ni gente llamándolo desde los arriates de los que nadie se ocupaba, un cambio de tono en el silencio dado que el silencio cambia, lo ven, qué inquietante la serenidad de las cosas, Cristina, solías romperlas porque te daban miedo, así que pedazos en el suelo, limpiados por tu madre con la escoba y el recogedor, quejándose de la piedrecita en la rodilla, te tranquilizabas, tu padre con el comandante que le aconsejaba Moçâmedes hasta que se extinguieran los gritos porque siempre se extinguen, tu madre

–Por favor Cristina

defendiendo el chinero y la nieve del pisapapeles sin fin en tu interior, tanta lámina rodando, tanto insulto, el director de la Clínica, aunque al otro lado de la mesa de modo que no conseguías escucharlo, escuchabas la crepitación de los días en la agenda de argollas, cuántos faltan para que todo acabe

–Sinceramente no me esperaba que a su edad volviesen los síntomas

nadie os busca en Moçâmedes, calma, quién se acuerda aquí de Moçâmedes, barcos vacíos en el puerto, media docena de negros acurrucados pescando en el espigón, el culo del mundo, quién conoce la Comisión de las Lágrimas o lo que pasó en África en este desierto, amigo, quién se preocupa por ti, un avión cuando toca, un hospital sin enfermos, una pierna cruzada debajo del periódico que no se leerá nunca, la espinilla rascada con la otra puntera

–Así no vamos a llegar

y los codos que no se apoyan en la mesa ni son alas, encógelas, el tenedor lo coges por la punta, la servilleta en las rodillas, no al cuello, pórtate como un hombrecito y yo, ofendido con el hombrecito, la madre que parió en silencio aunque alguna sílaba deba de haberse escapado porque la pregunta desconfiada

–¿Qué?

las casas de los blancos intactas en Moçâmedes, además no muchos blancos, unos negociantes, unos funcionarios, el enfermero con un hisopo en el bolsillo derrotando anginas

–Abre la boca niña

y la llamarada de la tintura friéndome, el todoterreno dejó de estar en la puerta, la rodilla de la madre una mancha creciente

–La piedrecita está más grande

meditando cada paso, ruinas de articulaciones de momento invisibles, demasiada música, demasiada alegría asustada por un estallido de huesos, casi no llueve en Moçâmedes y los negros pescando en el muelle sobre la protesta de las tablas, no nos notaban que bien te lo dije, amigo, todavía hay sitios en Angola a los que no llega la policía, no me sorprendería si carabelas a diez metros de la playa y hombres barbudos con terciopelo a rayas, el director de la Clínica

–No es frecuente que vuelvan los delirios a esta edad

sin ateverse a tocar la grapadora nueva, el padre con el relieve de la pistola en la camisa y la madre envejeciendo de repente, no pelo blanco ni arrugas, un desaliento en el cuerpo y el cuello que tardaba en extenderse a los sonidos, incluso cuando perdices en un matorral no giraba la cabeza, si el tío la mandase ella quieta, las caracolas de Moçâmedes ya no sumaban las olas, el dueño del único café un papagayo en un posadero, meditando conmigo en la hebilla de la tacita, entiérrenme bajo una acacia, como el gato, que me aterra el cementerio, difuntos que me cogen

–Ven aquí

y no me sueltan, cuando dos mestizos empezaron a hacerles preguntas a los negros se marcharon al este donde un primo del padre mantenía cultivos tristes, un lugar de mutilados de guerra y de cicatrices de minas con la mitad de un unimog achatado en un tronco, nadie parecía verlos o interesarse por ellos hasta la mañana en que el padre se encontró al primo hablando con un extraño bajo los eucaliptos, tres o cuatro extraños más esperando y una semana después Lucusse, una semana después el Luanguinga, botes de goma de los soldados portugueses en una orilla llena de lama bajo las primeras lluvias y dos semanas después Catete, el padre petroleando la pistola y la rodilla de la madre sin dejar de crecer, encontraron cabañas de zinc en un barrio de chabolas, en otro barrio, en una zona cerca de la carretera donde las columnas militares iban y venían con el padre esperando entre las chapas, por la noche se quedaba fuera vigilando y tropezaba con piedras, robaba un pollo, tabaco, pescado seco, no hablaba con mi madre ni conmigo y sin embargo, para qué ser sensiblero, y sin embargo la idea de un dedo en la idea de mi mano, si tuviese el sacapuntas a mano le afilaría el índice avisándole no se atreva o si no póngalo ahí un momento sin que me dé cuenta y ya está, es decir que me dé cuenta un poco, observar si manchas de su piel en la mía y la palma limpia, aunque a lo mejor no me importara que, aunque a lo mejor, a lo que he llegado, deseara que, Dios mío qué mal oléis todos, el director de la Clínica

–Juraría que le gusta el padre

y qué manía sin sentido, no me gusta, había veces en que me despertaba de repente segura de que él a mi lado, estiraba el brazo, nada y no sé si desilusión o alivio, lo sé, alivio, la posibilidad de encontrar su manga o su cara me angustiaba, mil veces el señor Figueiredo, madre, o un propietario cualquiera de una finca, afortunadamente ningún crepitar de palmera en lugar de aquel espantapájaros respetuoso y tímido, mi madre

–Madame

y un nudo en algún punto suyo que no se desataba, una opresión, un hueso

–Si es mujer le pones Cristina

mi madre a mi padre

–Voy a ponerle Cristina

y mi padre callado, siempre asintió callado, nunca adiviné lo que pensaba, nunca supe quién era, cómo se llamaría su madre

–¿Cómo se llamaba su madre señor?

y el nudo, la opresión, el hueso aumentando, en ningún otro momento encontré tanto silencio, lo juro, un niño con el pulgar en la boca al lado de su madre arrodillada, debe de haber negros sin nombre, cuál la utilidad de un nombre, no tienen necesidad de llamar porque están allí, solo se alejan cuando se sienten enfermos, como hacen los animales, y eso es todo, a veces en la Clínica, la ilusión de que, aunque de brazos cruzados, el pulgar en la boca, el índice en mi palma y el pulgar en la boca, no había retratos suyos de niño o esos trozos de juguetes que encontramos en un baúl, abierto por casualidad, entre revistas viejas y postales llenas de manchas, firmas incompletas, Clementina, Jorge, quién fue Clementina, quién fue Jorge, el problema no es morir, es no haber vivido, nada se estremece en nosotros con esos nombres, solamente lágrimas fuera de plazo que no pertenecen a ningún disgusto, Clementina todavía en un libro antiguo, Jorge desaparecido, una de esas existencias de las que uno mismo no se da cuenta, asombrado de existir

–No sabía que existiese

y un espacio claro, sin cicatrices ni pena, en la memoria de los demás, ni siquiera una mejilla que se frunce por un momento

–¿Jorge?

y lisa de nuevo, no había retratos del padre de niño ni trozos de juguete en una caja abierta por casualidad, la familia escudriñando el pasado

–Jorge Jorge

con una arruga de esfuerzo, la renuncia

–No sé

o si no

–Clementina dime algo ahora Jorge no me huele

y soy yo, que no paso de una voz en la cabeza de Cristina, Jorge, me ha venido una bicicleta a la cabeza, me ha venido un cestito con viruelas y no soy capaz de conjugar la bicicleta con el cestito, si me diesen más elementos, sugerencias, presentimientos, una anciana con una bolsita de caramelos o un caballero delante de un problema de autodefinidos, pidiendo ayuda con el bolígrafo en el aire

–Batracio sin ser rana ni sapo ¿lo saben?

culebra no es batracio, lagartija tampoco, siete cuadraditos que lo desesperaban, en la eventualidad de tener presente mi fallecimiento tal vez se apiadasen de mí, no fiebres, algo en el cuello, un bulto creo yo, que se ha extendido al cuerpo, me bajaban las persianas para dormir porque dormir ayuda, el corazón descansa, los pulmones no se esfuerzan, el caballero de los autodefinidos

–Pásame el diccionario para ver los batracios

no son mamíferos, no son peces, ponen huevos en el barro

–¿Salamandra un batracio?

y Jorge sin dormirse, empujando la bicicleta por una vereda de jardín, el caballero

–¿Batracio no te enciende una bombilla Cristina?

Cristina cambiándose de casa sin salir de Catete, negros del norte, negros del Congo, criaturas de Cabinda trabajando en las carreteras, con recelo de Luanda

–Tú hija de blanco

un blanco que no habían visto nunca o del que guardaban la silueta de un fulano arreglando un gramófono, la tierra no roja, marrón, el padre en Luanda consultando a amigos y el capitán

–Márchense rápido

todoterrenos buscando bultos, una puerta que daba golpes, un mendigo, la puerta despedazada a balazos y en el interior una perra con crías ladrándoles, caída sobre las rodillas y las crías, ciegas, llorando al animal muerto, el caballero apartó el periódico

–Qué estupidez batracio

insistiendo con la puntera en el suelo con la cadencia de la derrota, Clementina, Jorge y la imposibilidad de unir estos nombres sin rostro, no tenemos cara para Cristina, aparecemos, desaparecemos, reaparecemos de repente, el director de la Clínica cogiendo la grapadora nueva y soltándola enseguida, sin atreverse a apretarla, consciente de los dientes del alambre

–Tejen un mundo propio

a medida que la rodilla de la madre iba ocupando ese mundo, los árboles de Catete fluidos, prácticamente ningún pájaro porque les ponían trampas y el viento de la tarde ahuyentaba plumas en dirección al mar, olas con plumas blancas en la playa, palmeras blancas en la isla, en el despacho de la Comisión de las Lágrimas solo el marco del Presidente y el suelo y las paredes limpios, la Prisión de São Paulo borrándose en la ciudad sin parientes alrededor torciendo las manos, algo en el nombre Clementina, no me interrumpas, que me trae un piano y racimos de buganvilla en el patio, me trae una petición opaca

–Jorge

y yo acercándome a un sillón donde dedos con anillos se levantaban de una manta y me despeinaban lentamente, una posecita de celofán, un suspiro cansado, venido de más atrás del pecho

–Sería mejor que me mataran

y todo esto sin relación con el nombre Clementina, el deseo de que fuera ella era tanto que me equivoqué, la cambié por doña Antónia, a la que los parientes que me criaron me obligaban a visitar, a mí que no paso de una voz entre tantas en una cabeza enferma, con el fin de algo de herencia, si les confesara

–No paso de una voz que Cristina casi ni oye

me mandarían apretarme los cordones

–Ya está bien por hoy de tonterías

y caminar delante de ellos

–No andes jorobado niño

prohibida ni una sola patada a una lata, doña Antónia los desilusionaba con buen color, gordita, haciendo croché sin gafas y cogiendo líneas, que ellos no veían, del suelo, lo intentaban en medio de un accidente de trenes en Ucrania o de la subida de los precios

–¿Cómo va esa diabetes tía Antónia?

doña Antónia subía del croché con una inocencia contenta

–Puedo comer de todo hijos

los parientes se miraban con una rapidez furtiva, con una cuchara de sopa de matarratas, en su paquete de la despensa, dilatándose, a lo mejor las crías siguen llorando al animal muerto y las luces de Luanda apagadas excepto las linternas de los policías que rebuscan en desvanes donde un sujeto no envuelto en trapos, hecho de trapos, guiña los trapitos morados de los párpados y casi enseguida el sonido de un arma en que no se repara, para qué contar los muertos, somos todos, doña Antónia inclinando hacia mí una sonrisa redonda

–¿Eres Jorge o Miguel?

en los parientes que me criaron un pequeño pabilo de optimismo

–No hay Migueles en la familia tía Antónia

esperando más equivocaciones, tonterías, un aneurisma que no venía, no venía, los trapos del desván en un montoncito en el que parecía que un ojo, en el que parecía que un diente y ni ojo ni diente, otros trapos, una de las linternas riéndose y el peso de las botas hiriendo a la acera, la Comisión de las Lágrimas no existía pero los gatillos no paran y un día de estos, fatal como el destino

–Hasta que al final nos encontramos señor comisario

ellos delante de mis trapos y me disparan a mí, una botella vacía y una pistola sin balas se me sueltan del cuerpo y ruedan, al menos mi madre deja de estar de rodillas en la cocina del jefe de puesto, al menos los helechos callados, si pudiese decir

–Cristina

solo eso, decir

–Cristina

no pediría más, doña Antónia derrotando a los parientes

–¿Y el hijo de Teresita?

el hijo de Teresita, de hecho, nos hemos olvidado del hijo de Teresita que salió haciéndose el listillo, el idiota, ofreciendo alrededor, lleno de las nueve de la mañana, el chupa-chups a medias, bien con pajarita, bien con chaqueta, un jubilado en miniatura mudando los dientes de leche

–¿Gustan?

y una cuchara de sopa del veneno de los ratones también para él, qué cretino, el hijo de Teresita señalando las platas que debían de ser suyas a partir del momento en que doña Antónia, admirativa, colgase la aguja del punto

–Ahí hay una inteligencia de narices

y los parientes entendiéndose en su rapidez furtiva, desmoronados, no solo las platas, lo que se creía en el banco y nadie sabía cuánto era, probablemente fortunas, qué sé yo, doña Antónia no gastaba un duro, comía como un pajarito y el dinero de la paga se le iba amontonando en silencio, en el sigilo de las enfermedades antes del primer dolor, no paso de una voz, yo, en el tormento de las voces que se dan con el codo, vociferando o lamentándose, en la cabeza de Cristina, una voz mansa que ella encuentra por casualidad

–Jorge

y atiende un momento antes de que me callen las demás, los trapos del padre sobrepuestos en el suelo, esto los pies, eso un pedazo del tronco o si no harapos que suponemos que pies y un pedazo del tronco

–¿No te parecen pies no te parece el tronco?

menos cubanos, menos rusos pero tantos lisiados cojeando, tantos miembros como faltan, la piedrecita de la rodilla de mi madre dilatada

–Fíjate en esta desgracia

no hablar con los vecinos de Catete, no beber cerveza en la cantina que aumenta la lengua, le ponen palabras encima y de inmediato lo encuentra la linterna, después de la linterna

–Hasta que al final nos encontramos señor comisario

veía la mitad de una caja, un ratón que se escapaba, dos ratones, no se veía a sí mismo y qué podía hacer sentado en el suelo y con sed, con hambre, qué podía hacer cuando todo en él se arrastraba, no una persona, un peso, doña Antónia pastas, licores, el hijo de Teresita

–Vete lejos

un dechado de educación y muy listo en la escuela, los parientes que me criaron lo comparaban con el jorobado sin gracia que les tocó en la rifa, entretenido en coger moscas entre el cristal y la cortina y en arrancarles las alas, los parientes, vencidos

–Vete lejos

despidiéndose de las platas, sobre todo de la tetera de asa de caoba, con cerezas o eso cinceladas en la tapa, odiándome, qué tontería que hayamos recogido al huérfano, el oportunista del padre se evaporó en Venezuela, la madre tumbada en un rincón, solo órbitas, devastada por la enfermedad de la sangre, un jarabe, explicó el médico, para que no se diga que no hacemos nada, trato personas hace más de veinte años y no hay modo de entender las elecciones de la muerte, por qué aquel en la parada de autobús, que nunca arrancó alas a moscas entre el cristal y la cortina, por qué la señora del bazar

–Hemos venido a pagar una deuda señor comisario

que me vendía tabaco

–Mire que fumar es peligroso

y al contárselo a Cristina oyéndome dado que al pasar la mano por la oreja me rozó la camisa, la señora del bazar una tarde no

–Mire que fumar es peligroso

poniéndose el índice en el ombligo

–Tengo algo extraño aquí

y el páncreas, el ingreso, la operación inútil, tres meses, la sobrina ahora en el bazar

–Quién se lo iba a imaginar

con más admiración que dolor y pensándolo bien nada de dolor, la vida no vale un peo, amigo

–En mi última visita solo la conocí por la sonrisa

un intento de sonrisa

–Buenas tardes

en la ruina de los rasgos, vuelve a tu padre y a África, Cristina, multiplica las linternas, multiplica las pistolas, mátanos a todos deprisa, la reproducción de la señora del bazar en un marco negro al lado del reloj hexagonal, con agujas trabajadas y números romanos y sin embargo barato, mándame callar, no me hagas caso, en mi última visita solo la conocí por la sonrisa, se acuerda de su sonrisa, usted, de niña dejaba de tener miedo si cogía el índice de mi padre y no llores, Cristina, hazme un favor, no llores, el director de la Clínica

–Ya no tiene sentimientos tranquilos

créelo, ya no tienes sentimientos y por consiguiente no llores, tu padre vivo, tu madre viva, ningún esbozo de sonrisa

–Buenas tardes

lo mejor, cuando nos marchamos del hospital, es quitarse todo de la mollera y caminar, caminar, te dan con el codo y camina, te chocas con otros y camina, pierdes el equilibrio y camina, te surge el Tajo y camina sobre él, toda gaviotas y aceite, líbrate de mí, tienes el seminario, las fosas, una ambulancia ardiendo, menos difíciles que un

–Buenas tardes

en un hueco de almohada, tienes la Comisión de las Lágrimas, por ejemplo, y la chica cantando, más fácil que un marco negro y un reloj hexagonal, con las agujas trabajadas y números romanos, a primera vista pretencioso y en realidad modesto, mira el minutero una punzada torpe, mira menos tiempo para nosotros, hace más de veinte años que trato a personas y no hay modo de entender la muerte, la última respiración, el pecho que se calma, doña Antónia volviendo a la aguja, no a mis primos, a sí misma

–Es verdad

y cuénteme qué tiene por dentro del

–Es verdad

señora, no es la ausencia de la diabetes, no es el hijo de Teresita, no somos nosotros, es una molestia no en el ombligo, no en el alma, imposible de contar, el director de la Clínica señalándote a tus padres

–¿Eso ha sido una lágrima?

avanzando por la mesa, incrédulo

–¿Eso ha sido una lágrima?

y cuál lágrima, un reflejo de hoja de plátano que le dio en la mejilla, nos equivocamos, entiende, creamos fantasmas, perdemos el sentido del mundo y después nos quedamos normales y nos pasa, si muere se entierra, ni merece la pena pensarlo, todos los días se muere gente, qué tiene eso de raro, salen las caras en el periódico, dos páginas, tres páginas y aunque con los ojos abiertos ya parecen muertos, menos mal que inventaste Angola, Cristina, al señor Figueiredo, la Prisión de São Paulo, tu padre a las seis de la mañana

–Enséñamela

y explosiones y masacres, doña Antónia

–Es verdad

y el

–Es verdad

más terrible que una linterna en las pupilas, doña Antónia sola con las platas y la tetera, mi pariente al marido

–¿Cuánto valdrá la tetera?

como si algo sirviera para algo y no sirve, ahí está sin nadie y es de noche, va lejos y de qué sirve ir lejos, sigue caminando, no te detengas nunca, llegarás a casa y tu padre con el ajedrez, tu madre con la rodilla, enciérrate en tu habitación, siéntate en la cama, mira al sitio donde estoy

–Jorge

al mismo tiempo en tu interior y apoyado en el alféizar, inclinándome hacia delante

–No andes jorobado niño

me obligaban a andar con el libro de cocina en la cocorota, no recuerdo a mi madre solo órbitas, devastada por la enfermedad de la sangre, tu padre entre Catete y Luanda, hablando con los dueños de los navíos en oficinas sobre el puerto y los pájaros de la bahía casi al lado de la ventana, mapas pegados con cinta adhesiva en las paredes, miniaturas de barcos, instrumentos de navegación con aspecto quirúrgico, algunos oxidados, algunos a los que les faltaban piezas, no recuerdo a mi madre devastada por la enfermedad de la sangre, un jarabe, para que no se diga que no hacemos nada, en la cabecera, esto no en el hospital, en casa y doña Clementina, ahí está por fin, qué extraños los caminos de la mollera, de doña Clementina me acuerdo, todo empieza a componerse, levantando la nuca de mi madre para colocar la almohada, doña Clementina a mí

–Ay chico

y las órbitas de mi madre fijas en el techo, no, fijas en nada, sin buscarme, yo golpeando con un martillo de plástico en una, creo que en una caja de costura vacía, el relieve de los huesos de mi madre al final de la sábana o lo que debían de ser los huesos, seguro que eran los huesos, el relieve de los huesos de mi madre al final de la sábana, el martillo de plástico casi roto, roto y yo que sigo dando golpes, asaltaron la tienda de mi padre en Venezuela y en lugar de quedarse dentro se fue agachado a la calle, con las manos en el cuello donde lo abrió el cuchillo, una carta del consulado uno o dos meses después, los parientes no quisieron el cuerpo para qué, el costo del viaje, el costo del entierro, quién lo necesita, se quedó allí, ahora solo el mango del martillo, doña Clementina

–¿Qué te pasa?

y yo que sigo golpeando, uno de los dueños de los navíos al padre

–¿Cuánto ha dicho que paga?

y yo que sigo golpeando, sigo golpeando, sigo golpeando, sigo golpeando hasta que Cristina bajito

–Déjeme la cabeza en paz

y paré.

17

El padre cada vez menos tiempo en Catete, no sabía si en Luanda o en otro sitio cualquiera, con el traje de esperar a mi madre en las traseras de la fábrica, de la modista, de la oficina y mucha gente con ellos, nuevas casas de zinc, nuevas calles que no terminaban nunca o terminaban en un árbol, en unas ruinas, en un vertedero, cómo se sale de aquí, personas quietas que la miraban, viejos sentados en el suelo, esperando no se entendía el qué

–¿Qué está esperando madre?

y ella tumbada en la estera, culpando a la rodilla, sin agobiarse por las moscas, se le posaban en la cara y no las apartaba ni las miraba, miraba al señor Figueiredo, apuntando con un lápiz al aire antes de volver a la suma

–Llévatela de aquí es muy fea

poniendo una cruz sobre los números y empezando de nuevo la cuenta, si fuese por él un dibujo pero cómo se hace un automóvil, cómo se hace una vaca, una mujer diferente a un hombre y para el lápiz igual, unos círculos, unas rayas, una espiral cubriéndolo todo que representaba el sombrero, la tía del señor Figueiredo aceptando el dibujo

–¿Esta soy yo?

sin cejas, o pelo, o nariz, los óvalos de los pies uno pequeño y uno grande, el retrato de la tía en la cocina, donde el señor Figueiredo se había olvidado del fogón y de la loza pero no de una nube en un rincón y una especie de ovillo que significaba un gorrión, la tía un vistazo a la plazoleta sin ovillos y volviendo al dibujo

–¿Un gorrión?

de la misma forma que si hiciese Catete rayitas sobrepuestas que llamaría gente, tal vez también gorriones, tal vez nubes, dos mestizos con trajes tan usados como el del padre interrogando a los negros en la otra punta del barrio y acercándose al sitio en que vivían, quién sabe si habrán pasado noche tras noche entre cajas, apagados, pacientes, humildes, qué pretenden de nosotras, olas de frases que la asaltaban y dejaban abandonando conchas de palabras en el ángulo de la memoria, ni siquiera palabras, imágenes sin nexo, por ejemplo un fulano de espaldas extendiendo los brazos

–No

y qué fulano y dónde, detrás del fulano otras criaturas y en medio de ellas el padre con una pieza de ajedrez en el aire, la impresión de que el padre en África, no en Lisboa, justificándose no sabía ante quién, negociando, pidiendo o sin llegar a pedir dado que antes de pedir la madre

–No

y su piel cayendo y anulando los párpados, mi padre, en el dibujo del señor Figueiredo, una maraña de óvalos, triángulos y círculos, al despertar en Catete le parecía oír las olas que se transformaban en hojas y cañas, no respiraciones, no pasos, probablemente los mestizos rondando la casa, probablemente nadie, movían una chapa de zinc para entrar y salir, prestando atención a las gallinas ansiosas por huir, al principio una docena de gallinas, hoy día cuatro o cinco, si faltaba la comida la madre cogía una, sin elegirla, al azar, notaba el cuchillo por el movimiento, como notaba al fulano levantando los brazos

–No

un surtidor de plumas y una pata que se encoge y se detiene, por qué motivo las pupilas de los animales muertos siempre opacas, las del fulano de los brazos levantados también opacas, qué ha hecho, padre, nunca me fijé en el cuchillo y la Prisión de São Paulo rodeándola de ecos, la seguridad de que estuve allí y no estuve allí, cuartos, pasillos, un ventanuco con una nube del señor Figueiredo atravesando las rejas, puertas detrás de puertas que no dejaban de crujir, dónde he ido a encontrar esto si me vine de África a los seis años, cómo puedo acordarme y sin embargo lo recuerdo o son las voces

–Ay Cristina

las que se acuerdan por mí, quién me llama, quién me reprende, quién me persigue, Dios mío, hay veces en que distingo rasgos, un niño con un martillo de plástico golpeando en una caja de costura vacía

–¿Quieres enloquecernos a todos?

el martillo rompiéndose trozo a trozo y el niño que seguía golpeando, el padre

–Dentro de una semana un barco a Senegal

y la madre una interrogación sin perdices ni matorrales, la madre y ella escondidas en casa si es que un destrozo de tablones, con una docena de tejas y pedazos de cartón, merece el nombre de casa, se oye pasar el todoterreno de la patrulla arriba, por una carretera de tierra que van alisando los neumáticos, cuatro martillos de plástico golpeando con fuerza, los plátanos de la Clínica se afilaban bajo la lluvia, las bombillas de los despachos, más tubos que bombillas, encendidas, una empleada limpiando con una fregona y un cubo

–Más de un enfermo se ha roto ahí una pierna

los azulejos del suelo, esto al caer la tarde porque ninguna visita, un enfermero en el teléfono del pasillo, con un pie encima del otro, protegiendo el portalámparas con la palma

–¿Y cuál fue su reacción?

el zapato de arriba torturando al de abajo, el enfermero buscando el pañuelo para limpiarle la nuca y el bolsillo de los pantalones con un trozo de forro al aire en el que llaves en equilibrio sin caer todavía, yo pensando en la gallina y en lo difícil que debe de ser comer con el pico, tras la patrulla de nuevo olas, es decir cañas y hojas, en la bahía no sé, confiese, no mienta, le parezco fea, madre, dentro de una semana el barco a Senegal, nadie levantando los brazos

–No

el apartamento de Lisboa donde los mestizos por fin, tranquilos, educados

–Tenemos que marcharnos señor

uno de ellos admirando los muebles, el otro saludándonos

–Un placer

sin carreras, tiros, gritos, solo un trabajo que la época de la violencia se acabó, nos gusta resolver los problemas de una forma serena, si hay un precio que pagar se paga y ya está, para qué disimularlo, amigo, y hoy no, no tenemos prisa, dentro de una semana, dos meses, tal vez más tiempo, el dueño aceptó el dinero del padre con desagrado, el cementerio judío, encerrado entre muros, tapiando a los difuntos, y el dueño examinando el equipaje como si encontrase entre las maletas la cafetera vieja que se quedó en Luanda, lo que veo en el espejo no soy yo, verdad, este cuello, estas arrugas

–La enfermedad se los carga en un suspiro

y por tanto una docena de páginas de la agenda de argollas, no una infinidad de días, afortunadamente los cementerios no judíos con muros más bajos, casi podía verse fuera a los paseantes, el padre masticaba la gallina cruda y lo que me irrita de los negros es la salud, de dónde sacan tanta, lo acepté para no, fingí que lo acepté, no lo acepté nunca, mi abuelo sin fijarse en él a mi lado

–¿Sientes el olor chica?

el enfermero colgó el teléfono despacio, probablemente con miedo a que se rompiese, y se quedó delante del aparato torciendo el pañuelo, no era él quien se movía, era la ropa la que lo arrugaba, los zapatos que se pisoteaban, la camisa hinchándose, las hombreras moviéndose, de repente todo vivo, camiseta, corbata, las rodilleras de los pantalones, todo existía, independiente, y el enfermero en medio de un temporal de tela, acepté al negro porque el señor Figueiredo, cómo confesárselo a mi abuelo, no me aceptó a mí, al caminar el bastón que se aplastaba en el suelo, cómo levantar, si se lo mandasen, el tobillo que no tenía, mi madre aliviada de que no sonase ningún gramófono y las compañeras sin agarrarla por la cintura, se acabaron las pensiones, se acabaron los trenes, las bocas de los propietarios de fincas que no hablaban con ella, se la tragaban

–Muñeca

con los ojos babeando saliva, tan inesperadas las caras, el teléfono de la Clínica, solitario en el pasillo, con el aspecto de un remordimiento indignado, lo que expresan los objetos si nos fijamos en ellos, pierden su inercia, nos recriminan, se irritan, un minuto después de derechos se tuercen de nuevo, tiros en Catete por una cabra o una oveja, una constelación de niños, no yo, llorando en la oscuridad, yo no lloro

–No tienen emociones no lloran

el barco a Senegal de madrugada, con las luces de la isla diluyéndose, empiezan a borrarse antes del día y el mar fabrica con esfuerzo sus propios reflejos, la primera trainera de pesca, la segunda, ambas invisibles, lentas, con el gasoil de los motores limpiando la bronquitis, tanta biela soñolienta, tanta válvula perezosa, se cambiaron a Luanda cuando los mestizos solamente a tres callejones, un barrio de chabolas con más tejas, más cartón, más tablas, algunas mujeres blancas visitadas por negros con automóviles, en los intervalos entre los negros con automóviles negros de los alrededores con ropa del Congo o una botella, blancas en una piedra, por la tarde, soñando con perdices, cada mes se calzaban para ir a correos y subían la ladera sin cartas, rumiando Portugal bajo la forma de una campana, el altavoz de la fiesta de la Señora de los Remedios un pájaro olvidado oxidándose en una rama, incapaz de cantar, al que los chicos tiraban piedras y él un eco de lata, se aplastó en un arriate escupiendo óxido, si tuviera una cuerda y un cordel, si me atreviese, el comandante de los bomberos mirándole el vestido

–¿Ya dieciséis años?

no dieciséis, quince, pero de acuerdo por vanidad que dieciséis, diecisiete, el mes que viene soy mayor, quitar la muñeca de la almohada y esconderla, bajo la ropa, a pesar de tanto tiempo de amistad y secretos, si pudiese volver atrás le pediría disculpas y después no sé, años al borde de una quietud que no me respondía y probablemente no escuchaba, solo pensaba en sí misma, si me viniese a la cabeza

–¿No parezco más edad?

creo que envidia de mí, mi madre

–¿La muñeca?

y yo hundida en el plato, toda dentro de la sopa

–Nos hemos enfadado

la hija del comandante de los bomberos casada, con polvo rosa en las mejillas y la boca aumentada con tiza roja, la nariz de los hombres crecía palpando su perfume, el marido un bigote que entusiasmaba a las señoras del coro haciéndolas aplastar el misal contra el pecho y el comandante de los bomberos, rodeado de belleza, mostrando interés por mí levantándome el mentón con el pulgar

–¿Dieciséis años ya?

afortunadamente la muñeca no lo desmintió

–Quince

y aunque lo desmintiese el baúl cerrado le ahogaba la voz, ojalá el comandante de los bomberos no se la encuentre por la calle ni se le pase por la cabeza visitar el cuartel, por qué razón no me compran pendientes grandes en lugar de estas bolitas que casi no se ven, si me peinasen de otra forma, si usara medias altas, el comandante de los bomberos amigo del cuñado pero más importante, más gordo, al quitarse el casco la calvicie, con el casco perfecto y después el cuartel un coche con una escalera y una ambulancia ro, nada de correo para mí, qué ha sido de la campana, qué ha sido de las moreras en la plaza, una ambulancia roja, la muñeca no egoísta, celosa, vigilándome

–¿Vas a meterte en problemas?

no por amistad, es lógico, cuándo fue mi amiga, solamente por despecho, como si fuese por cosas, entre las cosas mi madre

–¿La muñeca?

y un jaleo de reproches la tiraba a la basura, me fui acercando al cuartel, a medio camino del tribunal y el matadero, no por el comandante de los bomberos, qué me interesaba que me levantaran el mentón y se asombrasen con los dieciséis años, por el coche de la escalera, ninguna carta, se acabó, hazte a la idea, vas a morir, estás sola, de cuando en cuando un automóvil o un negro de la vecindad y un trozo de tela o la mitad de una botella con un mosquito flotando en el líquido, no me desnudaba del todo, no los besaba, iba viendo cómo se caía el altavoz del árbol, me parecía que la campana sin estar segura de que la campana, de cualquier forma no domingo ni mediodía, unas veces por la tarde, otras veces por la noche, yo durmiendo y me llamaban

–Señora

me colocaba en la estera sin despertarme del todo, hablando con la muñeca

–Perdona si no estoy siendo justa

pensando que el baúl, no la distancia, la impedía oír, yo oía la puerta, oía los pasos lejos y adiós, ocupaba el centro de la estera después de guardar la tela en un agujero del suelo y de que la botella, sacado el mosquito con una pajita, me diese esperanzas de que mañana una carta, la empleada de Correos

–Tengo la sensación de que ha tenido suerte

desordenando cajones, revolviendo encargos, comprobando sobres y cómo admiraba a los cajeros de los bancos al tocar los billetes, la empleada de Correos pariente de la muñeca, el mismo pesar falso, la misma falsa inocencia

–Me equivoqué

de modo que si hubiese un baúl junto al mostrador la empleada bajo un montón de ropa, apretada con fuerza contra su garganta, el comandante de los bomberos ausente del cuartel, tres criaturas con mono comiendo de fiambreras, solo mejillas, en una tabla sobre dos bidones, qué puñetas de belleza tenía mi tierra, por qué me acuerdo de ella, mi padre trabajaba en la Cooperativa, mi madre hacía la limpieza en la escuela, cuando mi padre con nosotros la oía sin voz

–¿Qué me habrá pasado para casarme contigo?

se empieza a hablar sin maldad puesto que los días largos, cenamos sin compañía y colocar el plato y el vaso de una única persona en el fregadero cuesta, después de echar los restos al cubo con el tenedor y pasarlo todo por agua, puesto que no sé qué de melancólico en los guantes de goma doblados en la base del grifo, puesto que después de apagar la luz el cuerpo indefenso en las sábanas y no encontrar una postura para las piernas, nosotros una lágrima que nace en el párpado de la funda y viene bajando, bajando, se empieza a hablar sin maldad, se consiente un beso en una esquina con la esperanza de que la lágrima se seque y no se seca, ahí va a estar enseguida, más los automóviles en la calle y cada motor haciendo daño, alguien que llama a alguien debajo haciéndome también daño, un taxi que pita su petición de socorro dentro de la cabeza y el olvido cubriéndolo, unas conversaciones, unos besos y de repente

–¿Qué me habrá pasado para casarme contigo?

el cura sonriendo delante de ellos, lo que quedaba del cura eran las gafas torcidas y el defecto al hablar, la tarta con una pareja de almendra encima, regalos que se repetían, varios cubos de hielo, por ejemplo, y en esto un extraño descalzándose haciéndome difícil respirar dado que ocupaba todo, cederle la mitad del armario y al abrirlo chaquetas que no me gustaban, va a aplastarme el pecho con el pecho, va a equivocarse en el camino

–Espera

y al encontrar el camino una molestia sudada, encontrarle pelos en la espalda y una cara de crucificado creciendo, una gota elástica de saliva que se me queda en la frente sin desprenderse de la boca, los automóviles en la calle, alguien que llama a alguien y el taxi pitando con pena de mí, en lugar de ternura el terror de ella

–Lo tengo claro

el altavoz de las fiestas de la Señora de los Remedios se desprendía del árbol golpeando en esta rama, en aquella, un pájaro abollado que se cae, escupiendo óxido, en un abandono idéntico al mío, solo quiero mi plato y mi vaso, no quiero limpiar con el tenedor otros platos en el cubo, otra argolla de servilleta delante de la mía, una sonrisa que se me pega a los ojos y apetece limpiar, la maquinilla de afeitar que apaga con un chasquido el contador de la luz y cuál es el botón, entre tantos botones, que lo hace funcionar, restaurantes en silencio, además siempre el mismo, en el que la dueña

–¿Qué va a ser hoy jóvenes?

domingos de periódico, el juego de damas de la penúltima página, las blancas juegan y ganan, con la solución al revés, más pequeña que el problema, abajo en un rincón, al querer ayudar en la cocina cogió el delantal del colgador, se le notaba la barriga que yo creía que no tenía y se volvió ridículo, se puso los guantes de goma y les hizo un agujero en el pulgar, el jarrón en otro sitio, el muñeco mexicano en otra balda, la lamparita de su lado eternamente torcida, gracias a las caras de crucificado yo mareos, cansancio, mi vientre un acuario con un pececito, yo que odio las pestañas transparentes y la boca que se abre y se cierra como odio las piedras cretinas del fondo y el coral de mentira, las porquerías nauseabundas que comen, verter el pez en un jarrón para cambiar el agua y un niño con un martillo de plástico golpeando, golpeando, el martillo rompiéndose trozo a trozo y un niño golpeando, mi padre

–Dentro de una semana un barco para Senegal

y mi madre un silencio sin perdices ni matorrales, mi madre y yo escondidas en casa, si es que un destrozo de tablones, con tejas y trozos de cartón, merece el nombre de casa, se oía pasar el todoterreno de la patrulla arriba, por una carretera de tierra que van alisando los neumáticos, cuatro martillos de plástico golpeando con fuerza, golpeen también la risa de los soldados, los plátanos de la Clínica se oscurecen bajo la lluvia, las bombillas de los despachos, más tubos que bombillas, la empleada limpiando con una fregona y un cubo

–Cuidado que resbala

los azulejos del suelo, un barco a Senegal y ningún mestizo con nosotros, la Prisión de São Paulo en las antípodas, África en las antípodas, su madre de rodillas en la cocina del jefe de puesto que nunca existió, nos hemos equivocado, el seminario una ilusión, usted

–Enséñamela

mentira, fueron otros los que vivieron en Angola, no nosotros, pero entonces cómo entender que echemos de menos los mangos, en Marimba, desde la Administración hasta el puesto, acláreme la cabeza, póngame el índice en la mano, dígame quién le dice

–Cariñito

a quién y por qué motivo los gorriones ovillos de rayas, en un jardincito con un arbusto y un banco, un único arbusto, un único banco y una señora en camisón regando su maceta en un balcón desde el que no se alcanza el Tajo, se alcanza la barbería y la carnicería, unos restos de huerta en medio de la ciudad con el propietario regando su media docena de lechugas, mi madre, disgustada con la rodilla

–¿Dieciséis años ya?

mi madre, disgustada con la rodilla

–¿Qué mal le he hecho a Dios?

el comandante de los bomberos

–¿Dieciséis años ya?

y no dieciséis ni quince, catorce o trece y medio, qué importa, empecé a ser mujer en esa época, sorprendida conmigo misma cada mes

–¿Qué significa esto?

no mucho, gotitas y el cuerpo redondeándose, ganas raras, nerviosismos, caprichos

–¿Quién soy yo ahora?

siguiendo la misma, ganas de, deseo de, no lo confieso, me preguntaba si yo otra o los hombres otros de repente, sin prisas, atentos, codazos señalándome como antes a mi madre y mi madre, con voz de látigo

–Tírate de esa falda hacia abajo rápidamente

enfadada conmigo por ser yo y con ella por haber dejado de ser ella, en casa se miraba de perfil, se estiraba las mejillas con la punta de los dedos, me observaba, agria

–Y esto era un pececito

volvía al perfil

–La maldad del tiempo

y si se estiraba las mejillas con la punta de los dedos nosotras casi la misma edad, mi marido, en zapatillas, ensanchándose en el sofá, despertaba sobresaltado

–¿Qué?

qué ha sido de la cara de crucificado, de los pelos en la espalda, de los engaños

–Espera

pensando

–¿Más arriba o más abajo?

hasta encontrar el camino cuya estrechez y cuya resistencia lo asombraban siempre que, hasta encontrar el camino en una molestia sudada, no más arriba, al final más abajo, es una cuestión de rodillas y habilidad, vienes detrás aunque pierdas un poco de energía, la que está allí tiene que llegar, y sirves de guía con la mano que ellas, incluso esperando quietas, cambian cada vez que nosotras, una trabajera para unos segundos de poca monta y enseguida ganas de no tocarlos más y si me tocan me hacen cosquillas, ganas de levantarme, beber agua, lavarme en el bidé, el aire de ellas en la cama muy serio, me apetece dormirme y no me duermo por miedo a que esos pulpos me asfixien, la cantidad de brazos que tienen, de piernas, de piel, menos brazos y menos piel mejor, qué les pasa que han crecido, no hay un centímetro de sábana que no quede pegajoso y la lamparita del cuarto iluminando ruinas, mi chaqueta una ruina, mis zapatos ruinas, mi camisa y mis calcetines ruinas, mi vida una ruina indefensa, madre, madre, desaparecer del cuarto, tumbarme en el sofá, despertar sobresaltada

–¿Qué?

creyéndose en su diván de niña, con un friso de florecitas azules, puesto que no soy una niña, en el cabecero de madera, al abandonar el cuartel de los bomberos el peso del mundo en forma de una palma en la nuca

–¿Adivina quién es?

transformada en un pulgar que le levanta el mentón, pensó en estirarse las mejillas con la punta de los dedos, ponerse de puntillas para estilizar la silueta, mirarse de perfil

–¿Tendré grasa aquí?

el comandante de los bomberos, sin uniforme, carne sobrando en los huecos entre los botones y un andar de gondolero remando uno de los muslos, ella gritándole a ella

–Desaparece

echando de menos a la muñeca y a los padres, sobre todo echando de menos a la muñeca

–Perdona

no te creo envidiosa, soy tu amiga, perdona el baúl, ella con prisa a casa intentando no correr y no corrió, cuántas manzanas me faltan, cinco, cuatro, tres, distinguía la zapatería a lo lejos, donde el zapatero arreglaba suelas acompañado por dos ciegos con un acordeón al hombro de donde subía, por descuido, un la bemol perdido, y tras el zapatero nosotros, el edificio por fin a la vista, necesitado de pintura y en este momento tan bonito, el primer piso, el segundo y los escalones ayudando empujándola hacia arriba, la madre lenta en las escaleras, el padre lento y para ella facilísimo, a los trece, quiero decir, a los catorce años sopa, a los trece y medio sopa, la madre en la escuela, el padre en la Cooperativa, el apartamento entero

–Hola felpudo

a mí, el pomo, como de costumbre, dando en la cómoda y en el sitio donde daba sin barniz, casi un agujero en la madera por debajo, no una grieta, un agujero, el sillón en el que el padre despertaba sobresaltado

–¿Qué?

observándonos desde un país lejano que a lo mejor no le pertenecía ni a él, la mesa con una silla, la mía, desemparejada de las demás, yo desemparejada de los demás, el cuadro del hidroavión, el cuadro de la niña, el pasillo interminable de la infancia al final diminuto, le pedía a la madre que no dejase de hablarle desde la cocina hasta llegar a la habitación y la luz, la de mis padres a la izquierda, con vistas a la calle, la mía a la derecha, con vistas a nada porque la pared de ladrillo de la fábrica a cinco metros como mucho, a cada minuto se escuchaba una tórtola sobre docenas de máquinas sordas, un silbido para la comida, un silbido por la tarde y tras el silbido de la tarde la pared de ladrillo se desvanecía lentamente, ciertas noches gatos, un borracho y, sin gatos ni borracho, yo sentada en la cama en un aislamiento desgraciado, preguntabas

–¿Qué será de mí?

y ahora sabes la respuesta, es esto, qué adelanta quejarme, por dónde iba, iba por que el apartamento para mí y nada de miedo a la oscuridad, si el comandante de los bomberos toca el timbre no le abro, tres toques largos y uno corto como mi padre antiguamente, sin una sonrisa, sin un beso, pero habría habido sonrisas y besos, abrió el baúl para coger la muñeca del montón de ropa

–Perdona

y ponerla en su sitio en la almohada y no encontró la muñeca, empezó a sacar blusas, camisetas, pantalones, unas sandalias antiguas, de nuevo camisetas, faldas, el babi del colegio con una mancha de tinta, bolitas de naftalina

–Lleno un vaso y me las trago

la caja con la medalla de la primera comunión perdiendo el baño de oro y oxidada por debajo, lavanda deshaciéndose en las manos, otro babi, más ropa, una nariz de carnaval con la goma suelta en uno de los lados

–Cuando encuentre la muñeca hago un agujero en el cartón que se rompió y lo pongo

la tarima llena de piezas blandas, desteñidas, con la nariz en medio de aquello

–Cómo huele a moho esta nariz Dios mío

ella al principio intrigada y después angustiada

–¿Dónde está mi muñeca?

mi padre

–Dentro de una semana el barco a Senegal

y mi madre y yo escondidas en casa si es que un destrozo de tablones, con tejas y trozos de cartón, merece el nombre de casa, arriba se oía el todoterreno de la patrulla, por una carretera de tierra que iban alisando los neumáticos, cuatro martillos de plástico golpeando con fuerza, golpeen también la risa de los soldados, un barco a Senegal y ningún mestizo con nosotros, la Prisión de São Paulo en las antípodas, África en las antípodas, su madre de rodillas en la cocina del jefe de puesto, dónde está mi muñeca, nuestras vidas han cambiado, aquí estamos en paz, nadie llama a la puerta, nadie nos busca

–Hasta que al final nos encontramos señor comisario

educados, serenos

–Tenemos que marcharnos señor comisario

uno de ellos mirando los muebles, el otro saludando a la madre

–Un placer

solo un trabajo que todos, empezando por nosotros, condenan pero respetan, el tiempo de la violencia acabó y además de qué sirve la violencia, ensuciarlo todo para después limpiarlo, preferimos resolver los problemas de forma tranquila, charlamos hasta concluir que es la mejor solución, si hay un precio a pagar se paga y se tacha de la lista, para qué confusiones, tragedias, exageraciones, la primera ola en la playa lo cubre todo en un instante, para qué discusiones, la chica que cantaba mi prima pero eso son historias pasadas, no le guardo rencor, el director de la Clínica, pasmado con la agenda

–Por su aspecto debe de estar llena de voces

mientras yo con dieciséis años, quince, catorce, trece y medio, catorce el veintidós de enero, abriendo la ventana para observar el sendero entre el cuarto y la fábrica, apoyándome en el alféizar, llamando a la muñeca y solo dos gatos que siguieron tumbados, un trozo de revista en una voltereta lenta y encima, estrechita, una rendija de cielo incapaz de protegerme, dónde está la muñeca, intentarlo en la otra habitación, en la despensa, en el salón, al contrario de lo que pensaba muchos armarios y muchas cómodas para un apartamento minúsculo, si coincidía entrever a distancia al comandante de los bomberos, incluso uniformado y con el casco, irresistible de autoridad, me piraba en la primera esquina, mi padre se llevó las dos maletas al barco de Senegal, la almohada criticándome, qué rara la cama sin muñeca, si todavía iba a Correos era con la esperanza, nunca se sabe, de una carta suya, abrir el sobre y la hoja de papel igual a un pañuelo mojado, cambió de ideas, le gusto, quiere verme, un día de estos, cuando menos lo espere, ahora que se ha acabado el barullo y solo media docena de tiros, media docena de asaltos, me entra en la cabaña en Luanda, tras horas preguntando en las chabolas y tropezando en las basuras, con la blusa rosa y el sombrero de paño que le hizo mi madre, de manera que recogiese los rizos que le quedaban, la tinta de una de las muñecas, rota, mostrando la pasta gris, los mestizos cerca porque un primer helecho crepitando, había olvidado el seminario y los helechos pero los helechos no se olvidaban de usted, incluso en Lisboa ahí están y la campanilla del dormitorio

–Las seis las seis

tiene razón, señor doctor, estoy llenita de voces, tantos gritos, tanta tortura, tanta argumentación indignada, hasta un gramófono y chicas con plumas

–No quiero a nadie triste

con los tobillos en alto, los tacones de los zapatos en las tablas del estrado que pensaba en ceder, va a ceder, no cede, mi madre

–Me aseguran ustedes que no se rompen

y en lugar de respuesta un suspiro profundo, apoyarme más a la izquierda donde con suerte una viga, volver a llenar el baúl antes de que volviesen mis padres, el apartamento casi en orden, las cómodas cerradas, el comandante de los bomberos levantándome el mentón

–¿Dieciséis años ya?

sin creerlo como no creo que esté todavía en Angola, con media botella y unas sobras de pescado seco que no voy a comer, miro las sobras y resisto tal y como resisto al trago y

Dios sabe cuánto necesito un trago, barrí el suelo y coloqué la bolsa que sirve de almohada porque cuando llegue la muñeca, exhausta del viaje y de buscarme entre las chabolas, querrá quedarse allí, cerrando el único párpado que baja, mientras el ojo bueno me recrimina, fingiendo que se ha dormido.

18

Las hojas de los árboles quietas, las voces calladas, la memoria un reloj con muelles torcidos que marca horas imposibles, las treinta y nueve y media, las sesenta y una y cuarto, las cuatrocientas cuarenta y nueve menos diez, palabras sin nexo, anaeróbico, oxímoron, la circunvalación de Luanda deformada en una especie de bruma, el apartamento de Lisboa donde mi madre

–Cristina

preocupada por mí y para qué preocuparse si el reloj funciona, las veintisiete en punto, las setenta y dos menos once, a pesar de todo los muelles siguen y yo viva a su lado, de momento no me he muerto como su abuelo, como África y sin embargo pedazos de Angola

–No te dejamos nunca

pegados a mí, un puesto de policía de los blancos con los prisioneros negros, casi desnudos, cavando, yo en el jardín con miedo a la lluvia e incapaz de volver a casa, mi padre me cogía corriendo y tras la lluvia salamandras en el techo, mosquitos, existencias minúsculas apoderándose de la nuestra, mira la cadencia de las gotas ablandándose en las tejas, soy Cristina y tengo dos manos que se mueven solas, mi padre soltaba el tenedor para comer con los dedos, las mil y no sé cuántas horas y mi madre señalándolo en busca de una cómplice

–¿Has visto?

yo que no veía fuera lo que fuese, quiero decir lo vi espiándome durmiendo, el índice acercándose a la sábana y retrocediendo de inmediato, era usted pensando en Angola, no yo que no sé pensar, uno de los muelles se quedó inmóvil, los otros prosiguen, me duele un colmillo sin que sepa cuál, el dentista de la Clínica con un hierrito

–¿Este?

sacó el hierrito para que respondiese y yo muda, las cosas pasan dentro de mí, no fuera y a lo mejor el dolor de otra persona que se me instaló en la encía, a veces las enfermedades cambian de sitio, nos quedamos en el hospital, saludables, presenciando la muerte en las camas vecinas, mezclándose con la familia y la familia

–¿Quién es?

mi madre a sí misma, no al doctor de la rodilla

–¿Cuánto tiempo me falta?

convencida de que el tiempo se mide y no se mide, se equivoca, señora, le falta todo el tiempo, no falta nada de tiempo y su tío matando perdices una a una y arrancando los matorrales sacándole las raíces, su tío no como lo recuerda, viejo

–No falta nada de tiempo

aunque la gorra le esconda la cara y la anchura del traje le disimule los movimientos, viejo, su tío cogiendo la escopeta

–No falta nada de tiempo

encontrando el percutor con los dedos, el gatillo con los dedos, los propios rasgos también con los dedos porque se olvidó de la arquitectura del cuerpo, usted no con la edad de entonces, con la edad de ahora y los peñascos enormes, la mula nerviosa y la sombra de una voz, hasta que por fin, en la cabeza, el zambo de Quibala disculpándose ante un teniente, con los soldados esperando detrás de él

–Hice lo que me mandaron señor teniente

en el momento en que el muelle se liberaba de un espigón invisible y volvía a extenderse tal y como este capítulo, hasta aquí resistiéndome, empieza a extenderse, una segunda vez, una tercera, todas las voces conmigo, el zambo

–Señor teniente

sin uniforme, de paisano, usted le pegó fuego al seminario verdad, padre, no soportaba recordarlo pero Dios ha de saberlo, es cuestión de días, al echar un vistazo a África

–¿Aquel mi seminario?

todas las voces conmigo, el director de la Clínica

–Cójanla

tiras de sábana en las muñecas, en la cintura, en los hombros

–No vaya a morder

su tío no

–Chica

como su abuelo, su tío

–Alice

renunciando a la escopeta

–Alice

tan antigua que se desarticuló pieza a pieza en el suelo, comprobando la casa, la huerta, el frutal y riéndose de nuestro poquito de pobres, quién escribe esto por mí, le pido a una persona al azar, me da igual, que me ayude, diga

–Cristina

y me ayude, mi madre un paso apoyada en una silla, otra silla, estirando el brazo hacia la camilla sin encontrar la camilla porque los muebles nos huyen, nada se queda con nosotros, emocionado y atento, mi madre la expresión de quien va a ahogarse, se ahoga, cuántas horas en el reloj en este instante, el zambo

–No haga eso señor teniente

a medida que crece la hierba sobre las fosas y los muertos debajo del pasto no acusan a nadie, al revés que los demás difuntos de África se sientan con nosotros mirando los milanos que nadie sabe dónde se esconden durante el rollo de la lluvia, docenas de voces combatiéndose, la del padre de mi madre que no fue capaz de matar al perro enfermo, lo llevó a un pinar lejano, liando los caminos, y a pesar de ello el animal alrededor de la casa, el zambo con una clavícula rota

–¿Cómo podría haber desobedecido señor teniente?

mi padre le pegó fuego a lo que quedaba del seminario, paredes, lápidas de escayola, los hierros de una cama, tal vez la suya, en el suelo, el teniente surcaba la tierra con una varita, reflexionando, el perro de vuelta a casa pero todavía enfermo, la abuela de mi madre, cuando el animal se arrastró para lamerle la pierna

–¿No tienes la caridad de acabar con él?

y el padre de mi madre los mismos gestos lentos que el perro y los mismos ojos sin fuerza, entreteniéndose en el escalón, con la palma en el cuello del animal, sin que ninguno de los dos tuviese la caridad de acabar con el otro, la misma renuncia en el mismo cuerpo sin fuerza, el vecino que había trabajado de camillero en el ejército

–Deben de ser los azúcares empañándolo por dentro

mi madre no se despidió de él antes de viajar a Lisboa, el ahijado del farmacéutico

–Coges el autobús en el pueblo

juntó la ropa en un paquete, cogió dinero de la caja de la cocina donde más papeles que dinero, casi nada de dinero y lo metió en el pañuelo, vio a su madre fuera lavando y no la llamó, vio al abuelo en el banquito escudriñando la punta de un cigarro en el chaleco, vio al padre en la huerta con el perro, que no tenía la caridad de acabar, extendiendo junto a él la agonía sin fin

–¿Se acuerda del perro madre?

y no tuve que mencionar qué perro, se acordaba porque la silla que le servía de apoyo de repente insegura, el zambo

–Tengo hijos señor teniente

eso a las noventa y siete y veinticinco, por tanto antes de la noche, en una de las chozas de Quibala la primera lucecita, un soldado levantó la escopeta y el teniente comprobando sus propias botas

–Espera

vio más cosas pero para qué nombrarlas, para qué emocionarse, señora, la edad nos altera, verdad, asuntos sin importancia de repente enormes, disgustos diminutos un remordimiento tenaz, si preguntase

–¿Qué piensa de la Comisión de las Lágrimas padre?

el alfil que tenía intención de cambiar en el tablero tambaleándose, el infeliz, cayendo sobre los caballos, desordenando el juego, tuvo que sustituir no sé cuántas piezas por números del bingo, tapones de cerveza, botones, mi madre vio cómo se iba el autobús del pueblo en una humareda lejana como vio la polvareda en los árboles y los gorriones volviendo de la iglesia terminado su susto, se sentó en un banco, esperando al siguiente autobús, durmiéndose y despertándose, una campana lejos y cerca iba balizando el tiempo, lejos se despertaba y casi en su cabeza al resbalarse hasta donde un zambo bajo las nubes de momento no de lluvia

–Tengo hijos señor teniente

y mi padre incapaz de volver a empezar el ajedrez, sin acordarse de los mecanismos del juego, el comandante del barco a Senegal

–Tu mujer se queda conmigo

y por lo menos una cama, no un banco en el pueblo, por lo menos comida, un sujeto con una maleta de viajante delante de ella

–¿Hasta cuándo vas a quedarte ahí?

y mi madre levantándose de los perros enfermos, decidida y con miedo, el autobús de la mañana en el que casi nadie llegaba o se marchaba, una campesina con una niña, no, dos niñas, la primera con un lazo en el pelo y la segunda sin lazo, con los ojos llenos de vacas, pasos a nivel y aldeas ganadas y perdidas, un señor con un tubo en la garganta, un músico ambulante con el violín en el estuche, la campesina le limpiaba la cara a una de las niñas, juraría que a la del lazo, en el remate del vestido

–Quietecita

y la niña devorándose a sí misma para impedir las lágrimas, con la mejilla cambiando de forma a medida que se la limpiaban, para mí la pesadilla era sonarme, me tapaban la nariz con una tela, ordenaban

–Haz fuerzas

y yo amordazada en aquello, con la noche el frío, lámparas irregulares, un vientecillo que descubría los intervalos de la ropa como descubría las rendijas de la casa, cuando iba a la Comisión de las Lágrimas pensaba vengar a la madre en la cocina del jefe de puesto, el teniente seguía comprobando las botas y me acuerdo del sonido de los árboles y del mapa en la pared con marcas de colores, el viajante una hospedería de macetas con plantas, convaleciente de no sé qué molestia, a cada lado de la puerta, una escalera en la que mi madre se equivocaba con los escalones desiguales

–No hagas ruido

y matojos de perdices en el descansillo, en el pasillo, en la habitación, si alguien se acercaba un remolino de plumas, una bombilla sucia en el techo porque nuestras sombras sucias, no solo las sábanas, una única sábana, además, y yo tan sucia, tenga la caridad de llevárselo detrás de un peñasco y acabar con el perro, señor, que mi padre no protesta, no protestó con mi tío, no protestó con los demás, los observaba por encima del sacho, parecía que iba a decir una frase y no la decía, seguía cavando, recuerdo la maleta del viajante en la puerta, a mi abuelo que creía verme y se equivocaba, eran los bandazos del maíz, era la polvareda del autobús del pueblo en dirección a Lisboa, y el viajante cada vez más pequeño hasta desaparecer y adiós, si se lo encontrase por casualidad no lo reconocería, reconocería la bombilla sucia y una quemadura de cigarro en la colcha, el perro y a mi padre esperando que la caridad de alguien acabase con ellos y no acababa, durarían para siempre en la huerta, no me obliguen a hacer fuerzas con la nariz en un trozo de tela

–No hay manera de que aprendas a sonarte

y no hay manera de aprender a sonarme, tienen razón, me voy secando en la manga, el señor Figueiredo

–¿Tú no creces?

y no crezco, señor Figueiredo, sigo asombrándome con las nubes, una tórtola salvaje, el otro día un mochuelo que se estrelló contra el limonero y allí se quedó, no con plumas, con pelos, arrastrando en círculo el ala rota, segura de que si llego a la terraza, aquí en Lisboa, lo veo en la calle hasta que mi tío lo atraviese con el rastrillo, el zambo liado en el argumento de los hijos, las treinta y una y once, madre, no empieza la comida, el teniente surcando el suelo con la varita mientras mi padre se acercaba al barco de Senegal con la tranquilidad de quien pasea, entregué la carta del hijo del farmacéutico en un piso bajo en Lisboa, donde un señor servicial

–Léemela tú que ayer al intentar coger las gafas las pisé

y una mujer mayor que él en una cama en un rincón, con las mejillas sustituidas por huecos y miembros torcidos, probablemente ya muerta, el señor servicial interrumpió la lectura señalándola con el mentón

–Mi hermana

solo nariz y boca, mi madre tropezando con las letras, ella y yo en el navío de Senegal observando a mi padre que caminaba hacia nosotras a lo largo del muelle, apartándose de las luces y evitando a los policías, el señor servicial sacó del bolsillo una única lente, además rachada

–Dame eso

todavía con la parte que se apoya en la oreja reforzada por dos vueltas de cinta, poca cosa, Lisboa, calles metidas las unas en las otras, museos, fuentes, aseguraría que mi familia en una esquina

–Alice

dispuesta a limpiarme la nariz en un trapo

–No sabes ni sonarte

mientras la mujer mayor se agujereaba las palmas con las uñas oscuras y todas las costillas al aire, por qué no le clava el rastrillo, tío, y no nos la enseña

–Miren

no sé sonarme, no sé leer, es decir sé leer las letras de los libros si me dan tiempo, no sé leer las letras de la mano, el señor servicial acercaba y alejaba la lente moviendo las arrugas al compás, una segunda cama, un cubo, mi madre a la lente

–¿No está muerta señor?

la lente acercándose y alejándose

–Lo veo en cuanto tenga tiempo

sin abandonar el papel, en la ventana un mechón de enredadera que el marco no tenía intención de coger con un peine y empujar hacia atrás y Moçâmedes ahora, cuando no me convenía, no los cocoteros o la playa o el mar, el inicio del desierto tras las últimas casas, una carretera que no se sabía adónde llevaba, un policía llamó a mi padre y mi padre le enseñó una tarjeta, no dudando, autoritario, lo saludaron y empezó a andar de nuevo, con una desenvoltura majestuosa, me duele un colmillo y no me molesta que me duela, directito al barco, por qué no tirar el perro al pozo y oírlo en el fondo al sumergirse en el agua, cuando se traía a un ahogado arriba venía llorando trapos, no solo los trapos de la ropa, el trapo del cuerpo, el de la cara cerrado con llaves que yo ignoraba que existían y los pies y las manos liados, el dentista a los dos enfermeros

–Por la radiografía me parece este si la agarran yo tiro

mi padre casi en la escalerilla de embarque, el primer escalón, el segundo, el señor servicial se guardó la carta en el bolsillo, observando a la enferma a distancia

–Hasta es posible que esté muerta hace semanas en setenta y ocho años nunca la entendí

buscando una botella en el lío de una caja

–¿Sientes olor a finado pequeña?

uno de los enfermeros la rodilla en mi pecho, el compañero la barriga y los muslos, el octavo escalón, el noveno, mi madre hablando con el comandante, distraída de mi padre, las dos mil ciento once si las agujas no mienten y el señor servicial pidiéndole

–No apague la luz madre

a una criatura joven, con el pelo recogido en una trenza, cuyos pasos disminuían a lo largo de lo que debería de ser un pasillo porque al apagarse la luz todo cambia en el mundo, lleno de pasillos que no se sabe adónde llevan, se caminan kilómetros y más pasillos, cuatro mil doscientas horas y diecisiete minutos moviéndonos no se sabe en qué dirección, nosotros

–¿Este soy yo todavía?

y la criatura de la trenza indiferente al señor servicial, quién le ayuda a vestirse, quién mete los platos en el mueble al que no es capaz de llegar, quién le desata las botas

–Es posible que esté muerta hace tiempo

el señor servicial sin encontrar la lámpara y si la encontrase incapaz de apretar el botón

–Los niños guapos no aprietan el botón

intentando protegerse de los bichos que fabrica la oscuridad o de los gitanos que entraban por la otra puerta, no la del jardín, la del patio de la pila, que no cerraba bien, y su padre, sin arreglarla nunca

–Un día de estos tenemos una sorpresa desagradable al entrar en casa

como si fuera la criatura de la trenza la que debiera arreglarlo, gitanos que lo obligaban a pasar hambre y a tocar la pandereta, se ocultaba en las mangas y no resultaba, se comía la uña del medio y no resultaba, decía precavido

–Creo en Dios

y el

–Creo en Dios

resultaba todavía menos, afortunadamente la claridad evaporaba a los gitanos y en lugar de los bichos manchas de sol pintarrajeando el mundo, creíamos escaparnos y ellas

–Te cogí bandido

café con leche, galletas, la criatura de la trenza

–No hagas ruido al masticar qué cosa

la criatura de la trenza

–Ya estás llenando el mantel de migas

el dentista, comprobándolo mejor

–Tengo la impresión de que me he equivocado era el sinvergüenza de al lado

los bichos volvían a aparecer por la noche cuando el fontanero, tan simpático

–Chica

salía de la taberna y se transformaba en la navaja que guardaba en los pantalones, recorriendo la calle dando bandazos

–Os voy a matar a todos cabrones

hasta encontrarse en el cristal de un escaparate y empezar a llorar

–Me han hecho un infeliz

puesto que la esposa lo dejó, los gitanos pasaban por la plaza fingiendo que no lo veían y el señor servicial observando a la enferma

–A lo mejor se ha muerto a propósito para darme trabajo

incapaz de perdonar la lámpara y la oscuridad, los enfermeros volvieron a agarrarme y un paralelepípedo se despegó de la encía, se notaba un sufrimiento en el despacho pero a quién pertenecía, los dolores nunca fueron míos, eran solo de Cristina, el teniente dejó de hacer rayas, desviándose hacia el zambo

–Bueno vamos a ver

y los árboles de Quibala grises como el cielo, todo del gris de los muertos, las hierbas, el pasto, el principio del matorral, el señor servicial midiéndome

–Ya está mejor

y horas después otro señor servicial parecido a este, probablemente con la hermana también en una cama, con las mejillas sustituidas por huecos y puede ser que difunta, si el dolor pertenece a Cristina, y no a mí, yo en paz, si me preguntasen lo que siento, y no me preguntan lo que siento, si me preguntasen lo que siento no respondería, pero si respondiese lo que siento al preguntarme qué siento, sin decirles que desconozco lo que significa paz, a ellos que también lo desconocen, creyendo no desconocer lo que significa paz, respondería que paz, si mi padre me acariciase la cabeza no lo consentiría, lo consentiría, no lo consentiría, me escaparía sin moverme, acaricie a Cristina y salga de la tienda, el otro señor servicial, a lo mejor de la familia del primero y como consecuencia una enferma sola para los dos, ambos con miedo a la oscuridad, ambos llevados por los gitanos para tocar la pandereta

–Ya ha estado mejor y ha estado peor para África sirve

ellos en el pasillo hasta la Resurrección de la Carne, y en la Resurrección de la Carne, cuando menos se espera, el teniente diciendo que sí al soldado, nadie encontró plantas y árboles tan grises como en Quibala, no sirvo para Lisboa pero para África sirvo, yo en Quibala, yo zamba, con la esperanza de ablandar al teniente

–Tengo una hija señor teniente

no

–Tengo hijos señor teniente

yo

–Tengo una hija señor

no de un negro, de un blanco

–Alegría alegría

para el que bailaba en una fábrica, en una modista, en una oficina, se le daba a la manivela del gramófono y la aguja saltando en las espiras desordenando la música, cuando empecé éramos veinte, después ocho, después cinco, si Bety en mi sitio

–Tengo dos hijos mulatos señor teniente

de un guineano que trabajaba en la fábrica de cerveza y robaba cajas para el señor Figueiredo que no se lo agradecía a él, se lo agradecía a Bety, saludándola desde la buhardilla que llamaba oficina, donde la mesa de las sumas y el sofá en que me ofreció a Cristina, si es mujer le pones Cristina, el señor Figueiredo a Bety

–Ven aquí cariñito para que le des las gracias a tu marido

y la puerta cerrada, silencio, Bety en el silencio

–Deje que yo lo hago antes no me arranque el corchete

un muelle soltándose y el señor Figueiredo en lugar de

–No admito tristezas

un silencio en el que se escuchaban pasos descalzos y se notaba el olor del alcohol de las heridas

–Me ha arañado la mierda de un espigón

el teniente le dijo que sí al soldado sin que le importara el arañazo, amenaza de lluvia y alrededor el bosque negro, ningún pájaro acompañándonos cuando el motor del barco empezó a funcionar dándole la idea de que volantes descentrados estorbándose los unos a los otros, hay veces en que creo en Dios y hay veces en que no creo, el barco no avanzaba hacia delante, avanzaba de lado y mi madre al comandante

–¿De verdad que esto funciona?

mi madre que servía para Angola entreteniendo a los propietarios de las fincas, no servía para los señores venerables de Lisboa, si yo mirase el mundo con una única lente qué vería, díganmelo, el dentista oliendo el paralelepípedo

–También parece en condiciones ¿y si se los sacásemos todos?

o sea el dentista poniéndome una gasa en el agujero

–Pueden llevársela

organizando pinzas y espejitos, uno de los enfermeros, el que hablaba por teléfono, con tanto desamparo a su alrededor como yo, no me cuesta acordarme de Quibala y del teniente y del zambo, me cuestan los árboles y la lluvia, Bety salía de la buhardilla poniéndose la ropa, ya no se divisaba la bahía, se divisaba un extremo de la isla, palmeras, la chimenea de un hotel, el zambo esperando y el soldado sin tocar la escopeta, vi bueyes en el colonato de Cela tirando de arados y una lechuza acompañándolos, ponen los huevos, se funden en los eucaliptos como las perdices y los tordos, fíjense en mi abuelo insultando a la mula con una pasión demorada

–Puta

mientras la iba barriendo con gestos que no terminaban en la grupa, continuaban por el campo más allá del establo, acariciando peñascos, tejados, eucaliptos y prolongándose hasta no sé dónde entre pinares y matorrales, el soldado sacó por fin la escopeta pero sin tocar el gatillo, solo para examinarla, mi madre todavía agarrada a la segunda silla, deseando coger la cómoda

–¿Estás mejor Cristina?

mejor de qué, qué tontería, mi padre en un fardo entre las docenas de fardos del barco y no con nosotras, en Huíla, en

Cassanje, en Huambo o pasando el río hacia el Congo, escondiéndose de los portugueses y de los negros que obedecían a la policía de los blancos, mi padre en la Comisión de las Lágrimas, tras la guerra, leyendo lo que no existía, preguntando lo que no sucedió, escondiéndose entre los arbustos cuando llegaban los aviones, él o el señor servicial, más él que el señor servicial pidiendo

–No apaguen la luz

a una criatura con el pelo recogido en una trenza cuyos pasos mermaban a lo largo del pasillo porque al apagarse la luz todo cambia en el mundo, lleno de pasillos que nadie sabe adónde conducen, se caminan kilómetros y más pasillos, nos desplazamos porque nos obligan a desplazarnos sin saber quién nos obliga a desplazarnos, mi padre en la casa de Lisboa

–¿Este soy yo?

sorprendido porque se cree en África, bajando del todoterreno y pisando las plantas del jardín hasta el escalón donde lo espero, es decir no espero a quien quiera que sea en la vida, cuántas veces voy a tener que soportar esto, estaba en el escalón de casualidad, porque demasiado calor en el salón o porque me agradan los crepúsculos cuando acaba la época de neblinas, da igual, estaba allí y eso es todo, aquí estamos casi al final, qué alivio, casi los mestizos, casi la playa al otro lado del Tajo y en la Prisión de São Paulo otra Comisión, otras lágrimas, por favor no golpeen con un martillo de plástico una caja de costura, el doctor de la rodilla a mi madre

–Estas cosas son realmente así antes se moría pronto ¿qué nos ha pasado para durar tanto tiempo?

ella con su dolor, yo con mis dolores por ahí sin fastidiarme, el del estómago, el de la vesícula, el zumbido en la oreja que me perturba las voces, el zambo retrocedió un paso sin retroceder ningún paso cuando la escopeta del soldado una bala en la recámara, siempre me ha intrigado el hecho de movernos quietos, de cubrirnos con los brazos sin cubrirnos con los brazos, arrodillarnos de pie, hay sitio, en nuestro interior, para mil gestos, caramba, en este momento no creo en

Dios ni me queda tiempo para pensar en Él, tal vez después, no sé, por la tarde o de repente en medio de la cena, movemos el tenedor en el plato y una evidencia que nos sorprende

–Por poco le hago daño a Dios

la criatura de la trenza nunca se acercaba al señor servicial, la veía siempre marcharse sin despedirse, sonriendo a un hombre con un lunar en la frente que la esperaba en el vestíbulo

–Tininha

no

–Madre

como él

–Tininha

y la madre al marido, comprobando si las llaves en la cartera

–Cógeme al niño

no vestida como en casa, emperifollada, tampoco con trenza, el pelo suelto y oliendo a miel, el hombre del lunar en la frente sonriendo al padre del señor servicial

–Hasta luego

sin que el padre del señor servicial le devolviera la sonrisa, se escuchaba, escaleras abajo, la risa de Tininha y la voz del hombre por la ventana abierta, clara aunque dos pisos y tranvías y música en el café

–A veces tu marido me da pena palabra

el padre que trabajaba en una compañía de navegación, al entrar dejaba la carpeta en el baúl, decía

–Buenas noches a todos

y ni la criatura de la trenza, ni el señor servicial respondían, la criatura de la trenza, ocupada almidonando una camisa, una mirada que lo pulverizaba y el señor servicial entretenido componiendo seis cubos, con trozos de animales diferentes en cada cara, que formaban un oso con esmoquin, o una lechuza con estetoscopio, o una jirafa bailando, por más que se esforzase no recordaba los tres animales que faltaban, un elefante o un rinoceronte felices, no estaba seguro, un corzo con tirantes saltando por encima de un avestruz y de los tirantes estaba seguro, de lo demás solo dudas, la duda de quién saltaba en verdad por encima de quién y el señor de edad casi preguntando a la hermana

–¿Qué te parece?

y reteniéndose a tiempo, el último animal se le fue de la cabeza, una boa, una cebra, un búfalo, no pidió a la enferma de las mejillas sustituidas por huecos y todas las costillas al aire, probablemente difunta en la cama, que eligiera entre la boa, la cebra y el búfalo

–¿Cuál era hermana?

con miedo a que un suspiro débil le respondiera, mi madre, ansiosa por ayudar, dividida entre la cebra y el búfalo, imaginando qué pensaría el abuelo que se guiaba por las verduras de la huerta, presintió que el abuelo

–El búfalo

de modo que mi madre al señor servicial

–El búfalo

en el momento en que el zambo retrocediendo un paso más sin retroceder ningún paso, el teniente sugiriendo

–La cebra

mi madre dispuesta a estar de acuerdo

–La cebra

en el momento en que la escopeta disparó y el señor servicial, con un agujerito en el pecho, cayó sobre la cama, sin interés por el juego.

19

Mi padre cerró el libro de ajedrez, sin marcar la página doblándole una esquina, ordenó las piezas en la caja, dobló el tablero, dejó el libro, la caja y el tablero al lado de la silla, dijo

–Están llamando a la puerta

y nadie llamaba a la puerta, dijo

–Me están llamando

y nadie lo llamaba, dijo, buscando la chaqueta

–Quieren que vaya con ellos

y nadie quería que fuese con ellos, quiénes eran ellos, al acercarse al pomo reparó que zapatillas en vez de zapatos y volvió con pasos duros y lentos, por un momento pensé que iba a despedirse de nosotras y no se despidió de nosotras, giró la cerradura y salió sin que escuchásemos una voz en el descansillo, palomas en la claraboya, ruiditos, arrullos, cuántas palomas habrá, así por alto, en Lisboa, mi madre y yo lo vimos, desde la terraza, en la calle, sin mulatos y sin un coche esperando, solo personas con análisis y radiografías esperando a que abriera el puesto médico, cuántos enfermos habrá, así por encima, en Lisboa, y mi padre bajando hacia el río, lo perdimos donde el tranvía hace una curva y siguió bajando, se metió por el camino de comercios pobres que termina en el edificio de los trenes, cruzó la avenida hacia la zona del Tajo escondido entre los contenedores, no me siento ni bien ni mal, me siento regular, una molestia abajo que no me agobia, solo faltaría eso que las molestias agobiasen, la menstruación viene unos meses, otros meses no viene, a partir de los cuarenta, ya se sabe, hay zonas que renuncian y si fuesen solamente los ovarios estaría feliz de la vida, mi padre se dirigió a la estación de los barcos para la otra orilla, ahora que se han acabado los contenedores el agua no azul como en las fotografías, parda, casi negra contra la muralla balanceando basura, un reloj en una fachada con un andamio delante, con las ventanas sustituidas por tablas, un navío turco o italiano y bien aquí tenemos los problemas de la vista, no distingo las banderas y aunque las distinguiera qué sé yo de banderas, un navío turco o inglés o esquimal con un sujeto clavando remaches, si tuviera gafas lo describiría detalladamente, más personas en la estación de los barcos que esperando la consulta y hasta cierto punto consuela comprobar que los viajeros sobrepasan a los enfermos, señal de que la raza blanca no se extinguirá tan deprisa o al menos una parte de ella se mueve, a la entrada de la estación la balanza en la que no se pesaba ni un solo curioso, con la ranura para la moneda en la parte de arriba y mendigos y ecos, se compraba el billete a una empleada detrás de un cristal, con el teléfono

–¿Y ella aceptó tu postura?

entre la oreja y el hombro, que le entregó en un único gesto el papelito y la vuelta

–No hagas la tontería de ceder en la casa

y la argolla del pendiente que se había quitado para charlar girando en los dedos, horarios, una máquina de tabaco, me encanta el ruido del cambio clin clin, un aparato con un par de cepillos circulares, peludos, el primero con el letrero Marrón y el segundo con el letrero Negro, no soy negra, a qué daban lustre, meneándose y temblando, a las punteras que les colocasen, mi padre buscó alrededor a los mestizos y ningún mestizo, o lo esperaban en el barco o lo esperaban a la llegada, por prudencia, discretos, se limitaron a llamar a la puerta, seguros de que mi padre lo entendería

–Es necesario precaución

y de hecho lo entendió, sentado en uno de los bancos del piso de arriba del barco, rayado a navaja, te amo bruno, bajo una cobertura de lona a rayas que chasqueaba al viento, mientras la cuchara del motor, lanzando una prolongación a su barriga, le iba moviendo el caldo de las tripas, mi padre convencido de que eran sus intestinos, cocidos a fuego lento, entre humo y crujidos, los que se movían en proa, arrastrando una cola de gaviotas, a veces una de ellas se atravesaba a un palmo, desesperada de hambre, en chillidos sofocados, a veces una trainera con problemas en los huesos, a veces un remolcador agobiado con la hernia, la voz de la taquillera acompañándolo

–Eres tonta ¿lo sabes?

y la argolla del pendiente aplastada con furia, el cementerio judío perdido, nosotras perdidas, la molestia aumentando, por qué las zonas que renuncian nos informan de su abandono a gritos y poco a poco un puerto más pequeño que el de Lisboa, edificios desteñidos por el río, cuerdas lanzadas desde el barco y hombres en mono agarrándolas a cilindros de hierro, la cuchara en la barriga de mi padre disminuyó y se detuvo, las tripas tripas de nuevo, sin humo ni crujidos, y por cierto espero que también sin molestias, cuántas zonas suyas se han destrozado, padre, qué le queda a los setenta y seis años, antes de bajar del barco, todavía atontado por las olas, pasó el dedo por el te amo bruno para sentir los surcos a navaja de las letras y por poco no se le clavó una astilla en el pulgar, qué traicionera la pasión, buscó alrededor a los dos mestizos que debían esperarlo, buscó al tercero en un automóvil discreto, protegido por un árbol, y nada, solo una mujer entera empujando a una mujer sin piernas en una silla de ruedas y un policía, parecido a ambas, besándolas, entendió que los mestizos debían de estar en la playa pero en qué playa si solo casas y calles, una terraza de cervecería con un acuario de centollos, con las pinzas atadas con gomas, cabalgándose en los movimientos de los sueños mientras un tubo iba soltando un revuelo de burbujas, detrás de las casas más casas, un patio de colegio, un mercado, todo esto en lugar de la playa, qué playa, los mestizos, quién asegura lo contrario, vigilándolo a distancia, amigables, atentos, entre criaturas civilizadas estas cosas se hacen con elegancia, hace siglos que acabaron las ametralladoras y las carreras, pensó en mi madre, pensó en mí y nos hizo desaparecer como hizo desaparecer tantos recuerdos que no éramos nosotras, tardes enteras preparando emboscadas a columnas que al final no aparecían, la campanilla de llamar a los leprosos en Ninda, el profesor de Teología hablando y no palabras, burbujas de acuario que subían por el agua verdosa, la primera misa con el peso enorme de Dios aplastándolo con amenazas

–Si pecas aunque sea un milímetro te las verás conmigo

vigilándolo sin descanso, desconfiado, severo, la sospecha, durante la Elevación, al enseñar la hostia a los fieles

–¿Y si Dios charlatán del catecismo?

en medio de cirios que vibraban y de gente arrodillada, la hostia no de pan, de cartulina y él mintiendo a los creyentes, ganas de pedirles no crean en mí, nos morimos y ya está, el Paraíso un embuste, el alma eterna una chorrada, la molestia desaparecida o sea los ovarios retrocediendo para volver con más fuerza, si algo he aprendido en estos años ha sido que la desgracia no se olvida de nosotros, mira las bocas de las hojas, mira las voces bajito, no

–Ay Cristina

tiránicas

–No te soltamos ¿lo sabías?

mi padre a la deriva por las calles sin atreverse a preguntar dónde estaba la playa, tiene que haber una playa y en lugar de la playa un vertedero, abedules, un almacén con un letrero encima de la puerta, Cooperativa Vinícola, y después las paredes caídas, hierbas, un gato en una viga con pupilas babilónicas, al desmontarlo la idea de que Dios una probabilidad, puede ser, después lo piensas pero tiene que haber una playa, no llamarían a su puerta

–Tenemos una cita

si no hubiese una playa, aunque insignificante, después de unos arbustos y los mestizos dándole la mano

–Aquí estamos señor comisario

no los conocía de Angola, no se los había encontrado antes, el automóvil arrimado a una duna donde un pino, imagínese, cómo habrá hecho el pino para crecer aquí, uno de los mestizos con gorro, el otro criticándolo, no enfadado, cortés

–El trabajo que nos ha dado

y ningún arma a la vista, catana, pistola, ni que fuese una llave inglesa, solamente dos sujetos y el del automóvil impreciso en los cristales subidos, se entreveía la silueta y la mano haciendo gestos, una sonrisa o si no fue mi padre el que se imaginó la mano y la sonrisa, como se imaginó a Dios aunque Dios, puede ser, quién se atreve a jurarlo, es mejor dejar este asunto en baño maría una semana o dos y entonces, poco a poco, ir volviendo al tema, cómo se compagina a Dios con

–Las seis las seis

el refectorio grasiento y la agitación de los helechos, las casas iban escaseando y transformándose en campos, es decir primero un vertedero y después los campos, ni huertas ni fincas, matorrales por todos lados, un sujeto sentado en una piedra con media docena de ovejas alrededor, cambiando de sitio sobre las patas nerviosas, le pareció que un tren a la derecha pero ni vagones ni vías, solo el ruido acompasado, las ovejas masticaban lo que tenían dentro de ellas y se lo llevaban a la boca con una contracción del cuello, le preguntó al sujeto

–¿Y él aceptó tu postura?

le preguntó al sujeto, después de apartar el pendiente de argolla de la taquillera

–Señor ¿dónde está la playa?

con el teléfono cogido entre la oreja y el hombro, con un lunar en el borde del labio y era el lunar el que hablaba

–Eres tonta ¿lo sabes?

saltando indignado, la atención del sujeto de las ovejas le subió por las rayas de los pantalones hasta la camisa y la cara, tardó en razonar sacando la respuesta con una contracción del cuello, hace años que la conservaba, esperando a mi padre, y se entretuvo en sus rasgos, desilusionado

–Eres negro

porque una respuesta guardada desde hace años, casi una joya de familia, merecía mejor suerte que un negro, tanto tiempo perfeccionando mi frase, dándole vueltas, limándola, por no mencionar el miedo a no usarla nunca, los hocicos y las órbitas de las ovejas, vistos de cerca, nos emocionan, el sujeto que mantenía la frase, con la esperanza, que no aseguraba ya mucho, de utilizarla un día, señaló lo que por las ramas y la forma de las copas daba la impresión de fresnos, anunció

–Allí

bajó de la camisa de mi padre a la raya de los pantalones y de la raya de los pantalones a un hormiguero, donde los insectos intentaban introducir un trozo de hoja demasiado grande, le apeteció vengarse del destino pisándolos con el tacón y mi padre

–No hagas la tontería de ceder en la casa

con el pendiente pegado a la memoria, sin ser capaz de expulsarlo, como no conseguía expulsar a las personas que corrían por Luanda, una mujer arrastrándose porque la columna o la pierna, una niña en medio de la calle sin llorar, pensé en adornar a la niña dándole un juguete o un trozo de pan en los brazos, hay quien aprecie detalles de este tipo pero para qué mariconadas, una niña en medio de la calle y basta, buscando a su madre y la madre, olvida a la madre, sigue, o si no ninguna niña, la gente que corría llega como llegan los disparos de la policía y la molestia de vuelta, no lo he dicho, con aquella energía nueva, a lo mejor los ovarios, los pobres, ansiosos porque renazcan, renazcan o renacer, ansiosos por renacer, mi padre en dirección a los fresnos que al final eran olmos, después de los olmos un pantano, y en cuanto a Dios, en este momento, o mejor un charco del invierno reciente, con parte de una máquina de costura sumergida en el barro, después del charco un cabezo donde se juntaban pitas, una tira pálida, horizontal, lejana y mi padre feliz

–No me ha engañado es el mar

tan agradecido que por poco no vino detrás a darle las

gracias a las ovejas, él que no se emocionaba con hocicos y pupilas, se emocionaba, o me gusta pensar que se emocionaba, y me inclino por la última posibilidad, con un dedo suyo en mi mano cerrada, pensándolo mejor es a mí, no a él, a quien emociona el dedo en mi mano cerrada, la tira pálida iba ganando color, vio pájaros cuyo nombre desconocía, cuervos en un olivo, la taquillera, más delgada de lo que se imaginaba, y con un defecto en la marcha, al salir de la estación, vivirá con un marido, una tía, sola, un hijo adolescente que la saca de sus casillas o una hija camarada con quien intercambia opiniones y ropa, las argollas, por ejemplo, de cuál de las dos son, la taquillera parando de repente, tocándose el lóbulo y volviendo atrás a por la argolla que había olvidado en el mostrador, debido al teléfono, y la encontró no en el mostrador, en el suelo, torcida por una suela indiferente o perversa, para la taquillera perversa, la convicción de que Sissi a propósito y juramentos de venganza, llamar al novio sugiriendo que otro hombre o echarle un bote de pegamento en el bolso, los pájaros, cuyo nombre mi padre desconocía, ahora abundantes, del tipo de gaviotas y no gaviotas, perfil de golondrinas sin llegar a golondrinas, en algún lugar a medio camino entre la gaviota y la golondrina y la tira estrecha, además de ganar color, creciendo, casi verde con puntos blancos, dónde los esperaban lo mestizos, no junto al agua, lógico, en un relieve de la arena, probablemente con el hoyo ya hecho y la pala con que lo taparían después, o si no en la parte donde la arena se transforma en tierra y a la que no llegan las olas, reduciendo la posibilidad de

—¿Y él aceptó tu postura?

que encontraran el cuerpo, por lo menos el tiempo suficiente para volver a África, los mestizos seguros de que mi padre no faltaría y no faltaba, cuántas noches aguantó la lluvia, entre cajas, en las traseras de la fábrica, de la modista, de la oficina, al pasar a su lado Marilin a mi madre, sin preocuparse de que la oyeran

—¿Qué quiere ese negro?

respetuoso, arreglado, incapaz de hablar, agobiado por la posibilidad de Dios y una sinusitis tenaz, con el pañuelo en el que no tenía la impresión de vaciarse entero, bastaba que lo llamasen

–Dicen que vayas con ellos

para que no fallara la cita como no falló con el señor Figueiredo, el ministro y el empleado de la maternidad, mi madre distraída de la rodilla

–Crees que tu padre

y no creo nada de nada, señora, no me interrumpa, ya tengo bastante con las voces que se entrometen en la que quiero escuchar y me apartan de ella, si se imaginara lo difícil que es perseguir un hilillo que se extingue y vuelve a empezar, llenar los huecos, no permitir que se calle, si se imaginara lo que me cuesta consentir que lo maten, lo que piensa Dios de la gente, lo que piensa de nosotros, Cooperativa Vinícola qué nombre para unas ruinas y cuántos milenios hace que el gato babilónico presente, la silla de ruedas, la mujer sin piernas, el policía, y yo, hecha un lío con tantos datos, intentando ordenarlos, ahora este, después este, allí las ovejas, los fresnos transformados en olmos que mi padre sobrepasó hace horas, estamos en los pájaros, en plantas más duras para resistir el viento, en lo que se empieza a comprobar que son olas por la cadencia uniforme y por la tira de espuma, no los restos de una máquina de coser medio sumergida en un charco, cuando mi madre cosía a máquina, o hacía croché, sus párpados bajaban como en las pinturas antiguas y el cesto de la ropa por coser me tranquilizaba dándome la impresión de formar parte de un lugar útil y sencillo, si en esos momentos mi madre

–¿Cómo estás Cristina?

en el caso de conseguir sentarme me sentaba a su lado, deseando convertirme en un animal para dormirme tranquilamente, de vez en cuando un temblor en la cola pero son sueños pacíficos, no se alarme, señora, páseme la mano por el lomo para creer en la comunicación de los santos y en el vuelo de los ángeles, guardar sin sobresaltos el libro de ajedrez, las piezas y el tablero en el cajón, puede quedarse con el dedo, padre, ya no lo necesito, qué le habrá pasado a mi cuna en Luanda, al gorila de tela cuyo sonajero dejó de tintinear, una esfera de latón con una bolita dentro sin que ninguno de nosotros entendiese qué le pasó a la bolita, quién consigue descifrar el misterio de las cosas, ahora están ahora no están como las tijeras en el estuche y dónde están cuando no están, entre los cojines del sofá, por ejemplo, capuchones de bolígrafos, monedas y pinzas que no teníamos, lo que segregan los cojines sin que nos demos cuenta, en cuanto meto el brazo cojo una sorpresa, hace una semana un anillo con una piedrecita y todo y mi madre

–¿Dónde has robado eso?

mi madre aterrada

–Ponlo ahí dentro de nuevo

porque alguien que no calculamos quién es vendrá a la fuerza, si estamos distraídas, y recuperarlo asombrado

–Al final estaba aquí

y por tanto habita la casa con nosotros, criaturas que nos espían o discuten en secreto que oigo sus cuchicheos, el marido, enfadado

–¿Él aceptó tu postura?

y la mujer repitiendo los argumentos, ensayados al teléfono, con la taquillera, y así, díganmelo, cómo no tener miedo a la oscuridad, tropezar con extraños cuya presencia ignorábamos, gabardinas que no nos pertenecen en las perchas del armario, los vasos y los platos en sitios inesperados, la mujer, con los pendientes de argolla en el recuerdo, ayudándolo a atreverse

–Puedes estar seguro de que no caigo en la tontería de ceder en la casa

el pendiente de la amiga o de la hija de la amiga que usaban cosas la una de la otra y a cada rato

–Espera que esto te queda bien

se prestaban camisas o pulseras, la hija un tatuaje en el brazo, te amo bruno

–¿No te gusta?

y no le gustaba pero asentía, como tallado a navaja en un banco, qué cuesta asentir si las personas contentas, mi madre, distraída, cosiendo una falda y yo al final no paz, yo esperando, deseando casi que se pinchase con la aguja, yo una trabajera para ordenarlo todo según nuestro orden y meter lo que no era nuestro en la despensa antes de la incredulidad de mi madre frente a un cenicero con recuerdo de tavira en el fondo

–Mira lo que está aquí Cristina

apartándome de la voz que hablaba de mi padre y del aparador con una copa de loza en la que retratos, cartas y un clavo, de origen misterioso, que ninguna de nosotras, por motivos que desconozco, tiraba al cubo, cuántas tardes, en la Clínica, medité sobre el clavo, indiferente a lo que me repetían al oído, no sé si es normal echar de menos clavos, yo los echaba, cuando el director me daba el permiso en cuanto entraba en el apartamento iba a ver, bajo las facturas, si seguía en la copa y afortunadamente estaba allí, ni el marido ni la mujer

–Eres tonta ¿lo sabes?

lo tocaban, los pájaros, a medio camino entre la gaviota y la golondrina, de repente muchos, la vegetación resumida a pitas y cactus, la tierra volviéndose arena, más arena que tierra y al final solo arena, una última colina separándolo de la playa, arbolitos ásperos con espinas en lugar de frutos, la hija de la empleada de la estación

–Esta tarde un negro me ha tocado el tatuaje

y la empleada de la estación, que no era capaz de redondear la argolla

–¿Un negro?

sin acordarse del que le compró un billete, casi al final de su turno, ni siquiera veía a los feligreses, veía al encargado que no la veía a ella y a la esposa del encargado le dolía, pelirroja y una cadena con tres corazones en que cada corazón representaba a un hijo, la empleada riñéndose a sí misma

–No es tu amiga eres tú la que eres tonta ¿lo sabes?

tratándose por Sarita como la trataba la madrina, por muerte de la madrina, y aunque sin alianza, doña Sara, depilándose las cejas en el espejo, con la boca en forma de embudo, dándose cuenta de que la boca en forma de embudo y cambiando la boca, sentía el gusto de las galletas con mermelada de la madrina

–Sarita

y si todavía existiesen las pastillas para dormir de cuando tuvo la depresión sería capaz de tomarse el frasco entero, es decir no sería, es decir tal vez fuese, hay momentos en que la vida, la pinza con dos pelos, se alisó la ceja con un cepillito y pareciendo que no el pelo, minúsculo, hacía falta en la frente, no sé si es normal echar de menos un pelo, a mí me pasa, como echo de menos las galletas con mermelada y la ansiedad de la tía

–¿No engordas Sarita?

a pesar de llenar el sujetador de algodón, el padre de la hija, ya en la segunda cita, paseando por su cuerpo a la entrada del café

–Te falta chicha no te ofendas

y ella mangas largas y faldas que disimulaban, incluso al cruzar las piernas se notaban las rodillas donde casi no rótulas, docenas de huesos puntiagudos de los cuales, desde la época de la escuela, fue perdiendo los nombres, clavículas, tibias, astrágalos, una palabra que no la dejó nunca, tengo astrágalos yo y la circunstancia de tener astrágalos la hacía pensar

–Debo de ser rica

aunque el problema fuese que los astrágalos, las clavículas y las tibias todo afilándose bajo la piel, relieves duros, con aristas, que no agradaban a los hombres, la sospecha de que si les informara

–Me han dado astrágalos grandes

aumentaría la nariz fruncida, los hombres

–¿Qué será un astrágalo?

buscando en la memoria donde se agitaba una idea, aunque no lo bastante fuerte para convertirse en una noción, durante la tostada en el café les parecía encontrarlo y al instante de encontrarlo lo perdían, ella entendiendo el dibujo de la palabra astrágalo deformándoles los labios como entendía la prisa para volver a casa, a consultar la enciclopedia en que la madre escondía billetes del apetito de chupitos de aguardiente del padre, que se bebió la herencia del tío soltero en dos meses y entraba en el salón con el sombrero atravesado en la cabeza y la corbata pingando

–Soy un corsario Mariana

y debía de serlo porque la cubierta de la tarima desequilibraba el mundo, allá íbamos todos a la izquierda, allá íbamos todos a la derecha, el padre, apoyado en la pared, se defendía de las sillas que se deslizaban contra él

–Lo que ha subido la marea

las cejas en el espejo semicírculos de admiración

–Cuarenta y nueve en agosto

qué despiadado el tiempo, nos va distrayendo y zas, la misma táctica que los hombres, nos van distrayendo y zas, es el cuarto de un amigo mío, no te asustes, tenemos que hablar en serio, hay asuntos que no discuto si compruebo que nos oyen, el cuarto de un amigo con Pensión California, en rojo, en una placa junto a la puerta, era necesario pagar a una señora discreta, con delantal y zapatillas

–La madre de mi amigo

un poco mal vestida, la verdad, pero que se mete rápidamente el billete en la enciclopedia del bolsillo

–Hace casi un mes que no te veía Armando

y Armando gestos a sus espaldas de que entendía la sombra en la pared rayada, la Pensión California su astrágalo y la agitación de una idea que Armando

–El once en el primer piso

que Armando deshizo guiándole el codo

–A la izquierda princesa

hacia las escaleras, rayas en la pared, dibujos con mensajes que no tuvo tiempo de ver dado que Armando, con prisas

–Mi amigo es pintor de arte

una pareja que bajaba, con el hombre escondiéndose en el codo, y ella un gemido que no se transformaba en voz

–¿Es la casa de tu amigo Armando? sé sincero conmigo

y si es la casa de tu amigo por qué razón se escondía el hombre aunque demasiado tarde como casi todo en la vida, solo reparamos después, sea un yogur caducado, comido por equivocación, sea la experiencia de la desilusión, el cuarto una botella de permanganato y una cama deshecha, ningún mueble, ninguna estampa, una ventana hacia otra ventana a la que le faltaba un cristal, restos de maquillaje en la almohada, una mancha todavía húmeda que, pájaros a medio camino entre la gaviota y la golondrina, que Sarita, sin galletas ni mermelada, prefirió no mirar, de pie junto a la ventana y Armando invitándola a sentarse en el colchón

–Solo sé hablar sentado

con argumentos y besos, él hasta ahí correctísimo, una caricia lenta en el astrágalo que la taquillera de la estación de los barcos impidió que subiera torciéndose, ganas de marcharse, ganas de llorar, Armando

–¿Él aceptó tu postura?

sin aceptar su postura cogiéndola por la cintura repitiendo

–Eres tan bonita pequeña

con una pereza sonámbula, sus ojos extraños, la expresión desmayada, el cuerpo tirado en la sábana, que olía a perfume y ácido, con una violencia de fardo, los botones uno a uno soltándose casi de la línea, rasgando casi la tela, mi delgadez a la vista, los muslos, las vértebras en que se podía enseñar a sumar, más mermelada, madrina, más galletas deprisa, tengo vergüenza, tengo miedo, aquí no vive ningún amigo tuyo, mentiroso, en el cristal que faltaba de la ventana de en frente un sujeto en pijama y sin afeitar y a propósito de sin afeitar me molesta tu mentón, qué ha sido de tu simpatía, qué ha sido de tu atención, te levantabas y yo venía, me echabas azúcar en el té, entrelazabas tu meñique con el mío y si otra chica cerca el meñique en el regazo, estás con alguien más, qué es lo que no quieres que vean, la chaqueta de Armando en el suelo, los zapatos descalzados con el otro pie, el elástico de uno de los calcetines flojo, la cama sacudiéndose en estallidos de catástrofe, la mano en la boca

–Callada

el pecho contra el mío, que sin las dilataciones del sujetador una inexistencia triste, una especie de cuchilla buscándola abajo

–Quietecita

rompiéndola, pidió

–No me hagas daño

en el interior de la palma, los pájaros a medio camino entre la gaviota y la golondrina oscurecían el cielo y en lo alto de la colina el mar, un puente desierto, un sumidero de detritus lentos, la playa de verdad pero tan insignificante, desierta, sin rocas ni cangrejos, mi padre decepcionado, él que se imaginaba la extensión de Moçâmedes, cocoteros, caracolas y personas debajo, bajo las nubes del sur, cogiendo piedrecitas, él que se imaginaba con los ojos cerrados viviendo de otro modo, tal vez con Dios, y Dios un hombre como él, sentado a su lado, un compinche de la misma edad, un negro que había sobrevivido a Cassanje, a las carreras en los barrios de chabolas, a la Comisión de las Lágrimas, la taquillera de la estación de los barcos sola en el colchón a medida que el hombre se vestía, la molestia en los ovarios aflojó de nuevo, dentro de poco vuelve y a propósito de molestia la columna crepitando cuando me inclino hacia atrás y qué vendrá después más allá de un deseo de galletas con mermelada y de que el sujeto en pijama, espiándome desnuda, se vaya de la ventana, afortunadamente Armando no encendió la luz, cogió el peine de la chaqueta para arreglarse a ciegas

–Eres tonta de verdad ¿lo sabes?

se hizo de nuevo el nudo de la corbata por encima del nudo anterior, disimulando, ocupó un extremo de la cama, cuyas tablas le respondieron enseguida, para calzarse con dificultad porque los zapatos entraban mal, golpeó el suelo con los pies hasta que se ajustaron, frotó una de las punteras en la punta de la sábana, la voz de la madrina de la taquillera

–¿Qué es de mi niña?

y la niña vistiéndose, a su vez, con una lentitud de vértigo, sin preocuparse por el algodón del sujetador ni los salientes de las rodillas

–Voy a ser así toda la vida

la botella de permanganato con el corcho torcido, el cuerpo igual y cambiado, todos se van a fijar en mí, la madrina

–¿Tienes fiebre?

y no tenía fiebre, ni indignación ni rabia, me sentía hueca, había perdido hasta el astrágalo, otro hueso en su lugar con la arista en punta, Armando, desde la puerta

–Si no sales en cinco minutos tienes que pagar otra hora

y allí estaba el meñique, que se entrelazaba con el suyo, lejanísimo, le apeteció preguntar

–¿Todavía te parezco guapa?

pero Armando en el pasillo, la puerta abierta de par en par, la señora discreta, con delantal y zapatillas, subiendo las escaleras suspirando con fuerza, los dibujos de la pared, con sus notas aclaratorias, que se negó a ver como se negó a ver la placa en rojo de la Pensión California, empezó a caminar hacia la nada

–No conozco esta plaza no conozco esta avenida

como no conocía al negro tímido, respetuoso, vestido como los blancos, esperando en su trozo de arena, seguro de que un automóvil acercándose, el motor apagado, los dos mestizos surgiendo en la duna

–Aquí estamos señor comisario

uno grande y uno pequeño, amigables, risueños, conversaciones sobre Angola, noticias de Luanda, saludos del capitán

–Márchense rápido

y del zambo de Quibala en la misma fosa que los presos, alusiones a la Comisión de las Lágrimas, que Sarita no entendía, y a la necesidad de olvidar

–La única solución es borrar el pasado

mi padre seguro de que un automóvil y ningún automóvil derrapando en la tierra que se transformaba en arena, solo los pájaros más raros debido al atardecer, Sarita

–No tengo fiebre madrina

los árboles con espinas en lugar de flores se oscurecían despacio, las luces de una aldea remota, casi en el horizonte, se encendieron, la madrina le llevó una tisana al sillón

–Mañana estás buena

y si tuviese las pastillas de dormir de la depresión que llegaría años después me comería el frasco entero, mi madre y yo entre los muebles que compartíamos con los demás escuchando la incitación de la que no se sabía el origen

–Alegría alegría

y plumas y lentejuelas para bailar en la cocina mientras mi padre, en la oscuridad, frente a las lenguas de agua, calculaba

–¿Dentro de cuánto tiempo llegará el automóvil?

deseando que llegase, deseando que la pistola o la catana o el cuchillo, deseando que la chica parase de cantar y lo dejara en paz, se acercó al agua hasta que frío en los tobillos, en los pantalones, en los astrágalos de las rodillas, un cesto le dio en el ombligo, un cesto o el gato babilónico que no dejaba de estudiarlo y los mestizos siguiéndolo a cubierto desde la duna, impecables, risueños, los mestizos

–Adiós

entrando en el automóvil que no oyó salir como no oyó llamarle

–Padre

porque el sudario del agua no le dejaba escucharme.